MIRA®

Der Preis dieses Bandes versteht sich einschließlich der gesetzlichen Mehrwertsteuer.

Umwelthinweis:
Dieses Buch wurde auf chlor- und säurefreiem Papier gedruckt.

Helmut Rellergerd, geboren 1945, schreibt seit Ende der 70er Jahre unter dem Pseudonym **Jason Dark** die Kultserie JOHN SINCLAIR, deren Gesamtauflage sich auf rund 270 Millionen Exemplare beläuft. JOHN SINCLAIR ist damit wohl die erfolgreichste Horror-Serie der Welt und Helmut Rellergerd einer der meistgelesenen Autoren deutscher Sprache.

Helmut Rellergerd lebt mit seiner Frau in Bergisch Gladbach bei Köln und schreibt alle seine Romane noch auf einer alten mechanischen Schreibmaschine.

Jason Dark

Die Hexerin III
Die Tür ins Gestern

Roman

MIRA®

MIRA® TASCHENBUCH
Band 65017
1. Auflage: Oktober 2008

MIRA® TASCHENBÜCHER
erscheinen in der Cora Verlag GmbH & Co. KG,
Valentinskamp 24, 20350 Hamburg
Deutsche Originalausgabe

Konzeption/Reihengestaltung: fredebold&partner gmbh, Köln
Umschlaggestaltung: pecher und soiron, Köln
Lektorat: Rainer Delfs
Illustration: Alexander Jung
Satz: Buch-Werkstatt GmbH, Bad Aibling
Druck und Bindearbeiten: CPI – Ebner & Spiegel, Ulm
Printed in Germany
ISBN 978-3-89941-518-6

www.mira-taschenbuch.de

PROLOG

Es war ein geheimer Gang, den nur er kannte, und Sandor Barthory brachte ihn wie immer mit zitternden Schritten hinter sich. Niemand hatte ihn je auf diesem Weg begleitet, und so war es auch an diesem Abend.

In seinem Kopf tobten die Gedanken, die sich ausschließlich um eines drehten: um Hass, um Rache, um Abrechnung für das, was man ihm angetan hatte. Aber das war seine Sache. Kein Fremder durfte ihm da hineinreden.

Das Haus war riesig mit einem entsprechend großen Keller. Ein Teil davon war nur ihm bekannt, und eine moderne Sicherheitsanlage sorgte dafür, dass jedem anderen der Zutritt verwehrt war.

Er brauchte kein Deckenlicht. Der Strahl einer Taschenlampe reichte ihm aus. Der Kegel wanderte über den Steinboden, tastete sich mal an den beiden Betonwänden entlang und kam dort zum Stillstand, wo der Gang mit einer Tür abschloss.

Vor ihr blieb er stehen. Er spürte, wie ihm das Blut in den Kopf stieg, und wusste, dass sein Blutdruck wieder einmal viel zu hoch war. Aber daran wollte er im Moment nicht denken. Er sah nur die Tastatur mit den Zahlen, die neben der Tür in die Betonwand eingelassen war. Er musste einen Code eingeben, dann würde sich die schwere Tür zur Seite öffnen und ihm den Weg in einen Raum freigeben, in dem seine Träume begraben lagen. Er wusste nicht, welchem seiner zahlreichen Feinde er das zu verdanken hatte, was jenseits der Tür lag. Nur ein einziges Mal in seinem Leben hatte er eine Schwäche gezeigt, und das war brutal ausgenutzt worden. Ändern konnte er daran nichts mehr.

Er tippte die sechs Zahlen ein. Bei jeder Zahl war ein leises Piepen zu hören. Wie immer, wenn er sich zu diesem Gang entschlossen hatte, lag ein Schweißfilm auf seiner Stirn.

Die Tür öffnete sich. Sie bestand aus Stahl, fuhr auf ihrer Führung nach rechts, verschwand in der Betonwand und gab den Blick in einen dunklen Raum frei.

Sandor Barthory trat bis auf die Schwelle vor. Er richtete den Strahl seiner Taschenlampe auf die Wand neben der Tür, wo sich ein Lichtschalter befand, den er betätigte. Zugleich knipste er die Taschenlampe aus.

Unter der Decke flackerten die beiden Leuchtstoffröhren. Das taten sie immer, bis sie ihr helles Licht abstrahlten. Es leuchtete den gesamten Raum aus, der hier unten mehr ein Verlies war.

Nur ein Gegenstand befand sich hier.

Es war ein gläserner Sarg, und in ihm lag eine wunderschöne Frau …

Sie hatte eine Haltung eingenommen, dass ihr Kopf zur Tür zeigte. So konnte der Mann in das Gesicht sehen, das nicht blass war, denn es war mit einem Hauch von Schminke bedeckt. Er selbst hatte es aufgelegt und auch die Lippen nachgezogen.

Er ging vor. Neben dem gläsernen Sarg blieb er stehen. Plötzlich spürte er den Druck in seinen Augen. Gewaltsam hielt er die Tränen zurück. Da lag sie, seine Schwäche. Diese wunderschöne Frau mit den rötlichen Haaren.

Er hatte sie verehrt wie eine Göttin. Er hatte ihr die Welt zu Füßen legen wollen, bis zu dem Zeitpunkt, als er einmal unvorsichtig gewesen war.

Da war Marita entführt worden.

Tagelang hatte er auf eine Lösegeldforderung gewartet. Sie war nicht gekommen. Dafür hatte man ihm seine Geliebte zurückgebracht. Eines Nachts bei Vollmond. Sie stand plötzlich in seinem Garten. Sie hatte nach ihm gerufen, und er war zu ihr gelaufen, um sie in die Arme zu schließen. Doch dann hatte ihn das Grauen getroffen wie ein Hammerschlag.

Marita war nicht mehr die Gleiche gewesen. Nach außen hin schon – und nur beim ersten Anblick. Dann hatte sie den Mund geöffnet und ihm zwei Zähne präsentiert, die nur einer Blutsaugerin gehören konnten.

Es war für Sandor Barthory der Schock seines Lebens gewesen. Und da er aus einem Land stammte, in dem die Menschen noch an Vampire glaubten, wusste er sofort, was mit Marita geschehen war.

Nur deshalb war es ihm gelungen, seiner Geliebten zu entkommen. Bis zum Morgengrauen hatte er sich versteckt gehalten. Dann war er auf die Suche gegangen. Aber diesmal war er bewaffnet gewesen. Von einem Eichenbaum hatte er einen Ast abgebrochen und ihn an einem Ende angespitzt. Er hatte seine Geliebte vom Tageslicht geschwächt vorgefunden. Sie hatte sich kaum gewehrt.

Mit Tränen in den Augen hatte er zugestoßen und den Eichenpflock zielgenau in ihr Herz getrieben. So war Marita auf klassische Weise von ihrem kurzen Vampirdasein erlöst worden.

Seit diesem Zeitpunkt lag sie dort, wo er jetzt stand. Mit dem Pflock in der Brust in einem gläsernen Sarg. Sie war nicht zu Asche zerfallen, weil die Verwandlung noch nicht lange zurückgelegen hatte.

Barthory hatte nicht die geringste Chance gehabt, daran etwas zu ändern. Aber etwas hatte sich in seinem Innern verändert. Es war sein Verhältnis zu den Vampiren, die ihm bis dahin gleichgültig gewesen waren. Er hatte sich geschworen, zweierlei Dinge zu tun. Auf der einen Seite würde er die Vampire jagen und auf der anderen für sich und seine Zwecke benutzen. Das hatte er sich geschworen, bei allem, was ihm jemals heilig gewesen war.

Auch in dieser Nacht erneuerte er den Schwur am Sarg seiner toten Geliebten …

1

Die einsame Gestalt verschmolz mit der Dunkelheit. In der Stille der Nacht war nur das Rauschen des Flusses zu hören.

Die Gestalt war ein Jäger!

Jedoch keiner, der im Wald jagte, um Rehe oder Hirsche zu töten, dieser hochgewachsene Schatten war hinter einer anderen Beute her – Menschen.

Er kannte den Weg und näherte sich zielsicher dem einsam stehenden Haus, dessen Frontseite mit der großen Terrasse zum Fluss lag.

Die Rückseite sah anders aus. Ruhiger. Eine kleine Parklandschaft aus Rasen und Bäumen. Einige Laternen sorgten dafür, dass der Weg zum Haus hell erleuchtet war.

Im Haus wurde eine Party gefeiert. Der Neuankömmling nahm die Musik wahr, er hörte die Stimmen der Gäste. Die hohe Mauer, die das Grundstück von der Außenwelt abschirmte, lag bereits hinter ihm. Ein kleines Seitentor hatte für ihn offen gestanden, denn man erwartete ihn.

Nur war er nicht gekommen, um an der Party teilzunehmen.

Sein Grund war ein anderer. Darüber dachte er jetzt nicht nach, als er sich möglichst lautlos über den Rasen bewegte und dabei die Deckung der Baumstämme ausnutzte.

Er wurde zwar erwartet, doch er sollte heimlich kommen, und es war auch in seinem Interesse, dass er nicht entdeckt wurde. Es konnte sein, dass sich einige Gäste im Garten aufhielten, um hier die Einsamkeit zu zweit zu genießen, und denen wollte er nicht in die Arme laufen.

Er glitt weiter.

Die Rückseite des Hauses lag im Dunkeln. Nur schwach wurde sie vom Licht der Lampen gestreift.

Der Mann hatte genaue Instruktionen erhalten. Der Eingang an der Rückseite war längst nicht so protzig wie der an der Flussseite, eher schlicht, und man musste schon genau hinschauen, um ihn zu entdecken, denn die dunkle Tür hob sich kaum von der Fassade ab.

Der Mann aber sah sie, als er sich von einem der Baumstämme löste. Mit schnellen Schritten lief er auf den Eingang zu. Nur die Geräusche seiner Füße auf dem Boden waren zu hören. Ansonsten nichts. Kein Luftholen, keine heftigen Atemstöße.

Dass die Rückseite von den Augen mehrerer Kameras bewacht wurde, wusste er. Es machte ihm nichts aus. Sein Auftraggeber hatte ihm alles erklärt, und so war er gespannt, was ihn erwartete, denn gesehen hatte er den Mann noch nie. Er wusste nur, dass seine Macht sehr groß war.

Der Jäger erreichte die kaum sichtbare Tür. Er blieb dort stehen und sah, dass sie weder eine Klinke noch einen Knauf hatte.

Aber er konnte sie trotzdem öffnen. Man hatte ihm eine Codezahl genannt, die er eingeben musste. In der Mauer rechts neben der Tür war die kleine Platte mit den Zahlen zu sehen. Schwarz auf hellem Untergrund.

Vier Zahlen musste er eintippen. Er hatte sie sich eingeprägt, und es gab keine Probleme.

Die Vier, die Zwei, die Neun und die Eins.

Das kurze Warten, bis der Summton ertönte. Der Mann nutzte die Zeit und warf einen Blick zurück in den dunklen Park. Was er sah, beruhigte ihn, denn es gab niemanden, der ihn beobachtet hätte.

Er hörte das Summen.

Die Gestalt in der dunklen Kleidung lehnte sich gegen die Tür und drückte sie auf.

Vor ihr lag ein Flur, der von einem schwachen und gelblichen Schein durchdrungen wurde.

Hinter dem Mann fiel die Tür zu.

Sie hinterließ dabei nur ein schwaches Geräusch. Der Eindringling blieb in der absoluten Stille stehen.

Keine Musik mehr, keine Stimmen. Dieser Teil des Hauses schien von dem anderen strikt getrennt zu sein.

Der Mann wusste, wohin er zu gehen hatte. Der Flur war nicht lang. Schon nach wenigen Schritten erreichte der Eindringling eine Ecke. Er bog nach links ab, direkt hinein in eine Nische, an deren Rückseite sich eine Tür befand.

Es war eine besondere Tür. Sie gab ein Schimmern

ab, das den Mann anlockte. Er war hier richtig, denn er sah den Sensorknopf in der Wand. Unter ihm war ein kleiner Pfeil angebracht, dessen Spitze nach unten zeigte.

Auch das war für die einsame Gestalt keine Überraschung. So hatte man es ihm erklärt.

Ein kurzes Berühren des Knopfes reichte aus. Ein leises Geräusch erklang, dann schoben sich die beiden Flügel der Tür nach rechts und links. Sie gaben ihm den Weg in eine Liftkabine frei. Er betrat die kahle Kabine und schaute zu, wie sich die Tür wieder automatisch schloss.

Auch hier gab es nur einen Knopf.

Erneut tippte er ihn an.

Ein kurzer Ruck zeigte den Start an. Danach ging es abwärts. Sehr schnell, sehr kurz war die Reise, als der Lift mit einem Ruck anhielt und sich die beiden Türhälften öffneten, damit der Eindringling die Kabine verlassen konnte.

Er zögerte keine Sekunde. Wenig später umgab ihn altes Mauerwerk. Ein muffiger Geruch hielt sich zwischen den Wänden, den der Mann allerdings ignorierte. Es gab nur einen bestimmten Geruch, der ihn animierte. Das war der Geruch von Menschenblut.

Er wusste auch jetzt genau, wohin er zu gehen hatte, und so wandte er sich nach links, wie es ihm aufgetragen worden war. Zwei Türen passieren, vor der dritten anhalten. Auch jetzt war es ihm egal, ob er von künstlichen Augen beobachtet wurde. Er brauchte sich nicht zu sorgen, dass irgendwelche Feinde auf ihn warteten. Wenn doch, dann würde er sie brutal vernichten.

Vor der dritten Tür hielt er an.

Auch sie hatte keine Klinke, und er sah auch keinen elektronischen Öffnungsmechanismus. So blieb ihm nicht anderes übrig, als sich gegen die Metalltür zu lehnen, die schon kurz nach dem ersten Druck nach innen schwang.

Er betrat einen Raum, in dem sich gedämpftes Licht ausbreitete. Es reichte gerade aus, um etwas von dem erkennen zu können, was sich in diesem Verlies befand.

Viel war es nicht.

Kahle Wände, ein ebenfalls kahler Boden, doch in der Mitte des Raumes stand ein Schreibtisch, hinter dem ein Mann saß, der nur als Umriss zu erkennen war, da er außerhalb der beiden Lampen mit den dunklen Schirmen saß, die den Schreibtisch flankierten.

Wieder fiel die Tür hinter dem Eindringling zu. Erst als das geschehen war, klang die Stimme des Mannes auf, der stocksteif auf seinem Platz hockte.

„Komm zwei Schritte näher, Kincaid …“

Der Mann hatte den Eindringling mit seinem Namen angesprochen, was diesem nicht gefiel, denn er zuckte zusammen, und aus seinem Mund drang ein leises Zischen.

Für ihn war der Mann hinter dem Schreibtisch noch immer nicht zu erkennen. Eine dunkelgraue Masse mit menschlichen Konturen, das war alles. Das Gesicht war nicht zu sehen.

„Schön, dass du gekommen bist, Kincaid."

Der Angesprochene nickte nur.

„Was macht die Malerei?"

„Ich habe lange nicht mehr zum Pinsel gegriffen."

„Das ist schade."

„Es wird sich wieder ändern."

Kincaid hatte mit einer Stimme gesprochen, die ohne Modulation war. So wie er sprach jemand, dem menschliche Gefühle völlig fremd waren.

„Du weißt, warum ich dich habe kommen lassen?"

„Du wirst es mir sagen."

„Sehr richtig, denn ich möchte, dass du dich wieder an deine Vergangenheit erinnerst und mir einen Gefallen tust. Zuvor möchte ich dich noch fragen, ob du meine Macht kennst."

„Ich habe davon gehört."

„Das ist gut. Dann weißt du ja, wie du dich mir gegenüber zu verhalten hast. Du hast bisher getan, was ich wollte, und ich hoffe, das wird auch in Zukunft so bleiben."

„Ich werde mich daran halten."

Der Umriss hinter dem Schreibtisch schien zu

nicken. Danach war so etwas wie ein schleifendes Geräusch zu hören, als der Mann die Beine ausstreckte und mit seinen Schuhsohlen über den glatten Boden schabte. In dieses Geräusch hinein sprach er leise weiter.

„Es ist nicht alles so gelaufen, wie ich wollte. Und das muss sich so rasch wie möglich ändern! Wobei ich will, dass du die Dinge für mich bereinigst."

„Deshalb bin ich hier."

Die Gestalt gab ein trocken klingendes Lachen von sich, und dann sagte sie nur zwei Worte.

„Doriana Gray!"

Das war genau der Augenblick, in dem die große dunkle Gestalt eine erste Reaktion zeigte. Sie schrak zusammen, als hätte sie einen Stromstoß erhalten.

„Du erinnerst dich?"

„Ja."

„Sag es mir!"

„Ich habe sie gemalt!"

„Gut, Kincaid", hörte er die Stimme wieder. „Du hast nichts vergessen, gar nichts."

„Warum sollte ich?"

Die Stimme lachte. Der Klang passte zu dieser grauen Masse, die nur der äußeren Form nach ein Mensch war.

Das Lachen verstummte. Die Stimme meldete sich wieder.

„Du hast Doriana nicht nur gemalt, du warst anschließend auch mit ihr zusammen. Habe ich recht?"

„Ich weiß nicht ..."

„Ach, lüg mich nicht an. Das bringt dir nichts. Du hast ihr Blut getrunken, und es muss dir wunderbar geschmeckt haben."

Kincaid sagte nichts darauf. Er hatte das Wort Blut gehört, und das erinnerte ihn wieder daran, dass er hungrig war. Er brauchte den Saft aus den Adern der Menschen.

Seine Unruhe wuchs. Er fühlte sich trocken. Zugleich stiegen die Erinnerungen aus vergangener Zeit wieder in ihm hoch.

Ja, er hatte diese wunderschöne Frau gemalt. Und danach hatte er sie gebissen. Es war ein Biss gewesen, den er nie hatte vergessen können. Ihr Blut hatte ihn regelrecht berauscht. Nie zuvor war er nach einem Biss in einen derartigen Zustand geraten, und sein Leben hatte sich verlängert. Über die Jahrhunderte hinweg war er auf der Welt geblieben, der Maler und Vampir. Er hatte das Blut literweise getrunken, eine Köstlichkeit nach der anderen. Bei jedem Biss hatte er immer an Doriana denken müssen, die auf dem Weg gewesen war, eine erfolgreiche Hexe zu werden. Doch dann war sie ihm über den Weg gelaufen, und obwohl es hieß, dass Hexenblut für einen Vampir ungenießbar wäre, hatte er das jungfräuliche Blut gierig geschlürft. Die Erinnerung an die schöne Frau mit den dunklen Haaren hatte sich über die Jahre kaum abgeschwächt.

„Sag mir, ob du dich erinnerst."

„Ja."

„Das ist gut."

„Ich kann sie nicht vergessen", presste Kincaid hervor.

„So habe ich es mir gewünscht", vernahm der Maler wieder die Stimme. Sie wurde von einem satt klingenden Atemzug begleitet.

Atmen – das brauche ich nicht, dachte Kincaid, das macht mich den Menschen überlegen.

Er war stolz darauf, ein Vampir zu sein, der im Laufe der Jahrhunderte nicht entlarvt worden war.

Bis zu dieser Nacht …

„Manchmal", flüsterte der Mann im Schatten mit einer zischelnden Stimme, „manchmal schlägt das Schicksal einen großen Bogen, um zu einem bestimmten Zeitpunkt wieder etwas zusammenzufügen. Und jetzt hat sich so etwas wie ein Kreis geschlossen."

„Für mich?"

„So ist es."

„Wie kann das sein?"

„Es hat auch mit dem Fortbestand der Geschlechter zu tun, Kincaid. Mein Geschlecht ist nicht ausgestorben. Es hat uns damals gegeben, und es gibt uns heute immer noch. Ich weiß, was in den früheren Zeiten alles passiert ist. Nichts wurde vergessen. Alles wurde aufgeschrieben. Auch über dich wurde Buch geführt, daher weiß ich auch, dass du jemand bist, der schon damals gelebt hat, und dass du meine Vorfahren gekannt hast. Das ist sehr interessant, aber nicht so wichtig wie das, weshalb ich dich herbestellt habe. Man sagt, dass sich die Vergangenheit nicht wiederholt. Das mag in der Regel stimmen, trotzdem gibt es noch Berührungspunkte, und einen von ihnen haben wir jetzt erreicht. Du und ich."

„Ich verstehe nicht, was du meinst."

„Keine Sorge, ich werde dich aufklären. Es geht um die Frau, deren Blut du damals getrunken hast und die du nie vergessen konntest ..."

„Doriana!", sagte der Maler mit keuchender Stimme.

„Treffer!"

„Und?"

„Was denkst du?"

Kincaid musste erst überlegen. Er wusste nicht, worauf dieser Unbekannte hinauswollte. Er machte es spannend, aber der Vampir spürte erneut die Erregung in sich hochsteigen.

„Ich weiß es nicht."

„Sie hat überlebt. Ebenso wie du, Kincaid. Ja, man hat sie nicht gefunden und gepfählt. Es gibt sie noch. Sie irrte durch die Zeiten, sie hat viel erlebt und dank deines Zutuns hat sie es geschafft, so zu bleiben wie damals. Sie hat nichts von ihrer Schönheit verloren. Sie ist wie ein Engel."

„So habe ich sie erlebt, und ihr Blut hat mich erregt wie keines zuvor, obwohl sie eine Hexe war. Durch mich ist sie in unseren Kreis aufgenommen worden und hat die Herrlichkeit des immerwährenden Lebens genossen."

Ein harter Laut erklang, weil der Schattenmann mit der flachen Hand auf die Schreibtischplatte gedroschen hatte. Kincaid zuckte zusammen und wunderte sich über den Emotionsausbruch.

„Das ist jetzt vorbei!"

„Wie?"

„Sie gehört nicht mehr zu deinem Kreis."

„Sie ist keine Vampirin mehr?"

„So ist es."

„Hat man sie gepfählt oder …"

„Nichts von allem, was dir durch den Kopf geht, Kincaid." Der Sprecher bewegte sich. Dabei raschelte seine Kleidung, doch der Maler bekam immer noch nicht mehr von ihm zu sehen. „Sie ist keine Vampirin mehr. Man hat ihr das Vampirsein genommen. Sie ist wieder zu dem geworden, was sie schon mal gewesen ist: eine Hexe!"

Der Maler schwieg. Er bewegte sich leicht auf der Stelle, weil er das Gefühl hatte, von einem Schwindel erfasst zu werden. Zu diesem Thema konnte er nichts sagen, und so wartete er darauf, dass sein Gegenüber weitersprach.

Das tat er auch. „Ich habe es herausbekommen. Ich habe lange nach ihr gesucht. Denn da gab es etwas in der Vergangenheit, das ich ihr zurückzahlen wollte."

Kincaid konnte es nicht fassen. „Man hat sie also nicht vernichtet?"

„Nein. Jemand hat ihr Porträt zerstört. Dein Bild, das wurde mir zugetragen. Und ich kann nicht zulassen, dass die anderen Kräfte bei ihr überhandnehmen, denn als Feindin kann sie mir gefährlich werden. Sie ist für mich ein Geschwür. Sie und dieser Polizist Mason Flint, bei dem sie Schutz gefunden hat."

„Was haben Sie denn unternommen?"

„Zwei meiner besten Männer haben sie gejagt. Jetzt leben sie nicht mehr, dafür aber Doriana und ihr Freund. Ich will, dass sich dies so schnell wie möglich ändert. Deshalb und nur aus diesem Grund stehst du hier vor mir."

„Ich soll sie töten?"

„Ja. Du sollst sie jagen und vernichten. Töten ist mir einfach zu wenig. Vernichte sie! Schneide sie in Stücke und wirf ihr Fleisch den Aasfressern vor."

Kincaid bewegte sich nicht. Außerdem war er nicht so leicht zu erschüttern. Der Auftrag saß fest in seinem Kopf. Doch eine Frage musste er noch stellen.

„Willst du wirklich, dass ich sie vernichte?"

„Ich habe mich deutlich genug ausgedrückt. Es bleibt dir nichts anderes übrig. Solltest du dich weigern, werde ich dich vernichten lassen, und glaub mir, dass ich die entsprechenden Mittel und Wege kenne."

Kincaid nickte nur.

„Dann bin ich zufrieden."

„Ich will dich trotzdem etwas fragen."

„Los!"

„Wenn es stimmt, dass Doriana Gray keine Vampirin mehr ist, dann könnte ich doch zum zweiten Mal ihr Blut trinken ..."

Plötzlich war es still. Kein Atemgeräusch mehr, keine Stimme. Erst nach einer Weile hörte Kincaid die lauernd gestellte Frage: „Willst du noch einmal Hexenblut trinken? Bitteres Hexenblut? Willst du das, Kincaid?"

„Ja – nein – ich ..."

„Hör auf zu stottern. Ich weiß, dass sich ihr Blut wieder regeneriert hat. In Mother Shipton hat sie damals eine gute Lehrerin gehabt. Nie darfst du sie unterschätzen. Sie ist eine Hexe. Sie braucht kein Blut mehr zu trinken, aber in ihr stecken jetzt Kräfte, vor denen du dich in Acht nehmen musst. Alles Wichtige habe ich dir aufgeschrieben. Wenn du es gelesen hast, kannst du dich auf die Suche machen. Hier."

Etwas flog durch die Luft und landete vor den Füßen des Malers. Es war ein Umschlag, den Kincaid aufhob und einsteckte.

„Ist alles klar?"

„Ich werde deinen Auftrag erfüllen."

Aus dem Dunkel erklang ein zufriedenes Geräusch. Danach war wieder die Stimme zu hören. Sie sprach Sätze, die so gar nicht zu ihrem Klang passten. „Wer für mich gut arbeitet, erhält eine Belohnung. Ich sehe, dass du dich auf meine Seite gestellt hast und werde deshalb mit dir über die Belohnung reden."

Kincaid horchte auf. Er wusste nicht, was sein Gegenüber mit seinen Worten gemeint hatte. Denn welcher Mensch konnte ihn schon belohnen und womit?

„Bist du gespannt?"

„Ja."

„Hast du Durst?"

Kincaid röchelte leicht. „Durst habe ich immer", gab er mit rauer Stimme zu.

„Dann werde ich dafür sorgen, dass du dich stärken kannst, bevor du dich an deine eigentliche Aufgabe begibst. Ich habe frisches Blut für dich besorgt, aber tu mir den Gefallen und verwische anschließend alle Spuren."

„Ich werde mich daran halten."

„Gut, dann kannst du gehen. Und denke an die Unterlagen, die ich dir mitgegeben habe. Vernichte sie, wenn du dir alles eingeprägt hast."

Der Sprecher erhob sich, und auch jetzt bekam Kincaid ihn nicht richtig zu Gesicht, denn die Gestalt drehte sich um und wandte ihm den Rücken zu. Dann ging sie nach hinten. Es war nur das leise Rascheln von Kleidung zu hören, aber keine Schritte.

Noch einmal erklang die Stimme. Sie hörte sich jetzt bereits weiter entfernt an.

„Nimm nicht den normalen Ausgang. Geh von deinem Platz aus direkt auf die Wand zu. Dort wirst du den Umriss einer schmalen Tür sehen. Dahinter wartet deine Belohnung, Kincaid."

Der Vampir nickte nur. Nichts regte sich in seinem starren Gesicht, nur die Augen leuchteten für einen Moment auf. Dann tat er das, was ihm gesagt worden war.

Er drehte sich um und ging auf die Wand zu. Er fand die Tür, drückte sie auf und hatte einen freien Blick in den dahinter liegenden Raum.

Ein Verlies. Vier Betonwände. Kalt und abstoßend. Beim Öffnen der Tür war ein leises Klingeln zu hören gewesen. Erst jetzt sah der Blutsauger, wodurch es hervorgerufen worden war.

Es waren die zahlreichen Metallglieder einer Kette. Das eine Ende war an einer der Wände an einem Haken befestigt. Das andere Ende der Kette wurde von einem Metallring gebildet, der um den Knöchel einer nackten jungen Frau geschlungen war, die auf dem Boden saß und Kincaid aus weit aufgerissenen Augen anstarrte.

Der Vampir machte einen Schritt auf sie zu.

Dann grinste er und zog dabei die Oberlippe zurück.

Zwei Blutzähne wurden sichtbar.

Die junge Frau sah jetzt nur noch das fürchterliche Gebiss in dem grinsenden Gesicht, und ein gellender Schrei stieg aus ihrer Kehle, als ihr bewusst wurde, was ihr bevorstand …

Der Mann hatte Kincaid nicht gesagt, dass er sich beeilen müsste. Also konnte er sich Zeit lassen, und das tat er auch.

Er sagte kein Wort, nachdem der Entsetzensschrei der Frau verhallt war. Seine Blicke streiften den nackten Körper. Ihn interessierten nicht die Brüste, die Schenkel oder die langen Beine, die sie zusammengepresst hatte, seine Gier galt etwas anderem: ihrem Blut.

Das war sein Aphrodisiakum, das erregte ihn und nicht das, wovon normale Männer träumten. Auch nicht das hübsche Gesicht, das noch fast kindlich wirkte. Es war von dunkelblonden Haaren umrahmt, von denen einige zu Locken gedreht waren.

Er sah den Hals, nur den Hals. Er war wunderbar. Er mochte die sanfte Schwingung, die unter dem Ohr begann und oberhalb des Brustbeins endete. Noch war die Haut samtweich und unbeschädigt. Aber das würde bald anders sein, denn unter dieser Haut lag die Halsschlagader, in der dieser wunderbare Lebenssaft pulsierte.

Er machte einen weiteren Schritt auf sie zu und die junge Frau zuckte zusammen. Dabei entfuhr abermals ein Schrei aus ihrer Kehle. Sie wich ein wenig zurück, aber da war die Wand, und auch die Kette straffte sich.

Kincaid sprach sie an. „Du bist so schön. Du bist so jung, und ich weiß, dass in deinen Adern das fließt, wonach ich giere. Köstlicheres Blut kann ich mir kaum vorstellen.“

Die Frau hatte jedes Wort verstanden. Sie war nur nicht in der Lage, eine Antwort zu geben, zumindest nicht im Moment. Dann hörte sie den Mann fragen: „Wie heißt du?“

Jetzt konnte sie wieder sprechen. „Ines ...“

„Ein schöner Name. Er passt zu einem schönen Menschen, den ich nur bewundern kann. Ja, bewundern“, wiederholte er und ging den letzten Schritt nach vorn.

Er kniete sich nieder und brauchte nur noch seine Hände auszustrecken, um ihren Körper berühren zu können.

Ines hielt den Atem an. Sie wäre am liebsten vor Scham im Boden versunken.

Kincaid streichelte sie. An den Schultern fing er an, und im ersten Moment zuckte Ines zusammen. Die Hände des Mannes waren weder warm noch kalt, sie fühlten sich an, als wären sie künstlich.

Kincaids Blick war starr, und trotzdem ließ er ihn wandern. Er wollte jede Einzelheit des voll erblühten Körpers auskosten. Er ließ auch ihre Brüste nicht aus, rieb mit kreisenden Bewegungen über die Warzen hinweg, was ihr ungewollt ein Stöhnen entlockte.

Es war kein Laut der Lust, sondern der Angst, denn die junge Frau schaffte es nicht, ihren Blick vom Gesicht des Vampirs abzuwenden.

Der Mund, die Zähne, die nach Blut gierten, und natürlich der gnadenlose Ausdruck in den dunklen Augen.

Sein Kopf näherte sich ihrem Gesicht. Erst jetzt nahm sie den Geruch wahr, der von dem Mann ausging. Eine Mischung aus alter Erde und einem Parfüm, mit dem der alte erdige Geruch wohl überdeckt werden sollte. Eine ungewöhnliche Mischung, die Ines abstieß.

Noch näher brachte er sein Gesicht an das ihre heran.

Ines hatte einiges über Vampire gehört, gelesen oder im Kino gesehen. Sie hatte in der Theorie erlebt, welch erotische Anziehungskraft Vampire auf Frauen haben sollten. Nur traf das bei ihr nicht zu. Sie hatte einfach nur Angst, und als sie den offenen Mund des Mannes sah, da war ihr klar, dass diese Zähne kein künstliches Gebiss waren, um sie zu erschrecken.

Er fing damit an, die Spitze seiner Zunge über ihren Hals bis hinauf zu den Wangen gleiten zu lassen. Ausweichen konnte Ines nicht. Die Ketten hielten sie gefangen, und dicht hinter ihr befand sich die Wand.

Es gab keinen Speichel, der die Zunge bedeckt hätte. Dennoch glitt sie leicht über ihre Haut hinweg.

Ines tat nichts. Sie ekelte sich. Doch das ließ sie sich nicht anmerken.

Kein Verziehen der Mundwinkel, kein Kopfschütteln, es gab nur diesen steifen Körper, und selbst das

Stöhnen, das ihr aus der Kehle steigen wollte, unterdrückte sie.

Mit einem schnalzenden Laut zog sich die Zunge zurück. Ein leises Lachen erklang, eine Flüsterstimme, die Ines klarmachte, wie gut sie dem Vampir gefiel.

„Du bist etwas Besonderes. Du bist so jungfräulich frisch, und ich brauche diese Frische.“ Mit beiden Handflächen strich er an den Wangen entlang, wobei seine Augen glänzten.

Ines konnte nichts sagen. Der Schreck, die Angst vor dem, was noch kommen würde, ließ sie steif werden, und sie konnte nicht verhindern, dass der Mann mit den Vampirzähnen ihren Kopf nach rechts drehte, sodass sie ihm ihre linke Halsseite darbot. Er befreite sie auch von den Haaren, und Ines wusste, was gleich kommen würde.

Er würde sie beißen! Ihr würde das gleiche Schicksal bevorstehen wie all den Vampirbräuten, die sie in den Filmen gesehen hatte.

Sie hörte die Stimme dicht an ihrem linken Ohr. Nur ein Flüstern, dennoch gut verständlich.

„Ich mache dich glücklich, Ines. Und ich mache mich glücklich. Wir werden dann zusammen sein. Das lange, das ewige Leben wartet auf dich, meine Schöne …“

Der Biss!

Hart und zielsicher traf Kincaid dort, wo er es haben wollte. Seine Routine war einfach perfekt. Nie hätte er die Ader verfehlt, und Ines zuckte ein paar Mal, bevor sie in sich zusammensackte und von Kincaid aufgefangen wurde.

Der blutgierige Maler trank. Er hatte seinen Mund weit aufgerissen, um jeden Tropfen einzusaugen. Kein einziger sollte verloren gehen. Seine Wangen zuckten, er saugte, er schlürfte. Es war ein wohliges Gefühl, das ihn überkommen hatte. Der Hunger, der Durst, bei ihm kam alles zusammen, und das kleine Verlies war bald erfüllt von all den widerlichen Geräuschen, zu denen auch sein lautes Stöhnen gehörte.

Ines hatte noch leicht gezuckt, aber das war ebenfalls schnell vorbei. Sie erschlaffte, als wäre sie in einen tiefen Schlaf versunken.

Mit dem linken Arm fing er sie auf, ohne dass sich sein Mund vom Hals der jungen Frau löste.

Dieses Blut war so frisch. Es war köstlich und kaum zu beschreiben. Er erlebte seinen Himmel, seine große Sättigung, die Kraft des Blutes strömte in ihn hinein, und dieses köstliche Getränk war für ihn eine Offenbarung.

Niemand störte ihn. So war er in der Lage, sein Opfer bis zum letzten Tropfen leer zu saugen.

Kincaid bedauerte es, als er seinen Mund vom Hals der schönen Ines lösen musste. Er hätte gern noch mehr getrunken, was allerdings nicht möglich war.

Es gab kein Blut mehr. Der junge Körper war schlaff geworden, und Kincaid wollte ihn nicht länger auf seinem ausgestreckten Arm liegen lassen.

Deshalb ließ er Ines zu Boden gleiten, wo sie auf dem Rücken liegen blieb. Sie bewegte sich nicht. Jeder, der sie jetzt sah, hätte sie für tot gehalten, aber das war sie nicht. Ines war bereits in ein anderes Dasein eingetreten. Sie war zu einer Untoten geworden, zu einer Wiedergängerin, denn sie würde sich in den nächsten Stunden auf eine besondere Weise regenerieren.

Der Keim war gelegt worden, und er würde erst wieder verschwinden, wenn jemand sie von ihrem unseligen Dasein erlöste.

Kincaid richtete seinen Oberkörper auf. Er blieb allerdings sitzen. Seine Lippen waren blutverschmiert. Er wischte mit dem Handrücken darüber hinweg und leckte ihn dann ab.

Ihm fiel ein, was ihm der geheimnisvolle Auftraggeber mit auf den Weg gegeben hatte. Die Frau war seine Belohnung gewesen. Nun sollte sie spurlos verschwinden, was Kincaid bedauerte. Er hätte sie gern an seiner Seite behalten, aber er wollte seinen Auftraggeber auf keinen Fall hintergehen.

Die schöne Ines musste verschwinden. Sie sollte nicht aufwachen und auf Blutsuche gehen. Deshalb musste sie endgültig vernichtet werden. Danach konnte ihre Leiche im Fluss verschwinden.

Der Maler schaute sich um. Er suchte nach einer Waffe, die für einen endgültigen Tod sorgen konnte.

Er fand sie. Man hatte sie ihm bereitgelegt. Er hatte sie nur bisher übersehen. Wie auch die schmale Anrichte an der linken Seite neben der Tür, auf der sie platziert worden war.

Kincaid stand auf und ging hin. Es war ein Messer, nein, mehr ein Pflock, bei dem der Griff nur angedeutet war.

Der Pflock aus Eichenholz. Eine uralte Waffe, um einen Blutsauger zu vernichten. Manche nannten es Erlösung, aber die Bezeichnung war ihm egal. Es kam ihm nur auf die Wirkung an, und auf die konnte er sich bei dieser Waffe verlassen.

Er nahm den Eichenpflock in die rechte Hand. Er hätte den schönen Körper auch zerstückelt, aber dazu hätte er ein schweres Messer gebraucht. Mit dem Pflock war es einfacher.

Ines hatte sich nicht bewegt. Nach wie vor lag sie auf dem Rücken, den Kopf ein wenig zur Seite gedreht. Offene Augen ohne Glanz, ein offener Mund, aber kein Atemhauch, der daraus hervorwehte.

Kincaid schaute sie an und nickte. Es war für ihn klar, dass es keine andere Möglichkeit gab. Er wollte es sich mit seinem Auftraggeber nicht verscherzen.

Er kniete sich neben Ines.

Ihre Nacktheit interessierte ihn nicht. Er suchte nach der Stelle, die er zielsicher treffen musste. Die Spitze des Pflocks würde in ihr Herz dringen und es zerstören.

Das war schon immer so gewesen, und es würde auch immer so bleiben.

Ein letztes Überprüfen, ob er die Spitze richtig angesetzt hatte, dann stieß er zu!

Er hatte so viel Kraft wie möglich in den Stoß hineingelegt, und er traf zielgenau. Die Spitze des Eichenpflocks jagte in den Körper. Sie riss die Haut auf, und sie bohrte sich zwischen zwei Rippen hindurch tief in den weichen Körper der Regungslosen.

Kein Schrei löste sich aus dem offenen Mund. Dafür zuckte Ines kurz in die Höhe. Ihr Gesicht verlor plötzlich die Starre. Für einen kurzen Moment zeigte es den Ausdruck des Entsetzens, bevor der Körper wieder zusammensackte.

Der Pflock steckte in der Brust. Kein Blut war zu sehen. Nur eine wässrige Flüssigkeit breitete sich um den Rand der Wunde aus.

Kincaid war zufrieden. Er starrte auf den Pflock. Er hasste diese Waffe, durch die Vampire getötet werden konnten, und deshalb ließ er ihn stecken.

Seinen Auftrag hatte er erfüllt. Nichts hielt ihn noch länger in diesem Verlies. Und so verließ er den Raum auf demselben Weg, auf dem er ihn betreten hatte.

Nur Minuten später war er in der Dunkelheit verschwunden. Gestärkt durch das fremde, frische Blut fühlte er sich fast unbesiegbar …

2

Ich muss etwas trinken, Dorry."
„Das kann ich mir denken."
Mason Flint drehte Doriana sein Gesicht zu. „Aber kein Wasser. Ich bin alles andere als ein Alkoholiker, aber jetzt brauche ich etwas Handfestes."
„Niemand hindert dich daran."
„Gut." Flint nickte. In seinem Kopf war so ziemlich alles durcheinander. Es würde noch einige Zeit dauern, bis er wieder einen klaren Kopf hatte, dessen war er sich sicher.

Er trat an den Schrank und öffnete eine der Türen. Dahinter befand sich eine Bar. Er konnte zwischen verschiedenen Getränken wählen und entschied sich für einen Whisky. Es war einer von der edlen Sorte, und die Flasche war noch gut gefüllt.

Gläser standen auch bereit. Mason wollte Dorry fragen, ob sie auch einen Schluck wollte, aber sie hielt sich nicht mehr im Wohnraum auf. Wahrscheinlich wollte sie Mason diese kurze Zeit der Ruhe gönnen, und die benötigte er auch. Es war einfach zu viel geschehen, und sein Leben hatte eine totale Veränderung erfahren, und das innerhalb der letzten Tage.

Er hörte zu, wie die Flüssigkeit in das Glas gluckerte. Fast bis zur Hälfte füllte er es. Die Flasche stellte er zurück in den Schrank und drehte sich zum Fenster hin.

Die tote junge Frau im Sessel konnte er einfach nicht übersehen. Sie hieß Frenchy Davies und war seine Freundin gewesen. Jetzt war sie tot, vernichtet. Sie würde nie mehr einem Menschen das Blut aussaugen können.

Dass sie zu einer Blutsaugerin geworden war, hatte sie Doriana Gray zu verdanken. Aber sie war auch durch sie erlöst und getötet worden, denn es war die Hexerin gewesen, die ihr den tödlichen Pfeil ins Herz gerammt hatte.

Mason trank einen Schluck. Er blickte die Tote an. Schweiß brach ihm aus. Er hatte mit Doriana über Frenchy gesprochen. Er hatte ihr seine Gefühle offengelegt. Die Jahre mit ihr konnte er nicht so einfach abstreifen. Aber die Zeit heilt viele Wunden.

Frenchys Anblick zu ertragen war einfach schlimm für ihn.

Wieder ein kleiner Schluck. Mason wollte die Bitternis aus seiner Kehle spülen. Er hatte auch keine Tränen mehr. Er fühlte eine tiefe Leere, und er wandte den Kopf ab, weil er den Blick der offenen, toten Augen nicht mehr ertragen konnte. Seine Finger zitterten.

Vor ihm lag ein neuer Abschnitt seines Lebens, in dem Frenchy keine Rolle mehr spielen würde. Sie war Vergangenheit, aber er würde sie nie vergessen, das stand fest. Doch das Schicksal hatte für ihn einen anderen Weg vorgesehen.

Er schaute noch mal in das starre Gesicht der Toten.

Der dritte Schluck. Mason räusperte sich danach die Kehle frei.

„Okay“, flüsterte er, „wo immer du jetzt auch sein magst, ich hoffe, dass es dir gut geht.“ Bei den letzten Worten versagte seine Stimme, und Mason konnte nicht anders, er musste noch mal über Frenchys Gesicht streicheln. Es war der allerletzte Gruß, den er ihr mit auf den Weg geben konnte. Dann schloss er ihr die Augen.

Ein dicker Kloß lag ihm immer noch im Magen, als er den Wohnraum verließ und in die Küche ging, wo Doriana auf ihn wartete.

Sie saß auf einem Stuhl und schaute ihn an, als er eintrat.

„Alles okay so weit?“

Mason setzte sich und schüttelte den Kopf. „Nichts ist okay, Dorry, gar nichts.“

„Du denkst an Frenchy?“

„Sicher.“

„Denk auch daran, dass sie erlöst worden ist. Sie hätte noch viel Unheil anrichten können. Ich weiß, wovon ich spreche.“

Mason umklammerte das Glas fest mit beiden Händen. „Das ist mir klar, denn jemanden wie dich darf es eigentlich nicht geben. Du bist ein blutgieriges Monster gewesen, aber das war nicht alles. Du hast zuvor ein Hexendasein geführt und …“

„Nein, nein!“

Mason hob den Kopf. „Doch, du hast es mir selbst gesagt. Denk an deine Zeit bei Mother Shipton, bevor man sie getötet hat."

Doriana schaute Mason aus ihren dunklen Augen an, während sie den Kopf schüttelte. „Es ist ein Irrtum, ich bin noch keine richtige Hexe gewesen, dazu blieb nicht die Zeit. Ich habe nur die Hexenweihe erhalten, dann aber hat mich Kincaid zur Vampirin gemacht. Und die ist von da an stärker in mir gewesen."

„Dieser Maler …"

„Ja. Er hat mein Blut getrunken. Und ich bin dann mit ihm einige Zeit zusammen gewesen. Aber das ist längst vorbei. Du hast mich wieder erlöst, als du das Porträt, das Kincaid von mir malte, zerstört hast. Ich denke nicht mehr gern an die andere Zeit. Im Gegenteil, ich hasse sie sogar. Ja, ich hasse das, was ich einmal gewesen bin. Verstehst du?"

Mason nickte. „Fassen kann ich es trotzdem nicht, und die Kräfte, die in dir stecken, soll ich sie als übernatürlich bezeichnen?"

„Wenn du willst."

Flint schaute sie an. Sie saß ihm als eine lebendige und völlig normal wirkende Frau gegenüber, aber er kannte sie auch anders. Wie sie plötzlich erstarrt war, völlig hilflos, weil sie eine Kraft eingesetzt hatte, die unglaublich war.

Es war ihr gelungen, einen Zweitkörper entstehen

zu lassen. Dafür gab es den Begriff Bilokation. Das hatte ihnen beiden sehr geholfen, um die beiden Killer auszuschalten, die ihnen auf den Fersen gewesen waren. Die Art und Weise, wie das geschehen war, daran hatte Mason Flint immer noch zu knabbern.

Seine Frage musste einfach raus. „Es gibt dich zweimal, nicht wahr?"

„Du kannst es so sehen."

„Aber ich kann es nicht begreifen!"

„Das glaube ich dir. Es ist ein Phänomen, ich gebe es zu. Aber steckt die Welt nicht voller Phänomene?"

Mason schüttelte den Kopf. Diese Antwort war ihm zu einfach. „Ich weiß es nicht. Ich muss eben akzeptieren, dass es dich doppelt geben kann."

„Es liegt an meiner Kraft, die mir gegeben wurde. Und nicht nur durch die heilende Hexensalbe, die in meine Hände eingerieben wurde. Auch der Engel, der mich beschützt, ist vorhanden. Er sorgt dafür, dass ich noch mal entstehe, indem er meine Seele und meinen Geist übernimmt und einen zweiten Körper von mir formt, mit dem ich dann unterwegs sein kann."

Mason sagte nichts. Er saß starr am Tisch. Er wunderte sich über sich selbst, dass er solch ein Phänomen akzeptierte, obwohl es mit Logik nicht zu erklären war. Allerdings hatte er in den letzten Tagen lernen müssen, alles nicht nur mit den Augen der Logik zu betrachten. Er musste Phänomene wie diese hinnehmen.

Dabei war er Polizist, der in seinem Job nur mit realen Vorgängen konfrontiert wurde. Ein Mord ließ sich erklären, da gab es Motive, aber diese Phänomene, wie er sie erlebt hatte, das war etwas ganz anderes.

Mason schaute in das Glas und schob es auf der Tischplatte hin und her.

„Es kann nicht so weitergehen, Dorry. Ich bin Polizist. Und in meiner Wohnung liegt eine Tote. Auf dem nahen Parkplatz liegen ebenfalls zwei Tote. Man wird von mir Aufklärung verlangen, und ich weiß nicht, wie ich bestimmte Dinge erklären soll."

Dorianas Gesicht war ernst, als sie nickte. „Ja, das ist in der Tat ein Problem."

„Und wie lösen wir es?"

„Das müsstest du wissen, Mason. In die Polizeiarbeit kann ich mich nicht einmischen, aber du musst auch wissen, dass sich dein Leben verändert hat. Es wird nicht mehr so weitergehen, wie du es gewöhnt bist ..."

Mason unterbrach sie. „Du meinst, dass ich meinen Job an den Nagel hängen muss?"

„Das will ich nicht sagen. Möglicherweise gelingt es dir ja, dich mit deinen Vorgesetzten zu arrangieren und so eine Lösung zu finden. Nur bitte ich dich, mich aus dem Spiel zu lassen. Deine Kollegen würden mich nicht akzeptieren. Das Schicksal hat dich nun mal ausgewählt. Nimm es an. Stell dich nicht dagegen.

Du würdest dabei nur unglücklich werden."

Mason grinste schief. „Ja, du hast recht."

„Wir werden den Weg gemeinsam gehen. Ich habe dir schon mal gesagt, dass wir erst am Anfang stehen. Wir werden noch einige Rätsel zu lösen haben, die bestimmt nicht in dein logisches Denkraster passen, und wir werden uns genau überlegen müssen, wie wir weiterhin vorgehen."

„Das weiß ich schon."

„Sehr gut. Und wie willst du jetzt vorgehen?"

„Ich rufe Martin Curtis an."

„Jetzt?"

„Ja, er ist mein Vorgesetzter, aber er ist auch ein Mann, der viel Verständnis aufbringt. In den Jahren unserer Zusammenarbeit ist ein Vertrauensverhältnis entstanden. Wir verstehen uns gut, und ich hoffe, dass er auch jetzt Verständnis für mich zeigt."

„Was willst du ihm sagen?"

„Nicht viel zunächst. Ich werde ihn bitten, dass die Toten abgeholt werden."

„Auch Frenchy?"

Mason presste die Lippen zusammen und schluckte.

„Ja", erwiderte er mit leiser Stimme. „Sie ebenfalls."

Doriana stimmte ihm zu. „Das ist im Moment am besten. Nur möchte ich nicht unbedingt gesehen werden. Wenn deine Kollegen hier eintreffen, ziehe ich mich zurück."

„Ja, so machen wir es.“

Es fiel Mason Flint nicht leicht, von seinem Stuhl aufzustehen. Er hatte den Eindruck, als würde auf seinen Schultern ein Tonnengewicht lasten.

In der Küche wollte er nicht telefonieren, und auch nicht in Gegenwart der Toten. Deshalb zog er sich mit dem Apparat zurück ins Schlafzimmer, wo ihn niemand störte …

Noch nie war Mason Flint ein Anruf so schwergefallen wie dieser. Doch er kam nicht darum herum, er musste mit Curtis sprechen, auch wenn es mitten in der Nacht war. Dabei dachte er daran, wie oft man ihn selbst schon aus dem Schlaf gerissen hatte. Als Bulle gab es eben keine geregelten Arbeitszeiten.

Er saß auf der Bettkante und lauschte dem Freizeichen. Einige Male läutete es durch, was um diese Uhrzeit nicht verwunderlich war, aber dann wurde abgehoben.

Die Stimme kam ihm fremd vor. Curtis war wohl aus dem Tiefschlaf gerissen worden.

„Ich bin es, Mason Flint.“

„Sie?“

„Ja, Chief.“

Curtis war jetzt hellwach, das entnahm Mason Flint dem Klang seiner Stimme. „Ich hoffe, Sie haben einen guten Grund, mich um diese Zeit zu wecken.“

„Den habe ich. Es geht um drei Tote, die so schnell

wie möglich abgeholt werden müssen."

Die Antwort hatte Curtis für einen Moment sprachlos gemacht. Dann flüsterte er: „Sie haben doch nichts getrunken? Oder sind Sie irgendwie bekifft?"

„Nein, ich bin stocknüchtern." Das war Mason auch, trotz der drei Schlucke Whisky.

„Und wo finden wir die Toten?"

„Zwei Männer liegen auf einem Parkplatz in der Nähe meiner Wohnung. Die Frau finden Sie in meiner Wohnung."

„Und sie sind alle nicht normal gestorben?"

„So ist es."

„Verdammt, Mason, Sie werden uns einiges zu erzählen haben."

„Bestimmt."

„Gut, ich komme selbst. Sind Sie in Ihrer Wohnung?"

„Ja. Aber ich werde vor dem Haus auf Sie warten. Wir müssen zuerst die beiden Toten auf dem Parkplatz wegschaffen."

„Kennen Sie sie?"

„Nur flüchtig."

„Und wer ist die tote Frau?"

„Frenchy Davies."

Martin Curtis verschlug es die Sprache. Er gab ein Geräusch von sich, das sich alles andere als menschlich anhörte. Dann sagte er: „Wir werden sehen."

„Gut, bis gleich." Mason unterbrach die Verbindung. Er blieb auf der Bettkante sitzen und wusste nicht, wie er sich fühlen sollte. Er war nicht Fisch und nicht Fleisch, und er wünschte sich in diesem Moment weit weg.

Doriana drückte die Tür auf. Sie sah Mason wie ein Häufchen Elend auf dem Bett sitzen und fragte mit leiser Stimme: „Wie ist es gelaufen?"

Flint hob den Blick. „Was soll ich dazu sagen? Ich kann dir keine konkrete Antwort geben. Jedenfalls werden die Toten abgeholt, und dann muss man weitersehen. Ich denke nicht, dass ich in diesem Spiel die besten Karten habe."

Dorry setzte sich neben ihn. Sie schlang ihre Arme um seinen Nacken.

„Ich denke, dass sich das ändern wird. Es ist nur ein momentanes Tief, wir packen das schon."

„Bist du sicher?"

„So sicher wie das …" Im nächsten Augenblick verschloss sie Masons Lippen mit einem Kuss. Er stemmte sich für einen winzigen Moment dagegen, ließ es sich dann aber gefallen und merkte, dass ihm diese Geste nach all dem Grauen mehr als gut tat.

Sie hatte ja recht. Es gab immer wieder einen neuen Tag und noch einen und einen weiteren. Er würde sich zusammenreißen und daran denken, dass sein Schutzengel eine Hexe war.

Unglaublich, aber dennoch real …

Es war eine große Tasse Kaffee, an der sich Mason Flint seine Hände wärmte. Er brauchte das Getränk jetzt, denn die Nacht war lang gewesen. Erst in den Morgenstunden hatte er sich hinlegen können. Zwei Stunden Schlaf, das war alles gewesen. Nach dem Erwachen hatte er sich wie gerädert gefühlt. Daran hatte auch die Dusche nicht viel ändern können.

Es war alles so gelaufen, wie er es sich gedacht hatte. Die drei Leichen waren abtransportiert worden, lagen im Leichenschauhaus und würden später untersucht werden.

Die Probleme waren damit allerdings nicht verschwunden. Sie lagen auf Mason wie eine unsichtbare Last, denn er wusste, dass zahlreiche Fragen seiner Kollegen auf ihn zukommen würden. Einer, der mit ihm reden wollte, saß ihm bereits gegenüber.

Martin Curtis hatte den kleinen Besprechungsraum vorgeschlagen, in dem hin und wieder auch Verhöre durchgeführt wurden. Und die folgende Besprechung würde auch mehr einem Verhör gleichen, das allerdings noch nicht begonnen hatte, denn beide Männer warteten auf Commander Blake, der unbedingt eingeweiht werden musste, weil er ihr oberster Vorgesetzter war.

Curtis, dessen Haare grau geworden waren, schüttelte mehrmals heftig den Kopf, bevor er zu sprechen begann.

„Himmel, Mason, da haben Sie mir mal wieder etwas eingebrockt, das über mein Fassungsvermögen geht."

„Ich habe Ihnen das eingebrockt?"

„Natürlich."

Flint lachte. „Von wem habe ich denn den Auftrag erhalten, mich um die ungewöhnlichen Morde zu kümmern? Den Job habe ich mir bestimmt nicht selbst ausgesucht. Dass er derartige Auswüchse annehmen würde, damit habe ich nicht rechnen können."

„Sie haben sich aber voll reingehängt, allerdings ohne mich in alle Details einzuweihen."

„Das war nicht möglich."

„Kann sein, Mason. Aber da gibt es noch eine große Unbekannte in der Rechnung."

„Sie meinen Doriana Gray?"

„Ja." Curtis verengte die Augen. „Wo steckt sie? Sie kann sicher einiges zur Aufklärung beitragen."

„Sie ist weg." Mason hatte sich diese Antwort schon vorher zurechtgelegt, und dabei blieb er auch.

„Soll ich Ihnen das glauben?"

„Beweisen Sie mir das Gegenteil."

Curtis grinste. „Das kann ich nicht. Ich will auch nicht weiter bohren, aber ich frage Sie, wie Sie sich Ihre Zukunft vorstellen."

Mason Flint hatte geahnt, dass diese Frage kommen würde, und die Antwort hatte er sich ebenfalls schon zurechtgelegt. „Mit dem Urlaub ist das bei uns ja so eine Sache. Wie bei allen von uns hat sich auch bei mir einiges angesammelt, und ich habe mir gedacht, dass ich für einige Zeit Urlaub nehmen werde, um wieder Ruhe zu finden."

„Ach ja?" Curtis musste lachen. „Das glaube ich Ihnen nicht. Sie wollen nur auf eigene Faust weitermachen."

„Das haben Sie gesagt."

„Und ich sehe es an Ihrem Blick."

Mason trank einen Schluck von seinem Kaffee, der noch heiß genug war. „Es ist Ihre Sache, ob Sie es glauben oder nicht, Chief. Ich jedenfalls werde diesen Weg gehen."

„Sagen Sie mir, wo sich die Gray versteckt hält!"

Mason brauchte sich keine Antwort mehr zu überlegen, denn Commander Blake betrat den Raum. Er war hochgewachsen, trug einen hellgrauen Anzug und zum weißen Hemd eine unifarbene grüne Krawatte. Er war ein Farbiger. Sein Vater stammte aus London, die Mutter aus Togo.

Blake galt als harter Knochen, aber auch als jemand, der für seine Männer durchs Feuer ging, wenn es sein musste. Auch er war in den Fall eingeweiht worden.

Nach einer kurzen Begrüßung nahm er Platz und nickte Mason Flint zu.

„Ich denke, Sie sollten die Karten auf den Tisch legen, denn was hier geschehen ist, einschließlich der ungewöhnlichen Morde in der letzten Zeit, stinkt ganz gewaltig zum Himmel."

„Das kann man so sagen, Sir."

„Bitte, dann berichten Sie."

Auch damit hatte Mason gerechnet und sich seine Worte längst zurechtgelegt.

Doriana ließ er zwar nicht aus dem Spiel, weil ihre Existenz nun mal bekannt war, er drängte sie aber in den Hintergrund und wies mehrmals darauf hin, dass man ihm zwei Killer auf den Hals gehetzt hatte, die auch Frenchy Davies getötet hatten.

„Das geschah in Ihrer Wohnung?"

„Ja, Sir."

„Und Sie haben die Mörder erst auf dem Parkplatz erwischt?"

„Es ging nicht anders. Außerdem waren sie mit ungarischen Diplomatenpässen ausgestattet. Ich habe sie zuerst laufen lassen. Doch dann habe ich mich anders entschieden und bin ihnen gefolgt, um ihnen noch ein paar Fragen zu stellen. Sie bemerkten mich und haben mich sofort angegriffen, sodass mir keine andere Wahl blieb, um meinen Kopf zu retten."

Der Commander bekam dicke Wangen und blies dann hörbar die Luft aus. Seine nächste Frage galt Martin Curtis.

„Was sagen Sie dazu?"

„Ich akzeptiere Masons Handlungsweise."

Mason fiel ein Stein vom Herzen, dass Curtis ihm nicht in den Rücken gefallen war. Beide warteten auf die Reaktion des Commanders.

Das spöttische Lächeln blieb in seinen Mundwinkeln. „Sie machen es sich einfach, Mason. Und wenn ich ehrlich bin, dann glaube ich Ihnen nur die Hälfte. Weil das so ist, befinden Sie sich in keiner guten Position. Hinter diesem Fall steckt mehr, als wir bisher ahnen. Sie vielleicht ausgenommen, Mason. Und ich kann mir auch vorstellen, dass darin Dinge mitspielen, die nicht gerade für die Öffentlichkeit geeignet sind – oder?“

„Ich möchte Ihnen nicht widersprechen, Sir.“

„Danke, das reicht mir. Also müssen wir eine Lösung finden, und ich habe mir gedacht, dass diese Lösung unter uns bleiben muss. Sie wissen, dass es Grenzen gibt. Aber mir ist auch klar, dass man manchmal mit Fällen konfrontiert wird, die diese Grenzen überschreiten. Ich glaube, dass dies hier geschehen ist. Ich nehme Ihnen zudem ab, dass Sie nicht alles sagen können, Mason. Offiziell wird Martin Curtis den Fall weiter verfolgen. Sie sind draußen, auch offiziell. Man darf in einer höheren Position nicht unbedingt ein emotionaler Mensch sein, in diesem Fall jedoch lasse ich mich von meinen Gefühlen leiten. Machen Sie inoffiziell weiter, Mason. Forschen Sie nach den Hintergründen, und das können Sie während Ihres Urlaubs tun.“

Mason Flint schoss eine Glutwelle ins Gesicht. „Ich hätte Sie auch um Urlaub gebeten, Sir.“

„Das dachte ich mir. Sie verschweigen eine Menge. Aber ich spüre irgendwie, dass Sie einer ganz besonderen Sache auf der Spur sind. Den Kontakt zu uns können Sie über Martin oder mich halten. Ansonsten haben Sie freie Hand. Diese seltsamen Morde, auf die wir Sie angesetzt haben, sind vielleicht nur der Anfang von etwas weitaus Schlimmerem, das noch auf uns zukommt. Ich bin inzwischen davon überzeugt, dass Sie eine Tür geöffnet haben, hinter der noch einiges lauern kann."

„Danke, Sir, dass Sie mir vertrauen."

Der Commander schaute auf die Uhr. Danach erhob er sich, und auch Mason stand auf. Curtis stemmte sich ebenfalls in die Höhe. Die Männer nickten sich zu, dann verließ der Commander den Raum.

Flint ließ sich zurück auf den Stuhl fallen. Obwohl es recht kühl war, lag auf seiner Stirn ein dünner Schweißfilm.

Curtis schlug ihm auf die Schulter. „Da ist der Kelch noch mal knapp an Ihnen vorbeigegangen."

„Kann man so sehen."

Auch Curtis setzte sich wieder. „Und was ist wirklich gelaufen, Mason? Wollen Sie es mir denn nicht sagen?"

„Es fällt mir schwer, es nicht zu tun, Chief, aber ich glaube, es ist besser, wenn ich den Weg allein gehe."

„Nicht mit ihr?", fragte der Chief Superintendent mit einem Lauern in der Stimme.

„Wenn Sie Doriana damit meinen, kann ich Ihnen nicht viel dazu sagen. Sie hat sich zurückgezogen."

„Okay. Ich werde nicht weiter nach ihr fragen und möchte noch einmal auf Frenchy Davies eingehen. Dass sie tot ist, muss Sie doch verdammt hart getroffen haben."

„Ja."

„Und jetzt?"

Mason seufzte. „Ich habe sie geliebt und wollte für immer mit ihr zusammenbleiben. Es fällt mir sehr schwer, über ihren Tod hinwegzukommen. Aber das Leben geht weiter."

„Und wie?"

„Ich weiß es noch nicht, Chief. Ich muss mich eben mit den Tatsachen abfinden."

„Und wie fühlen Sie sich dabei?"

Mason hob die Schultern. „Wie jemand, den man ins Wasser geworfen hat und der erst noch das Schwimmen lernen muss. Aber ich werde schon wieder zu mir finden, darauf können Sie sich verlassen. Nur so viel noch: Ich habe das Gefühl, von nun an mit Dingen konfrontiert zu werden, die nur noch wenig mit der Realität zu tun haben, wie wir sie kennen."

„Was bedeutet das?"

„Dass ich mit Vorgängen zu tun haben werde, die nicht als normal zu betrachten sind."

„Vampire?"

„Auch ..." Mason nickte. „Ja."

„Darüber habe ich auch mit Commander Blake gesprochen."

Mason horchte auf. „Und was hat er gesagt?"

„Er hat für mich ziemlich ungewöhnlich reagiert. Er kam auf seine Abstammung zu sprechen. Wie Sie wissen, stammt seine Mutter aus Schwarzafrika. Sie hat ihm früher viel über ihre Heimat erzählt. Dabei sind immer wieder alte Mythen und Legenden zur Sprache gekommen. Sie hat mit ihm über Vorgänge gesprochen, die eigentlich ins Reich der Fantasie gehören. Über Praktiken des Voodoo-Zaubers und über lebende Tote. Das alles hat den Jungen wohl so gefesselt, dass er auch als Erwachsener vieles davon behalten hat. Deshalb steht er den Vorgängen, mit denen Sie hier konfrontiert worden sind, sehr offen gegenüber."

„Ich verstehe. Deshalb seine Reaktion."

Martin Curtis grinste. „Ja, Sie haben Glück gehabt."

Mason grinste zurück. „Ich kann nur hoffen, dass mir das Glück auch in Zukunft treu bleibt."

Curtis nickte. „Ich drücke Ihnen die Daumen."

Die beiden Männer reichten sich die Hand. Danach verließ Mason das Zimmer. Er hatte dabei das Gefühl, nicht nur diesen Raum hinter sich zu lassen, sondern auch sein ganzes bisheriges Berufsleben.

Seine Gefühle schwankten zwischen neugieriger Erwartung und einer nicht eben geringen Sorge …

Er fuhr zurück in seine Wohnung, und als er den Flur betrat, kam ihm eine Nachbarin entgegen. Er kannte sie als neugierige Person, und sie sprach ihn auch sofort an.

„Haben Sie eine neue Freundin, Mr. Flint?"

„Wie kommen Sie darauf?"

„Die andere war doch immer blond, nicht?"

„Ja, das ist sie auch noch. Und die Schwarzhaarige ist meine Schwester, wenn Sie verstehen."

Er sah an ihrem süßsauren Lächeln, dass sie ihm kein Wort glaubte. Es war ihm auch ziemlich egal.

Die nächste Überraschung wartete bereits auf ihn. Er hatte Dorry gebeten, Handwerker anzurufen, die eine neue Tür einsetzen sollten. Das war auch geschehen, und sie unterschied sich kaum von der alten. Sie sah nur ein wenig heller aus.

Doriana musste Ohren wie eine Katze haben, sie hatte Mason bereits gehört und öffnete ihm die Tür. Ihr Blick war angespannt und forschend, aber auch etwas erleichtert, als sie in Masons Gesicht schaute.

„Du hast alles gut überstanden?"

„Ja, das habe ich."

„Dann komm rein."

Die tote Frenchy lag nicht mehr im Sessel. Dennoch wurde er ihren Anblick geistig nicht los, als er den Wohnraum betrat, und ein Schauer glitt über seinen Rücken.

Doriana hatte es bemerkt und streichelte über seine

Wange. „Du vermisst sie, nicht wahr?“

„Ich kann sie nicht so schnell vergessen.“

„Das glaube ich dir. Aber wir können an dem, was geschehen ist, nichts mehr ändern.“

„Ich weiß.“ Mason drehte sich zu ihr um und schaute sie an. Er musste ihr sagen, wie das Gespräch mit Commander Blake und Chief Superintendent Martin Curtis verlaufen war. Er bat sie, sich hinzusetzen, was sie auch tat. Gespannt schaute Sie ihn an.

Mason berichtete, und Doriana hörte zu. Auf ihrem Gesicht ging die Sonne auf, als sie hörte, wie man Mason behandelt hatte.

„Das hätte ich nicht für möglich gehalten.“

„Du sagst es. Ich auch nicht.“

„Und jetzt?“

„Habe ich Urlaub, und wir können weitermachen. Uns also richtig reinhängen.“

„Was bedeutet das?“

Er lächelte. „Ich habe Martin Curtis und dem Commander nicht alles gesagt.“

„Und?“

„Denk an die Visitenkarte, die wir gefunden haben. Sandor Barthory. Ein Name, der damals in Ungarn keinen guten Ruf hatte und der jetzt hier in London wieder auftaucht. Ich will mehr über ihn wissen, und ich weiß auch, wie ich an die Informationen herankomme.“

„Das hört sich gut an.“

Mason nahm das Telefon von der Station. Sein Gesicht zeigte einen entspannten Ausdruck.

Doriana war neugierig und fragte: „Wen rufst du an?“

„Einen Bekannten bei Interpol. Wir haben mal zusammen einen Kursus belegt und haben uns gut verstanden. Der Mann ist Belgier und heißt Anton de Vries. Er ist jemand, der immer gut informiert ist. Er hat seine Ohren überall. Ich hoffe, dass er uns weiterhelfen kann.“ Mason holte noch ein kleines Notizbuch aus der Tasche. Dort hatte er wichtige Informationen notiert. Er mochte es mehr als den neuen elektronischen Kram, mit dem fast jeder herumlief.

Auch die Nummer des Kollegen hatte er notiert. Jetzt drückte er sich selbst die Daumen, dass er de Vries auch erreichte.

Tatsächlich hob der Belgier ab.

„Flint hier!“

„Was? Mason Flint?“

„Genau der.“

„He, alter Engländer, wie geht es dir? Sollen wir mal wieder eine harte Tour durch belgische Kneipen machen, damit du endlich mal wieder ein vernünftiges Bier trinken kannst?“

„Nein, nein. Oder später mal. Im Moment habe ich ziemlichen Stress. Vielleicht kannst du mir helfen, ihn abzubauen.“

„Dann lass mal hören.“

„Es geht um einen Mann. Sein Name ist Sandor Barthory. Sagt er dir etwas?“

De Vries lachte hart in den Hörer. „Ob der mir etwas sagt? Und wie! Da hast du dir einen starken Fisch ausgesucht. Der ist Hai und Barrakuda zugleich.“

„Hört sich nicht gut an.“

„Ist es auch nicht. Sandor Barthory ist wohl in der ganzen Welt bekannt. Na ja, zumindest hier in Europa.“

„Gut. Und weiter?“

„Er ist Milliardär mit Wohnsitzen auf der ganzen Welt. Er leitet einen Mischkonzern. Barthory Enterprises. Sagt dir das was?“

„Ja, jetzt, wo du es erwähnst, schon. Ich habe davon gehört, wusste nur nicht, dass dieser Sandor Barthory dazugehört.“

„Okay.“

„Aber warum ist er bei Interpol so bekannt? Das muss doch einen Grund haben.“

„Ja, den gibt es. Einige meiner Kollegen sind der Meinung, dass Barthorys Geschäfte alles andere als koscher sind. Nach außen hin schon, aber es dringen immer mal wieder Interna der Firma nach außen. Wir vermuten, dass es sich bei Sandor Barthory um einen der größten Waffenhändler der Welt handelt. Wenn irgendwo ein Krieg ausbricht, kannst du davon ausgehen, dass seine Waffen im Spiel sind. Wie man hörte, soll er auch Terroristen damit versorgt haben.

Ein ganz böser Finger ist das – und er ist scheu. Es gibt kaum ein Foto von ihm. Er gibt zwar Partys, aber er selbst ist nie dabei."

„Das ist doch schon was."

„Meine ich auch, Mason. Warum interessierst du dich für Sandor Barthory? Ist der für dich nicht eine Nummer zu groß? Nichts gegen dich und deine Arbeit. Aber an ihm haben sich schon ganz andere die Zähne ausgebissen."

„Das kann ich mir denken." Mason wollte dem Kollegen nicht zu viel mitteilen. „Der Name ist nur in einem Fall aufgetaucht, in dem es um gefälschte ungarische Diplomatenpässe geht."

„Wenn es nichts weiter als das ist, dann lass lieber die Finger davon. Um gegen Barthory vorzugehen, brauchst du eine Armee. Und auch dann kannst du nicht sicher sein, ob die Hälfte der Leute nicht von ihm gekauft worden sind. Barthory ist ein verdammt harter Hund."

„Danke für deine Informationen, Anton."

„He, war das alles?"

„Vorerst schon."

„Und was ist mit unserem Bier?"

„Das trinken wir, wenn ich mal wieder in Brüssel bin. Großes Polizistenehrenwort."

„Na ja, darauf kann man sich heute auch nicht mehr verlassen. Mach's gut."

„Du auch. Und danke."

„Gerne, Mason, keine Ursache."

Doriana lächelte Mason an. „Dein Telefonat war erfolgreich, nicht wahr?"

„Ja, das kann man sagen." Mason wiederholte in knappen Worten, was er über Sandor Barthory erfahren hatte. Über die Ursprünge des Namens wussten sie Bescheid. Nun hatten sie den Beweis, dass er auch in der Gegenwart aktiv war, und wenn man bedachte, dass Barthory es geschafft hatte, Milliardär zu werden und sein Geflecht aus Firmen über den ganzen Erdball zu verbreiten, dann war das allerhand.

„Was tun wir, Mason?"

„Wir bleiben am Ball."

„Und wie?"

Mason gestattete sich ein Lächeln. „Wenn jemand wie Barthory seine Wohnsitze auf der ganzen Welt hat, dann gehe ich davon aus, dass er auch in Europa einige Häuser besitzt."

„Denkst du dabei an London?"

„Genau."

„Das lässt sich doch feststellen."

Flint lächelte. „Genau darum werde ich mich als Erstes kümmern."

„Sehr gut. Kannst du da wieder einen Bekannten einsetzen?"

„Richtig. Ich kenne einen Kollegen aus der Abteilung für Wirtschaftsverbrechen. Zwar bin ich offiziell in Urlaub, aber das wird sich bis dort bestimmt noch nicht herumgesprochen haben."

„Dann mal zu."

Mason Flint lächelte, als er sah, dass auch Doriana von einer gewissen Spannung erfasst worden war. Den Kollegen hatte er schnell erreicht, verstand ihn aber schlecht, weil der gerade aß.

„Moment, Flint, Moment." Ein Schlucken, dann war seine Aussprache wieder in Ordnung. „So, um was geht es?"

„Um eine Auskunft, Mulligan."

„Wenn es sich um deine komischen Morde handelt, bist du bei mir an der falschen Adresse."

„Nein, nein, es geht um dein Gebiet."

„Dann bin ich ganz Ohr."

„Sandor Barthory."

Mulligan gab einen undefinierbaren Laut ab.

„Hast du Probleme mit dem?"

„Ja, zumindest mit seinem Namen."

„Sandor Barthory – das ist der Albtraum aller schlaflosen Nächte eines Wirtschaftskriminalisten. Ehrlich, Flint, kannst du mich nicht was Leichteres fragen?"

„Nein."

„Na gut, dann will ich dir sagen, was ihm alles gehört und ..."

„Musst du nicht, Mulligan. Ich habe gehört, dass er zahlreiche Wohnsitze sein Eigen nennt."

„Stimmt."

„Und kann es sein, dass er auch ein Haus oder eine

Wohnung hier in London besitzt oder in der Nähe?"
„Treffer, Flint."
„He, das ist gut. Wo steht das Haus oder …"
„Langsam, langsam. Ich muss deine Euphorie bremsen. Seine Villa an der Themse kannst du vergessen. Sie ist eine Festung. Da kommst du nicht rein. Wir haben es mal versucht, aber der Innenminister persönlich hat uns zurückgepfiffen. Allerdings gibt es da noch ein anderes Haus, das nicht in London steht, sondern etwas außerhalb in Richtung Grafschaft Kent. Wir haben uns vor etwa fünf Jahren mal dafür interessiert, weil wir vermuteten, dass er es als Versteck für Waffen benutzte. Aber da war nichts. Wahrscheinlich ist er vorher gewarnt worden. Das Haus ist sehr alt und seit Jahren nicht mehr bewohnt. Sorry, wenn ich dir nichts anderes sagen kann. Da wirst du ihn oder seine Helfer nicht finden."
„Und sonst hat er keine weiteren Wohnsitze in London?"
„Bestimmt, aber ich denke, dass er sie dann über einen Strohmann gemietet oder gekauft hat." Ein kurzes Räuspern. „Das ist bei solchen Typen durchaus üblich."
„Aber du weißt, wie man zu diesem alten Haus in Kent hinkommt?"
„Ja. Ich war damals dabei."
„Gib mir bitte die Beschreibung des Weges."
„Ich maile sie dir und …"

„Nein, das nicht. Ich bin nicht im Büro. Du musst sie mir auch nicht aufs Handy mailen. Gib sie einfach durch, dann schreibe ich mit. So wie früher."

„Gut."

Ein Block lag in der Nähe, auf dem sich Mason die entsprechenden Notizen machte.

„Sonst noch was, Flint?"

„Nein, aber damit hast du mir schon geholfen."

Mulligan war neugierig. „Was willst du denn in dem Bau?"

„Das weiß ich noch nicht. Wir verdächtigen einen Mann, der wohl zu Barthorys Geschäftsfreunden gehört. Jetzt suchen wir nach seinem Versteck und kämmen alles durch, was infrage kommen könnte."

„Sag mir Bescheid, wenn du etwas findest. Barthory steht auf vielen Fahnderlisten ganz oben. Nur hat ihm bisher niemand etwas nachweisen können."

„Ja, das habe ich auch schon gehört. Vielen Dank jedenfalls."

„Gern geschehen. Jetzt kann ich wenigstens weiteressen."

„Tu das." Mason war froh, die Information erhalten zu haben, und auch Doriana lächelte.

„Das war gute Arbeit."

„Auch Glück. Und das hat nur der Tüchtige. Ich kann mir beim besten Willen noch immer nicht vorstellen, warum dieser Barthory uns die beiden Killer auf den Hals gehetzt hat."

„Er hasst Vampire, glaube ich."

Mason hob die Augenbrauen. „Und warum hasst er sie?"

„Wenn wir das herausfinden, dann haben wir die Lösung."

„Der Meinung bin ich auch."

„Gut, und du meinst, dass uns ein Besuch in diesem Haus weiterhelfen kann?"

„Ich hoffe es, Dorry. Es ist nur eine Spur, ein Hinweis und nicht mehr. Aber was haben wir sonst in der Hand?"

„Wenig."

„Sag lieber gar nichts."

„Und wann sollen wir los?"

„Sofort."

Sie lachte. „Ich bin dabei!"

3

Der Weg führte sie in Richtung Südwesten. Südlich der Stadt Maidstone ging es in ein hügeliges Gelände. Überall leuchteten die Rapsfelder, deren strahlendes Gelb in einem herrlichen Kontrast zum saftigen Grün der Weiden stand.

Das Wetter meinte es gut mit ihnen. Am fast dunkelblauen Himmel zogen gemächlich kleine weiße Wolkenbällchen vorüber.

Mason hatte das Schiebedach des flaschengrünen Jaguars geöffnet, um die warme Sommerluft genießen zu können. Der Wind brachte den Duft von frisch gemähtem Gras mit.

Hätte ein Fremder die beiden Menschen gesehen, er hätte sie für ein Paar halten können, das einen freien Tag auf dem Land verbringen wollte. Sie fühlten sich beide wohl, denn das schöne Wetter beflügelte ihre Laune.

„Manchmal kann die Welt doch herrlich sein, Mason, wenn auch nur für einen Augenblick.“

„Ja, aber ich schäme mich wegen Frenchy fast dafür, dass ich eine so gute Laune habe.“

Doriana legte ihm ihre rechte Hand auf den linken Arm. „Du kannst es nicht ändern und rückgängig machen. Es ist ihr Schicksal gewesen.“

„Das sagst du so leicht. Aber musst du dir eigentlich keine Vorwürfe machen? Durch dich ist sie schließlich zur Blutsaugerin geworden."

„Ich war ebenfalls eine, vergiss das nicht. Und als Blutsaugerin hatte ich nichts anderes im Sinn, als an Menschenblut zu gelangen, das meine Existenz sicherte. Das Wort Rücksicht war mir fremd."

„Und heute?"

Ihr Gesicht verdunkelte sich für einen Moment. „Heute würde ich jeden Vampir vernichten."

„Das wollte ich nur hören."

London lag längst hinter ihnen und damit auch der starke Verkehr, der allmählich geringer wurde. Mason schaute oft in den Rückspiegel, ebenfalls in die Seitenspiegel. Er misstraute dieser Idylle. Sie hatten bisher nur einen kleinen Sieg errungen. Wer immer ihre Gegner auch waren, sie würden weitermachen und sie jagen. Mason war klar, dass sie damit rechnen mussten, beschattet zu werden.

Verfolger hatte er noch nicht entdeckt, und das beruhigte ihn etwas.

Sie passierten kleine Ortschaften oder fuhren hindurch. Sie sahen Schafherden und grasende Rinder auf den Weiden.

„Wie hieß noch der Ort in der Nähe?", fragte Doriana.

„Hunton."

„Ah ja. Ich habe ihn leider noch nicht auf einem Schild entdecken können."

„Keine Sorge, ich habe ihn einprogrammiert." Mason deutete auf den kleinen Bildschirm. „Wir haben es nicht mehr weit.“

Nach Hunton hinein mussten sie nicht. Das alte Gebäude stand außerhalb der Ortschaft. Mulligan hatte von einer großen Senke gesprochen, aber davon gab es in dieser Gegend mehrere.

Nicht mal fünf weitere Minuten mussten sie fahren, als sie auf eine Kreuzung zufuhren. Sie sahen schon von Weitem, dass sie mit mehreren Schildern bestückt war.

„Nach dreihundert Metern links abbiegen!“, sagte die Stimme aus dem Off.

„Sie ist gut, die Unsichtbare.“ Doriana lächelte. „Aber wir wären auch ohne sie zurechtgekommen.“ Sie wies auf ein Schild, auf dem der Name Hunton zu lesen war.

„Du sagst es.“

Im ebenen Gelände suchten beide rechts und links der Straße nach einem einsam stehenden Haus. Sie hatten Pech. Nichts war zu sehen, nicht mal eine Scheune.

„Dann müssen wir wohl doch durch den Ort.“

Mason nickte nur. Er hatte sich vorgenommen, jemanden zu fragen, der sich hier auskannte.

Sie mussten nicht lange warten. Noch vor dem Dorf fiel ihnen ein Mann auf, der auf einer Bank am Wegesrand hockte, einen Rucksack neben sich stehen hatte und telefonierte. Dabei klemmte eine Pfeife wie ein gekrümmter Haken zwischen seinen Lippen.

Mason Flint lächelte knapp. „Mal hören, ob er uns weiterhelfen kann, falls er kein Tourist ist.“

Sie stoppten neben der Bank. Der Mann legte sein Handy zur Seite und schaute hoch. Dabei paffte er einige Qualmwolken. Ein Rest des Qualms verfing sich in seinen dichten Barthaaren.

Mason stieg aus. Der Pfeifenraucher hatte nur Augen für Doriana, die ihm den Kopf zugedreht hatte. Als Masons Schatten auf ihn fiel, zuckte der Wanderer zusammen.

„Ich grüße Sie.“

„Bitte?“, murmelte der Mann.

Mason lachte. „Wir haben da mal eine Frage. Wir suchen ein Haus, das hier in der Nähe stehen soll. Es liegt recht abseits und ist nicht bewohnt, wie man uns sagte.“

„Und weiter?“

„Können Sie uns helfen und uns den Weg beschreiben?“

Der Wanderer schob seine Mütze in die Höhe. Langsam nickte er. „Sie können noch vor dem Kaff hier rechts einbiegen. Da gibt es einen schmalen Weg, der dort endet, wo die lange Senke beginnt. An ihrem Hang steht der Bau. Aber versprechen Sie sich nicht zu viel davon.“

„Warum nicht?“

„Der Bau scheint vergessen worden zu sein. Niemand kümmert sich darum. Die Bude ist tot, mausetot."

„Danke für die Auskünfte." Mason wandte sich ab und hörte hinter sich die Stimme des Mannes.

„He, was wollen Sie denn da?"

„Nur ansehen, mehr nicht."

Der Wanderer lachte nur. Dabei winkte er ab und sah zu, wie Mason wieder in den Jaguar stieg und seinen Gurt anlegte.

„Du hast alles mitbekommen, Dorry?"

„Sicher." Sie fuhr durch ihre Haare. „Ich bin gespannt, ob wir nur noch eine Ruine vorfinden."

Mason hob die Schultern und startete. Dabei hielt er sich genau an die Anweisungen des Wanderers.

Sie mussten tatsächlich nicht ins Dorf hineinfahren. Noch vor den ersten Häusern zweigte ein Feldweg ab, der in Schlangenlinien in das Gelände führte.

„Zumindest hat er uns nicht in die Irre geführt", bemerkte Doriana. „Aber hast du gesehen, wie der mich angeglotzt hat? Der zog mich mit seinen Blicken fast aus."

„Kann ich verstehen. Du bist nun mal eine Augenweide."

Sie boxte Mason in die Seite. Danach schwiegen beide.

Mason musste sich auf den Weg konzentrieren, der zwar eben aussah, es in Wirklichkeit aber nicht war. So reihte sich eine Unebenheit an die nächste, doch nach einer Weile wurde es besser, als der Weg auf einen anderen traf, der breiter war.

Er führte auf das Haus zu, das am Hang der Senke stand und sich förmlich in das Gelände hineinduckte, als hätte es Angst davor, zu früh entdeckt zu werden.

„Da bin ich mal gespannt“, murmelte Mason.

Doriana hob die Schultern. „Von außen sieht man ihm nichts an. Zumindest nicht auf diese Entfernung.“

„Spürst du denn etwas?“

Sie war leicht irritiert und fragte: „Wie meinst du das?“

„Aufgrund deiner Hexenkräfte.“

Doriana legte den Kopf zurück und lachte. Es klang hell und erfrischend.

Beinahe wie bei Frenchy!, dachte Mason und musste schlucken, als ihm dieser Vergleich in den Sinn kam. Nein, Frenchy gab es nicht mehr. Er musste sich von den Erinnerungen trennen, so schwer es ihm auch fiel. Und er dachte dabei an ihren blutleeren Leichnam, den seine Kollegen aus seiner Wohnung geholt hatten. Er konnte nur hoffen, dass nichts davon an die Öffentlichkeit drang.

„Du darfst mich nicht überschätzen, Mason“, sagte Doriana. „Ich kann nicht mit den Fingern schnippen und Sonne herbeizaubern, wenn es regnet. Auch mir sind Grenzen gesetzt.“

„Hast du sie denn schon mal ausgelotet?“

„Nicht so richtig. Allerdings denke ich, dass es

dazu noch kommen wird. Und dann hoffe ich, in einer besseren Position zu sein."

Das alte Haus rückte näher. Beide hatten den Eindruck, als würde es nicht größer werden. Es blieb so tief und geduckt, als wollte es ein Teil der Landschaft sein.

Der Weg führte am Haus vorbei. Sein Ziel war die nächste Hügelkuppe, hinter der er verschwand.

Mason lenkte den Wagen nach links und fuhr den Rest der Strecke über eine Rasenfläche.

Doriana sagte nichts mehr. Sie schaute starr nach vorn, die Hände hatte sie auf die Oberschenkel gelegt. In ihrer Haltung kam sie Mason vor wie jemand, der in sich ging und meditierte.

Für Mason war diese Haltung ungewöhnlich. Er gab allerdings keinen Kommentar ab. Instinktiv wusste er, wann es besser war, Doriana nicht anzusprechen.

Dass dieses Haus fast schon zur Ruine verfallen war, konnte man bereits aus der Distanz erkennen. Zwar hatte es ein Fundament aus Bruchsteinen, die Fassade bestand jedoch aus Holz, und das hatte während der langen Jahre gelitten.

Verwittert und an manchen Stellen bleich wie Knochen war der alte Bau, der kleine Fenster hatte und eine Tür in der Mitte, die geschlossen war. Das Dach ragte an dieser Frontseite weit über die Tür hinweg. Die Dachschindeln waren nicht mehr alle vorhanden.

Es gab einige Lücken, und insgesamt machte der Bau den Eindruck, als hätte man ihn längst vergessen. Die Natur hatte Zeit genug gehabt, sich auszubreiten, und so reichte das Gras bis dicht an die Hauswand heran, und die Spitzen der hohen Halme erreichten fast die Fenstersimse.

Mason Flint bremste ab. Der Jaguar stand. Vor Masons Brust rutschte der Gurt hoch, und als er den Kopf nach links drehte, saß Doriana noch immer wie angewachsen auf ihrem Sitz. Ihr Gesicht war zu einer Maske geworden, und sie schaute mit einem nahezu lauernden Blick auf die alte Front.

Flint hielt sich mit einer Frage zurück, denn er sah, dass sie sich in einem Zustand befand, der schon einer Trance ähnelte. Sie schien sehr konzentriert, wie jemand, der seine Gedanken auf etwas Bestimmtes fixiert hatte.

Etwa eine Minute verging in einem tiefen Schweigen, bevor Doriana hörbar durch die Nase Luft holte. Danach nickte sie und wandte sich an Mason.

„Etwas stört mich."

„Und was?"

Sie hob die Schultern. „Wenn ich das wüsste. Das Haus sieht normal aus, und ich denke auch, dass wir es als normal empfinden werden, wenn wir es betreten. Aber da ist etwas, mit dem ich meine Probleme habe."

„Kannst du deutlicher werden?"

„Leider nicht. Wäre auch zu schön, um wahr zu sein. Ich glaube, dass dieses Haus eine Aura besitzt oder ein Geheimnis. So genau kann ich das nicht sagen."

„Wir werden es herausfinden."

„Das hoffe ich." Auch Doriana schnallte sich jetzt los. Sie öffnete ihre Tür und schraubte sich aus dem flachen Flitzer.

Mason folgte ihr langsamer. Er dachte noch immer über das nach, was ihm Doriana gesagt hatte. Einen Beweis dafür gab es nicht, aber er nahm ihre Worte ernst. Sie hatte ihm in der kurzen Zeit ihres Zusammenseins schon einige Überraschungen bereitet, und er war sich sicher, dass noch einige folgen würden.

Mason hatte auch nichts dagegen, dass Doriana vorging. Aufrecht schritt sie durch das Gras und hielt dicht vor der Tür an, die sie noch nicht berührte.

Flint ging zu den Fenstern und versuchte, einen Blick in das Innere des Hauses zu werfen. Leider waren die Scheiben zu verschmutzt. Er nahm nicht mal Umrisse wahr.

Als er wenig später zur Ecke des Hauses vorging, um an der Seite entlang zu schauen, sah er, dass es dort keinen zweiten Eingang gab, weil das Haus in den Hang der Senke hineingebaut worden war.

So kehrte er wieder zu seiner Begleiterin zurück und hob die Schultern. „Nichts, Dorry, uns bleibt nur diese Seite."

„Das dachte ich mir schon."

„Und was ist jetzt mit dir?“

„Was meinst du?“

„Ich denke an dein Gefühl, das dich irgendwie gewarnt hat oder so ähnlich.“

Sie schüttelte den Kopf. „Sorry, da muss ich passen. Ich habe leider nichts herausfinden können. Wir müssen wohl hinein.“

„Kein Problem.“ Mason hatte sich die Tür schon angeschaut. Sie sah stabil aus, beim näheren Hinsehen allerdings zeigte sie einige Anzeichen von Verwitterung, und der größte Teil des Holzes war längst ausgebleicht. Es gab auch eine Klinke. Sie hing halb nach unten.

Da Doriana keinerlei Anstalten traf, die Klinke durchzudrücken, übernahm Mason es. Die Tür klemmte, aber sie ließ sich mit einiger Kraftanstrengung aufziehen.

„Ha, wer sagt es denn?“

„Sei vorsichtig, Mason.“

„Spürst du was?“

„Nichts Konkretes. Ich kann dir nur sagen, dass ich dieses Haus nicht als normal empfinde.“

„Möchtest du zuerst hineingehen?“

„Ja.“

Sie schob sich an Mason vorbei, der einige Sekunden abwartete und ihr dann folgte. Beide glitten in ein Halbdunkel. Durch die schmutzigen Fenster drang nicht viel Licht.

Die Decke des Raumes, den sie betreten hatten, war recht niedrig, aber immer noch so hoch, dass Doriana und Mason nicht mit ihren Köpfen dagegen stießen.

Flint besaß nicht die Fähigkeiten seiner Begleiterin. Er hatte sich bisher immer auf konkrete Spuren verlassen. Danach hielt er auch jetzt Ausschau. Er wollte herausfinden, ob es einen Hinweis darauf gab, dass dieses Haus bewohnt wurde. Zwar nicht permanent, aber vielleicht ab und zu.

Spuren eines Einbruchs hatte er nicht entdeckt. Es gab auch keine, die auf Vandalismus hingedeutet hätten.

Dass überall Staub lag, war völlig normal.

Mason blickte zu Boden, um nach Fußabdrücken zu suchen, aber auch da war nichts zu erkennen. Nur ihre Schuhe hinterließen Abdrücke. Soweit sie feststellten, gab es in diesem Haus nur einen Raum. Er musste als Wohn- und Schlafstätte gedient haben. Es gab an der linken Seite ein recht breites Bett, gegenüber stand eine hölzerne Regalwand, vor der zwei Stühle standen. Eine Feuerstelle war nicht zu sehen. Wer sich hier länger aufhielt, der musste außerhalb des Hauses seine Speisen zubereiten.

Alles war leer. Ausgeräumt. Keine Tasse, auch kein Teller, da gab es wirklich nichts, was darauf hingewiesen hätte, dass hier in den letzten Jahren Menschen gelebt oder auch nur mal übernachtet hätten.

Mason hatte sich von diesem Besuch einiges versprochen. Jetzt hatte sein Optimismus doch einen leichten Dämpfer erhalten, und auch Doriana sah nicht eben glücklich aus.

„Und, Dorry? Höre ich einen Kommentar?"

Sie schüttelte den Kopf.

„Was sagt dein Gefühl?"

„Es ist noch da."

„Wie schön. Nur können wir uns offenbar nicht darauf verlassen. Es gibt hier nichts zu entdecken."

„Davon bin ich nicht überzeugt."

Mason hielt es für besser, in den folgenden Sekunden zu schweigen. So überließ er Doriana das Feld und zog sich selbst zurück. Er baute sich vor der Regalwand auf und wartete als Zuschauer ab.

Doriana ging in sich. Wenn Mason einen Vergleich heranziehen sollte, dann kam sie ihm plötzlich vor wie eine menschliche Wünschelrute. Sie war sehr in sich gekehrt und durchquerte den Raum mit kleinen Schritten. Dabei hielt sie die Lippen geschlossen und ihre Blicke stets konzentriert auf den Boden vor sich gerichtet.

Jede Einzelheit schien sie in sich aufzusaugen. Sie suchte nach etwas, das ihr Gefühl bestätigte.

Einige Male ging sie im Kreis, bis sie plötzlich anhielt und sich auf eine bestimmte Stelle an der Rückwand konzentrierte.

Fast eine Minute stand sie unbeweglich, bevor sie den rechten Arm hob und den Zeigefinger ausstreckte.

„Genau dort an der Wand ist was!“

„Und was?“

„Das, was ich wahrscheinlich gesucht habe. Etwas, das nicht in diese Welt passt und trotzdem vorhanden ist.“ Die Furchen auf ihrer Stirn zeigten an, dass sie nachdachte. „Ich kann dir nichts Konkretes sagen. Wir müssen nachschauen.“

„Aber da ist nichts. Da gibt es nur die kahle Wand.“

„Lass mich!“

Flint hob die Schultern und hielt sich zurück. Er schaute weiterhin nur zu, als sich Doriana auf eine Stelle konzentrierte, die zwischen zwei Fenstern an der Rückseite lag.

Mason sah dort nichts. Er schwieg aber und ließ Doriana nachforschen. Die Hexerin stand jetzt so dicht vor der Wand, dass sie ihre Hände dagegen legen konnte, was sie auch tat. Sie bewegte sie kreisförmig, als wollte sie herausfinden, ob sich etwas unter der Staubschicht befand.

Mason hörte sie leise murmeln. Dann schien sie den Atem anzuhalten. Er sah, dass Doriana gegen eine bestimmte Stelle der Wand pustete, sodass Staub aufquoll. Sie musste husten, wich einen Schritt zurück und wartete ab, bis sich der Staub gesenkt hatte. Dann trat sie einen Schritt näher und stieß einen leisen Laut der Überraschung aus.

„Was ist?“, fragte Mason.

„Hier sind Zeichen“, flüsterte sie.

Mason trat hinter sie und sah an der Stelle, die Doriana vom Staub befreit hatte, Wörter in einer Sprache, die er nicht kannte.

„Kannst du das lesen?", fragte er.

Doriana nickte. „Das ist Ungarisch. Es heißt: *Dies ist die Tür ins Gestern.*"

„Ins Gestern?"

„Ja. Und da das Haus Sandor Barthory gehört und die Worte hier in Ungarisch stehen, ahne ich auch schon, wohin dieser Weg führt."

„Wohin?"

„In die Vergangenheit zu Barthorys Ahnen. Vielleicht sogar zu dieser Blutgräfin Elisabeth Barthory. Wahrscheinlich hat Sandor Barthory diese Tür schon öfter benutzt …"

Ein leises Knacken oder Knirschen drang an ihre Ohren.

Doriana zog ihre Hände sofort zurück. Einen Moment später drehte sie Mason ihr Gesicht zu.

„Hast du das gehört?"

„Ja, aber was bedeutet das?"

„Es hat sich angehört, als wäre eine Tür geöffnet worden."

„Das ist kaum möglich. Direkt an der Rückseite befindet sich der Hang. Nein …"

„Bitte, Mason. Du weißt, dass wir das Wort ‚unmöglich' aus unserem Sprachschatz verbannen müssen. Du bist dabei, einen völlig anderen, geheimnisvollen Teil der Welt kennenzulernen …“

„Schon gut, sorry.“ Er löste sich von seinem Platz und ging zu ihr.

Sie warteten dicht nebeneinander stehend ab, und Doriana fuhr erneut mit beiden Händen über die Wand hinweg. Wieder wirbelte Staub auf. Er verteilte sich in kleinen Wolken und wurde von Doriana weggepustet.

Allmählich zeichneten sich haardünne Spalten in der Wand ab, die den Umriss einer mannshohen Tür bildeten, was auch Mason sah.

„Das muss die Tür sein, die auf den Weg ins Gestern führt“, flüsterte Doriana.

„Kannst du sie denn öffnen?“

„Ich denke schon.“

„Und dahinter ist der Hang“, sagte Mason spöttisch.

„Davon bin ich nicht überzeugt.“

Mason hielt den Mund. Er wollte seiner Freundin nicht reinreden und war gespannt darauf, was ihn noch alles erwartete.

Doriana wollte jetzt so schnell wie möglich ans Ziel gelangen. Sie drückte mit beiden Händen zu, und die Tür ließ sich tatsächlich öffnen. Und es befand sich kein Hang dahinter, der sie gestoppt hätte.

Kühle Luft traf sie.

Ein graues Licht war zu sehen.

Sie hörten ungewöhnliche Geräusche und sahen,

dass es tatsächlich etwas gab, das hinter der Tür lag und nichts mit einem Hang zu tun hatte.

Mason glaubte, sich in einem Film zu befinden, aber das war plötzlich alles nicht mehr wichtig. Er fühlte sich von Doriana an der Hand gefasst und einen Moment später mitgezogen.

Sie traten über die Schwelle.

Und genau da wartete der Sog auf sie. Beide hatten den Eindruck zu fallen. Tatsächlich wurden sie nach vorn gesogen, und das von einer Kraft, die sie nicht begreifen konnten.

Um sie herum war ein Wirbeln. Sie fühlten sich von einem Strom gepackt, der sie einfach mitriss und hineinzerrte in eine fremde Welt, die jenseits der normalen lag …

4

Der Vampir Kincaid hatte nichts vergessen. Dass er eigentlich ein Maler war, interessierte ihn nicht mehr. Es galt, einen neuen Auftrag auszuführen, und er war dafür die richtige Person, denn Kincaid hatte sich angepasst.

Als Vampir war er eigentlich gezwungen, sich ausschließlich im Dunkeln zu bewegen. Tagsüber musste er sich verstecken. Licht und Sonnenstrahlen konnten ihn schwächen oder sogar töten. Und gerade diese Schwäche konnte er sich nicht leisten. Dann hätten die Häscher und Jäger kommen können, um ihn gnadenlos zu vernichten.

Und so hatte er sich etwas ausgedacht, um sich auch am Tage zu bewegen. Von einem Künstler hatte er sich eine Maske herstellen lassen, die sein Gesicht bedeckte und nur die Augen frei ließ. Wenn er wollte, konnte er auch die Lippen öffnen, denn das Material der Maske machte jede Bewegung mit. Es war fleischfarben, und so unterschied es sich nicht von menschlicher Haut. Sogar Haare hatte der Künstler angefertigt, die bei Kincaid zumeist unter einem dunklen Hut verschwanden.

Auch seine Hände waren mit einer künstlichen Folie überzogen. So war er sicher, dass kein Sonnenlicht an seine richtige Haut gelangte und er sich am Tag ebenso bewegen konnte wie in der Nacht.

Sandor Barthory würde mit ihm zufrieden sein. Die Aufgabe, die er erhalten hatte, gefiel ihm, denn es machte ihm Spaß, Menschen zu jagen. Und besonders diese beiden, die er aus dem Weg räumen sollte. Schon jetzt freute er sich auf das frische Blut, und er dachte immer wieder daran, wie lange er schon existierte. Das sollte auch weiterhin so bleiben, und auf das Treffen mit seiner ehemaligen Braut freute er sich besonders. Es würde ein wahres Blutfest werden.

In seiner dunklen Kleidung war Kincaid im Prinzip eine auffällige Erscheinung, doch in einer Stadt wie London gab es viele ausgeflippte Typen, und so wurde der Maler nicht weiter beachtet.

Er hatte inzwischen herausgefunden, wo sich Doriana Gray aufhielt, und er wusste jetzt, dass sie nicht mehr allein war. Ein Mann begleitete sie, der nicht von ihrer Seite wich. Es war dieser Mason Flint, von dem sein Auftraggeber ihm berichtet hatte. Für Kincaid war das kein Problem. In den Adern des Mannes floss frisches Blut, und schon jetzt freute er sich darauf, es zu trinken.

Obwohl Kincaid als Vampir ständig hungrig oder durstig war, besaß er eine Eigenschaft, die vielen Menschen fehlte. Geduld. Er konnte wie eine Raubkatze auf den günstigsten Augenblick warten, um dann blitzschnell zuzuschlagen.

So ließ er es auch hier langsam angehen. Und er hatte sich motorisiert. Er war mit der Technik vertraut, er hatte immer dazugelernt, und so bereitete ihm das Autofahren keine Probleme.

Er hatte sich für einen unauffälligen Polo entschieden.

Wann er Doriana vernichtete, war seinem Auftraggeber egal. Drei Tage hatte sich Kincaid vorgenommen.

Er verfolgte die beiden auf Schritt und Tritt und hatte zudem herausgefunden, dass der Begleiter einen flaschengrünen Jaguar fuhr.

Genau in diesen Wagen stiegen beide an einem späten Vormittag ein und fuhren weg.

Kincaid nahm die Verfolgung auf. Er hockte hinter dem Lenkrad wie eine tödliche Waffe, die nur darauf wartete, in Aktion treten zu können.

Es war nicht leicht, den beiden auf der Spur zu bleiben, der Verkehr in London bedeutete immer Prob leme, aber die Fahrt führte aus der Stadt hinaus, und das war ihm nur recht.

Er stellte sich vor, dass sie zu einer einsamen Stelle fuhren, um sich dort zu vergnügen. Dann würde er sie überraschen, ihr Blut trinken und das Weib, das ihm als Gefährtin einmal so viel Freude bereitet hatte, zerstückeln.

Der Vampir hielt einen genügend großen Abstand, damit er den Jaguar soeben noch sah. Dabei hatte er Glück, dass die Fahrt über Land führte, denn so brauchte er nicht durch irgendwelche Ortschaften zu fahren, in denen er als Fremder unter Umständen aufgefallen wäre.

Er war froh über seine perfekte Maske. Sie schützte ihn vor dem starken Licht, sodass er sich völlig normal verhalten konnte.

Bald fuhr er auf Nebenstraßen, die in die Landschaft hineinführten wie Adern, und folgte Doriana und ihrem Begleiter, die ihrem Ziel entgegenfuhren.

Dass sie eines hatten, davon war er inzwischen überzeugt. Die waren nicht einfach nur unterwegs, um eine Spritztour zu machen. Irgendwo würden sie anhalten, weil sie dort etwas zu erledigen hatten.

Als ein Schild mit dem Ortsnamen Hunton auftauchte, sah er, dass der flaschengrüne Jaguar gestoppt hatte.

Kincaid reagierte sofort. Er fuhr an den Straßenrand. Er stieg sogar aus. Das Laub eines in der Nähe stehenden Baumes filterte das Sonnenlicht, und der Stamm warf einen Schatten, in den sich der Vampir stellte.

Seine scharfen Augen erkannten das Bild und ließen es nicht mehr los. Doriana und ihr Begleiter waren ausgestiegen. Sie unterhielten sich mit einem Mann, und der Vampir dachte darüber nach, was das wohl bedeuten könnte. Ihr Ziel hatten die beiden sicherlich noch nicht erreicht, und mit dieser Vermutung sollte er sich nicht getäuscht haben.

Es dauerte nicht lange, dann stiegen beide wieder

in den Wagen und fuhren weiter.

Auch der Vampir stieg wieder in seinen Polo und fuhr los. Er war jetzt noch vorsichtiger, denn er ahnte, dass die beiden nicht mehr weit von ihrem Ziel entfernt waren, und er wollte auf keinen Fall zu früh gesehen werden.

Das wellige Gelände ließ den Jaguar hin und wieder verschwinden, aber er tauchte immer zur rechten Zeit wieder auf, und so hatte Kincaid keine Probleme, ihm auf der Spur zu bleiben.

Er stellte sich ständig die Frage, wohin dieser Trip führte. Hier gab es nichts. Ein paar kleine Orte. Felder, Wiesen, wenig Wald und schmale Straßen.

Wer durch diese Landschaft rollte, der hatte ein bestimmtes Ziel vor Augen, und es musste nicht unbedingt ein Ort sein. An diesen Gedanken hatte sich Kincaid bereits gewöhnt. Er wollte sich auch nicht den Kopf darüber zerbrechen, was es sein könnte. Irgendwann würde er es herausfinden.

Die Entfernung zwischen den beiden Fahrzeugen hatte er noch größer werden lassen. Der Jaguar blieb immer in seinem Blickfeld, bis zu dem Zeitpunkt, als Kincaid bremste, weil er gesehen hatte, dass auch der Jaguar nicht mehr fuhr.

Ihm gefiel nicht, dass das Gelände in dieser Umgebung sehr frei war, und so lenkte er den Wagen hinter ein hochgewachsenes Gesträuch, dessen Blätter im leichten Wind zitterten.

Er stieg aus, schaute über das Strauchwerk hinweg, und seine Augen weiteten sich, als er das Haus sah, das am Hang einer Senke stand. Der Jaguar parkte nicht weit entfernt. Doriana und ihr Begleiter waren ausgestiegen. Der Mann schaute an der Seite des Hauses nach, während Doriana vor der Tür stehen blieb. Sie berieten sich noch und öffneten dann die Eingangstür.

Wenig später waren beide im Haus verschwunden und hatten die Tür hinter sich geschlossen.

Der Vampir stand hinter dem Strauch und überlegte. Noch hatte er keinen konkreten Plan. Er wusste nur, dass er etwas unternehmen musste, wenn die beiden das Haus verließen. Und er wollte nicht unbedingt gesehen werden, deshalb kam für ihn auch nicht in Betracht, sich in den Polo zu setzen und nahe an das Haus heranzufahren. Dann wäre seine Überraschung dahin gewesen.

Beide blieben im Haus und kehrten nicht zurück.

Das passte Kincaid nicht. Er musste sich umstellen und ging jetzt zu hundert Prozent davon aus, dass genau dieses Haus das Ziel der beiden gewesen war. Einen Grund konnte er sich nicht vorstellen, aber er rechnete damit, dass sie sich unter Umständen hier mit jemandem treffen wollten und darauf warteten, dass derjenige erschien.

Kincaid wollte nicht länger warten. Er hatte seine eigenen Pläne, und das bedeutete, dass er ebenfalls zum Haus musste. Da gab es nichts zu überlegen und auch nichts zu diskutieren. Nur so kam er an die beiden heran. Den Polo würde er stehen lassen. Es war besser, wenn er sich dem Haus zu Fuß näherte, und zwar auch nicht auf dem direkten Weg.

Er liebte Überraschungen, und so würde er einen weiten Weg in Kauf nehmen müssen, um sich dem Ziel ungesehen zu nähern. Um das alte Haus von der Seite her zu erreichen, musste er einen Bogen schlagen.

Geduckt und immer wieder natürliche Deckungen ausnützend, lief Kincaid los. Er rechnete zudem damit, dass jeden Augenblick Besucher eintreffen würden, doch das war nicht der Fall. Es gab keine Probleme. Er war sicher, dass man ihn nicht gesehen hatte.

Die letzten Schritte stolzierte er durch das hohe Gras. Sein Blick traf die schmale Seite des Hauses, das mehr eine Hütte war. An der Rückseite stieg der Hang an, auf dem Sommerblumen verschiedene Farbtupfer bildeten.

Bisher hatte er nichts von den beiden gesehen und auch nichts gehört. Die Hauswand hielt den Klang der Stimmen ab, und so näherte sich der Vampir dem Seitenfester.

Es war nur ein kleines Viereck. Durch den Schmutz auf der Scheibe gelang ihm kein Blick in das Innere, was ihn nur wenig störte. Etwas anderes bereitete ihm eher Probleme.

Er hätte das Blut schon riechen müssen. Nicht das der Hexe, das war bitter, aber das menschliche Blut des Mannes. Kincaid war hungrig und seine Sinne deshalb noch geschärfter.

Er presste sich dicht an das bleiche Holz der Seitenwand, ohne dass ihm etwas auffiel.

Da stimmte was nicht!

Kein Blutgeruch, keine Geräusche. Der Maler und Vampir war durcheinander. Fast hätte er davon ausgehen können, dass seine beiden Opfer das Haus verlassen hatten. Aber das hätte er gesehen.

Wo also steckten sie?

Er ärgerte sich, weil nicht alles nach Plan lief. Also würde er ihn ändern müssen. Doch zunächst musste er Bescheid wissen, ob alles so gelaufen war, wie er es hatte sehen können.

Der Blutsauger schlich um die Hausecke und näherte sich der Tür. Er duckte sich nicht mal, als er die Fenster passierte. Wenn er seine Opfer fand, würden sie ihm nicht entkommen.

Vor der Tür hielt er an. Sie war nicht ganz geschlossen. Auf dem Boden entdeckte er zudem Fußspuren im Staub. So stand für ihn fest, dass sie auch diesen Weg genommen hatten.

Der Spalt war zu klein, um die Hütte mit einem Blick durchsuchen zu können.

Kincaid zögerte keine Sekunde länger. Er packte die Tür an der Kante und zerrte sie auf.

Ein einziger großer Raum lag vor ihm.

Und der war leer!

Aus dem Mund des Wiedergängers löste sich ein Laut, der an den Heulton eines sterbenden Tieres erinnerte. Enttäuschung und Wut paarten sich darin. Man hatte ihn hereingelegt. Er war übertölpelt worden. Aber wie war das möglich gewesen?

Es gab kein offenes Fenster. Es gab kein Loch im Boden, durch das sie hätten fliehen können.

Seine Wut musste sich freie Bahn schaffen, und so hielt er den Schrei nicht zurück. Er brüllte das hinaus, was ihn beschäftigte. Er hatte sich den Job so einfach vorgestellt, und jetzt stand er unverrichteter Dinge hier. Hier würde es nichts für ihn geben. Keinen Tropfen Blut. Er würde weiter hungern und dürsten müssen.

Die Tür zog er nicht ganz zu, als er die Schwelle mit einem langen Schritt hinter sich ließ. Seine Blicke wanderten durch den großen Raum, und er sah nichts, was auf die beiden hingewiesen hätte. Sie waren eingetreten und hatten sich in Luft aufgelöst, auch wenn er das nicht glauben konnte, aber alles wies darauf hin.

Es wäre schon jetzt an der Zeit für ihn gewesen, aufzugeben und sich auf den Rückweg zu machen. Davor scheute er zurück. Das wollte er auf keinen Fall. Er brauchte einen Erfolg, denn Misserfolge würde sein Auftraggeber nicht akzeptieren.

In der Mitte des Hauses hielt er an. Von hier aus durchsuchte er jeden Winkel. Es gab keine Ecke, in die er nicht hineinschaute, aber es gab keinerlei Hinweise auf die Verschwundenen, und die Wut vermischte sich mit der Enttäuschung. Hier war einiges falsch gelaufen, und er war nicht in der Lage, es zu ändern.

Seine Gedanken brachen abrupt ab. Nicht weil ihm plötzlich ein Mensch entgegengekommen wäre, es hatte einen anderen Grund, der ihm erst jetzt aufgefallen war.

Kincaid stand so, dass er auf die hintere Wand der Hütte schaute. Sie war nicht so durchgehend glatt wie die anderen, und die Stelle, die abwich, lag genau zwischen zwei Fenstern an der Rückseite.

Es gab kein langes Zögern. Er ging mit zwei schnellen Schritten hin und stoppte.

Es war eine Tür, auf die er schaute. Sie war nicht ganz geschlossen, und sie war vom Staub befreit worden. Die einzige Stelle innerhalb der Hütte, an der seine Opfer verschwunden sein konnten, denn auf dem Fußboden hatte er die Spuren der beiden von ihm Gejagten gesehen.

Und jetzt das!

Plötzlich grinste er wieder. Eine Tür an der Rückseite. Das war so simpel und zugleich perfekt.

Sie aufziehen, nach draußen treten und …

Er tat es.

Sein Blick weitete sich. Auf einmal war nicht mehr das zu sehen, was er erwartet hätte. Etwas völlig Fremdes, aber auch nicht zu Beschreibendes. Kincaid brauchte nichts mehr zu tun. Er stand auf der Schwelle, und das reichte der anderen Kraft aus.

Mochte der Blutsauger auch noch so stark sein, gegen diese fremde Macht kam er nicht an.

Sie packte ihn und riss ihn mit sich fort …

5

Der Wind, der gegen ihre Gesichter strich, war warm und er brachte einen exotischen Geruch mit, den auch die Mauern der alten Ruine nicht aufhalten konnte. Hohes Gras wuchs um sie herum, und zwischen den Halmen schwebten Pollen in der Luft. Vögel flogen zwitschernd am blauen Himmel, an dem die strahlende Sonne stand.

Mason Flint spürte zweierlei. Zum einen saß er auf dem Erdboden, und zum anderen hatte sich ein leichter Druck in seinem Kopf ausgebreitet. So drückte er seine Hände gegen die Schläfen und versuchte, seine Gedanken zu sammeln, was ihm sehr schwerfiel, denn er konnte nicht fassen, was mit ihm geschehen war.

Es fiel ihm auch nicht leicht, die Erinnerung zurückzuholen. Aber dann sah er doch wieder vor seinem geistigen Auge, was in den letzten Sekunden geschehen war.

Er und Doriana hatten diese leere Hütte betreten. Aber da war diese Tür gewesen. Sie hatten sie geöffnet, und beide waren über die Schwelle gegangen.

Und dann …?

Hier hörte die Erinnerung auf. Mason glaubte, sein Menschsein verloren zu haben. Eine andere Macht hatte ihn und Doriana einfach weggezogen, mit sich gerissen und …

Mason hörte damit auf nachzudenken. Dafür flüsterte er: „Das ist doch nicht möglich."

„Irrtum. Es ist eine Tatsache."

Doriana hatte gesprochen, und Mason zuckte zusammen wie unter einem Peitschenhieb.

Er schaute sich um. Der Blick nach rechts reichte schon. Im Gegensatz zu ihm stand Doriana auf ihren Füßen. Sie lehnte an einer Wand, die zu dieser Ruine gehörte, und hatte die Arme locker vor der Brust verschränkt.

Mason musste sich erst mal fangen. „Wie ist das denn möglich?", flüsterte er.

„Dass wir hier sind?"

„Ja. Das ist …" Er winkte ab. „Verflucht noch mal, das war keine normale Reise."

„Stimmt."

Mason musste lachen, obwohl ihm nicht danach zumute war. Dann fragte er: „Was war es dann?"

„Ein Zeitloch …"

„Ähm – bitte?"

„Ein Zeitfenster. Oder eben die Tür ins Gestern. Ja, so muss man es sehen, Mason."

„Sag nicht, dass wir eine Zeitreise gemacht haben."

Doriana nickte. „Doch, wir haben eine Zeitreise durch dieses Tor gemacht, und ich vermute, dass wir uns in der Vergangenheit befinden."

Mason sagte zunächst nichts. Er wischte über seine Oberlippe, um den Schweißfilm zu entfernen. „In der Vergangenheit?"

„Ja, wir sind in der Vergangenheit."

Mason ließ sich nach hinten fallen und blieb auf dem Rücken liegen. Laut wiederholte er mehrmals das Wort Vergangenheit und unterbrach sich dabei stets mit einem harten Lachen.

Doriana ließ ihren Freund in Ruhe. Sie konnte sich gut vorstellen, wie es in ihm aussah. Für ihn war praktisch eine Welt zusammengebrochen und eine neue entstanden. Das wollte ihm einfach nicht in den Sinn. Das war zu viel. Das machte sein logisches Denken nicht mit, und irgendwann hatte er genug von seiner Lage und richtete sich auf.

„Alles wieder halbwegs okay, Mason?"

„Nein, überhaupt nicht." Er legte beide Hände um seine Knie und schaute sich um.

Viel war nicht zu sehen. Hier standen die Reste eines größeren Hauses als Ruine, die von der Natur allmählich zurückerobert wurde. So wuchsen nicht nur die Gräser sehr hoch, es gab auch die Triebe erster Bäume mit winzigen Zweigen, an denen Blätter schaukelten.

„Das ist verrückt", flüsterte er.

„Ja, ich weiß."

„Und wo sind wir hier?"

Doriana hob die Schultern. „Das kann ich dir nicht mit Bestimmtheit sagen. Allerdings habe ich nachgedacht und bin sogar zu einem vorläufigen Ergebnis gekommen."

„Und wie lautet dieses Ergebnis?“

„Das Haus gehört den Barthorys. Ebenso wie das, das in Kent steht. Die Inschrift an der Tür, durch die wir hierher gelangt sind, lässt darauf schließen, dass wir in der Vergangenheit gelandet sind. Und ich bin fast davon überzeugt, dass es Sandor Barthorys Weg zu seinen Ahnen in Ungarn ist, den er sicher schon häufiger benutzt hat.“

Er unterbrach sie. „Deshalb gehst du davon aus, dass auch wir in Ungarn gelandet sind?“

„Das ist wahrscheinlich.“

„Oh shit. Und wie kommen wir hier wieder weg?“

„Das ist ein Problem. Ich denke, dass wir zuvor noch etwas zu erledigen haben. Zudem könnten wir in eine Zeit hineingeraten sein, die nicht eben zu den sorgenfreien zählt.“

„Wie meinst du das?“

„Denk daran, dass ich dir von der Blutgräfin Elisabeth Barthory erzählt habe, wobei ich diesen Sandor mal außen vor lasse. Es könnte sein, dass wir in ihrem Herrschaftsbereich gelandet sind.“

„Das hört sich ja toll an.“ Mason stand auf. Er schaute sich dabei so intensiv um, dass Doriana fragte, was er suchte.

„Ein Tor, eine Tür, die uns zurückbringt. Ich habe keine Lust, in der Vergangenheit stecken zu bleiben und hier die Hölle zu erleben, oder siehst du das anders?“

„Nein. Nur werden wir diesen Weg erst finden

müssen. Da können noch Überraschungen auf uns warten, das will ich nicht ausschließen."

Mason schaute die Hexerin an. „Mit dir erlebt man an einem Tag mehr Überraschungen als die meisten Menschen in ihrem ganzen Leben. Aber egal, ich mache alles mit, auch wenn ich daran noch nicht so recht glauben kann. Du bist diejenige, die Bescheid weiß. Ich bin es nicht."

„Warten wir erst mal ab, was uns das Schicksal bringen wird."

„Bestimmt keinen Spaß."

„Das allerdings."

Mason Flint wunderte sich darüber, wie locker Doriana das alles nahm. Aber das war auch selbstverständlich, denn sie selbst war etwas Besonderes. Sie hatte Jahrhunderte auf ihre besondere Weise überlebt, und möglicherweise war ihr auch einiges bekannt, und danach fragte er sie.

Doriana schüttelte den Kopf. „Da hast du Pech gehabt. Mother Shipton und ich haben später gelebt."

„Dann ist das hier auch Neuland für dich?"

„Du sagst es."

„Okay. Somit haben wir Klarheit, und ich frage mich, wie es weitergehen soll. Hier in dieser Ruine möchte ich nicht bleiben und auf ein Wunder warten."

„Das musst du auch nicht. Wir werden uns umschauen und dann überlegen, was wir machen." Sie wies in die Runde. „Dieser Ort hier ist nicht mal so schlecht. Er liegt etwas erhöht, und wir haben von hier einen recht guten Blick in die Runde. Komm …"

„Ich tue alles, was du willst."

Sie suchten sich einen Weg durch das hohe Gestrüpp, sie nahmen den Geruch der Natur in sich auf und wichen den Mauerresten aus, die sich ihnen überall in den Weg stellten.

Schließlich hatten sie es geschafft und standen direkt am Fuß eines Hügels, den sie erstiegen. Von der Kuppe aus hatten sie einen weiten Überblick.

Es war eine gewaltige Ebene, auf die sie hinabschauten. Sie konnten mehrere Dörfer ausmachen, dazwischen lagen Felder und Wiesen, auf denen Rinder und Schafe weideten. Auch die berühmten ungarischen Ziehbrunnen waren zu sehen, aber es gab noch etwas, das ihre besondere Aufmerksamkeit erregte.

Die Burg oder mehr das Schloss, das ebenfalls auf einer Anhöhe stand und nicht verlassen wirkte. Sogar Fahnen waren gehisst, deren Stoff im Wind flatterte.

Doriana nickte in Richtung Schloss. „Ich denke, dass es das ist."

„Was meinst du?"

„Der Wohnsitz der Elisabeth Barthory, der Blutgräfin."

Mason bekam eine trockene Kehle und schluckte. „Bist du davon überzeugt?"

„Ja. Mit dem Haus der Barthorys hat es angefangen, und mit einem solchen Wohnsitz könnte es geendet haben."

„Das klingt nicht gut für uns. Hast du eine Idee, wie es weitergehen könnte?"

„Wir werden uns erst mal in der Umgebung umsehen."

„Gilt das auch für das Schloss?"

„Zunächst nicht. Es könnte allerdings sein, dass wir dorthin müssen. Wie man sich erzählt, hat die Gräfin in Blut gebadet, um ihre Schönheit zu erhalten. Sie war ja kein Vampir."

„Blut, sagst du?"

„Ja."

„Ich würde mein Blut nicht gern als Badewasser abgeben."

„Da musst du keine Sorge haben. Wie es heißt, hat sie nur das Blut junger Frauen benutzt. Ihre Feinde hat sie dann auf eine andere Weise umgebracht."

„Verstanden. Ich werde dich nicht fragen, auf welche Weise."

„Das ist auch besser so."

Es gab keinen Weg, der sie von der Anhöhe hinab in die Ebene geführt hätte. Sie mussten quer durch das Gelände marschieren. Einen Hang, auf dem sich Steine verteilten, die mit dem Erdreich verwachsen waren und immer wieder umgangen oder überstiegen werden mussten. Auch trockenes Gestrüpp versperrte ihnen oft genug den Weg. Das spärliche Gras wirkte hier blass und von den Strahlen der Sonne ausgedörrt. Nicht so wie an den schattigen Ruinenmauern.

Immer wieder rutschten sie leicht ab. Dann wölkten unter ihren Füßen Staubwolken auf, die sekundenlang ihre Sicht vernebelten, bis sie wieder klar sahen. Ihre Blicke waren meist auf das alte Schloss auf der rechten Seite gerichtet, das sich ständig in den Vordergrund zu schieben schien wie ein böses Omen. Zwar schien die Sonne, doch selbst ihre Strahlen schafften es nicht, die Düsternis des mächtigen Bauwerks zu mildern.

Mason Flint wollte nicht groß darüber nachdenken, wo sie gelandet waren. Er war von Beruf Polizist, er war es gewohnt, seine Fälle mit technischen Mitteln und natürlich auch mit kühlen Überlegungen anzugehen. Womit er jetzt konfrontiert worden war, passte nicht in das Bild hinein.

Seine Überlegungen schwankten noch, ob er Doriana glauben sollte oder nicht. Die Vernunft sprach dagegen, die Realität allerdings sah anders aus.

Die Hexerin lief schneller als er. Leichtfüßig schwebte sie dem Ende des Hanges entgegen und erreichte die staubige Ebene als Erste.

Auch Mason schaffte es, blieb stehen und wischte sich dabei mit dem Handrücken über die Stirn.

Doriana lächelte ihn an.

„Alles klar?“, fragte sie mit leiser Stimme.

„Ja und nein.“

„Du hast Probleme mit dem Begreifen – oder?"

„Das kann man wohl sagen." Er schlug gegen seine Stirn. „Wir haben so etwas wie eine Zeitreise gemacht, nicht wahr?"

„Ich kann es nicht leugnen."

„Und das kann es nicht geben. Nur in der Theorie. Wenn man sich mit einem Physiker unterhält, dann …"

„Bitte, Mason, bitte." Sie schüttelte den Kopf. „Du musst umdenken. Hier haben wir es nicht mit Physik zu tun, sondern mit Magie. Es war ein Tor, das wir durchschritten haben. Eine Tür in die Vergangenheit, die sich im Haus der Barthorys befunden hat." Ihre Augen verengten sich leicht. „Und weil dem so ist, muss man davon ausgehen, dass auch Sandor Barthory von der Gegenwart in die Vergangenheit reist, wann immer er möchte. Das ist schwer zu begreifen, aber versuche es."

„Das tue ich bereits. Ich stelle mich darauf ein. Trotzdem gibt es zwei Fragen, die mich quälen. Eine ist besonders krass. Mich würde interessieren, wie wir wieder zurück in unsere Zeit gelangen und wie man so ein Tor auch zerstören kann, sodass kein Unheil von der einen Welt in die andere geraten kann."

Doriana hob die Schultern. „Es wird sich schon eine Gelegenheit ergeben, da mach dir mal keine Gedanken. Und ein Tor zerstören – ich weiß nicht. Man kann das Haus abbrennen, dann ist auch die andere

Seite nicht mehr fähig, ihre Macht einzusetzen. Das ist meine persönliche Meinung. Ob sie zutrifft, weiß ich nicht."

„Man macht sich ja schließlich seine Gedanken."

„Das stimmt."

Mason stemmte die Hände in die Hüften und drehte sich auf der Stelle. Er ließ seine Blicke durch die Umgebung schweifen. Es blieben ihnen keine großen Alternativen. Sie konnten das Schloss ansteuern, aber auch auf eines der Dörfer zugehen, die sich in der Ebene verteilten, wobei das Schloss der Blutgräfin wie eine Wächterin über ihnen stand.

Er wollte sichergehen und fragte: „Du willst doch nicht in das Schloss – oder?"

„Nur, wenn es sich nicht vermeiden lässt."

„Also in ein Dorf."

Doriana nickte. „Ja, Mason, und zwar der Ort, der uns am nächsten liegt. Ich bin gespannt, was uns dort erwartet."

Er musste lachen. „Bestimmt keine Menschen, die unsere Sprache beherrschen."

„Davon müssen wir ausgehen. Aber darüber mach dir mal keine Sorgen."

„Kannst du dich verständigen?"

Sie lächelte. „Mal sehen, was sich machen lässt."

„Dann los."

Der Weg bis zum nächst gelegenen Ort war nicht sehr weit. Es war mehr eine Piste, über die sie schritten. Staubig, grau, rechts und links von den Feldern flankiert, auf denen Getreide wuchs. Weiter hinten breiteten sich die Grasflächen aus, auf denen Kühe stets in der Nähe der großen Ziehbrunnen standen.

Nur wenige Menschen arbeiteten auf den Feldern. Die Zeit der Ernte war noch nicht gekommen. Trotzdem wurden sie gesehen, und die Leute, die sie entdeckten, unterbrachen ihre Arbeit und starrten sie an. Besonders ein Mann, der seinen hölzernen Pflug von einem mageren Ochsen ziehen ließ und so die trockene Erde aufwühlte. Was er angebaut hatte, war nicht mehr zu erkennen. Sein Feld war bereits abgeerntet worden, die Reste wurden einfach untergepflügt.

Die Augen des Mannes weiteten sich so stark, dass sie beinahe aus den Höhlen fielen. Er hatte auch den Mund geöffnet, doch es drang kein Laut über seine Lippen. Aber er schlug ein Kreuzzeichen und drehte sich dann weg.

„So werden auch die anderen Menschen reagieren, wenn sie uns sehen“, sagte Mason. „Ich kann mir vorstellen, dass wir nicht eben freundlich empfangen werden.“

„Damit müssen wir rechnen.“

Dorianas Antwort hatte sehr ruhig geklungen, und dafür bewunderte Mason sie. Sein Inneres war aufgewühlt. Er kam sich im Moment vor wie jemand, der nicht schwimmen konnte und trotzdem in einen tiefen See geworfen worden war.

Es dauerte nicht lange, bis sie die ersten Häuser erreichten. Man musste sie mehr als große Hütten ansehen. Gras bedeckte die Dächer. Nicht alle waren aus Steinen errichtet worden. Bei den meisten war Holz verwendet worden. Nahe der Häuser gab es umzäunte Rasenflächen, auf denen jede Menge Gänse ihre Nahrung fanden. Das Schnattern der Tiere eilte ihnen entgegen.

Menschen hielten sich ebenfalls zwischen den Häusern auf. Eine normale Straße gab es dort nicht. Sie folgten einer Piste, auf der die Räder irgendwelcher Karren ihre Spuren hinterlassen hatten. Wenn es hier mal regnete, würde sich der Erdboden in eine Schlammwüste verwandeln, aber nach Regen sah es bei diesem blauen und fast wolkenlosen Himmel nicht aus.

Nicht nur Kinder, von denen keines normale Schuhe trug, schauten sie an. Es musste sich herumgesprochen haben, wer dem Dorf einen Besuch abstattete. Die Neugierde der Menschen war schon immer vorhanden gewesen, egal zu welcher Zeit sie lebten.

Frauen und Kinder, aber nur wenige Männer hielten sich im Freien auf. Misstrauische Blicke tasteten sie ab. Manche flüsterten sich etwas zu, aber sie wurden nicht angegriffen, was sich möglicherweise noch ändern konnte.

„Ich komme mir vor wie auf dem Präsentierteller",

murmelte Mason. „Und wo gehen wir hin?“

Doriana hob die Schultern. „Es muss so etwas wie einen Dorfmittelpunkt geben.“

„Ich sehe nicht mal eine Kirche.“

„Das ist wohl wahr. Aber einer hat in diesen Dörfern immer das Sagen.“

„Denkst du an so etwas wie einen Bürgermeister?“

„Eher an den Dorfältesten.“

Doriana blieb stehen, denn sie hatte etwas entdeckt, das sie ihrem Freund nicht vorenthalten wollte. Dort, wo die Luft durch weniger Staub recht klar war, zitterte über einem Haus eine graue Rauchfahne. Es waren auch hell klingende Schläge zu vernehmen, als wäre jemand dabei, auf Eisen zu schlagen. Die Lösung war recht leicht. Dort, wo der Rauch in die Höhe stieg, musste es eine Schmiede geben, denn sie war für jeden noch so kleinen Ort wichtig. Und der Schmied war stets ein hoch angesehener Mann.

„Hörst du es, Mason?“

„Klar. Das klingt nach einer Schmiede.“

„Genau das meine ich. Und dort werden wir hingehen.“

„Okay.“

Sie änderten ihre Richtung. Sie wandten sich nach rechts und verließen damit einen Bereich, der so etwas wie die Andeutung einer Straße war. Wenn sie die Köpfe hoben, sahen sie in der Ferne die gesamte Breitseite des gewaltigen Barthory-Schlosses.

Mason spürte ein unangenehmes Ziehen in der Magengegend. Er mochte diesen Bau nicht.

Auch jetzt blieben die Dorfbewohner nicht stehen. Sie wurden verfolgt, allerdings hielten sich die Menschen zurück. Niemand kam ihnen so nahe, dass er sie hätte anfassen können. Das trauten sie sich nun doch nicht.

Ein leichter Windstoß drückte ihnen den Rauch entgegen, der in ihren Nasen kitzelte. Das hell klingende Geräusch war jetzt lauter zu hören. Sie konnten zudem in die Schmiede hineinschauen, deren Eingang weit offen stand. Neben der Schmiede befand sich noch ein Stall, in dem momentan kein Pferd stand. Hühner liefen ihnen vor die Füße und pickten mit ihren spitzen Schnäbeln auf dem Boden herum.

Sie hatten den Schmied gesehen, und auch er sah sie. Seine Gestalt hob sich hinter dem glühenden Feuer ab. Welchen Gegenstand auch immer er in der Hand gehalten haben mochte, er ließ ihn jetzt sinken und wartete ab, was passierte.

Mason Flint ging es alles andere als gut. Obwohl er sich frei bewegen konnte, fühlte er sich eingeschlossen. In dieser Zeit zu sein machte ihm einfach keinen Spaß. Er bewunderte Doriana, die alles ganz locker angehen ließ.

Das Feuer glühte und schickte ihnen einen Hitzeschwall entgegen, als sollten sie geröstet werden. Die heiße Luft waberte und ließ die Gestalt des Schmieds zittern.

„Ich gehe keinen Schritt weiter, Dorry."

„Das musst du auch nicht." Ihre Hand deutete nach vorn, und beide sahen, dass sich der Schmied von seinem Feuer weg bewegte und auf sie zukam. Er war ein kräftiger Mann. Nicht besonders groß, dafür breit in den Schultern. Er trug eine lange Hose, und seine Füße verschwanden in schützenden Stiefeln. Der Schweiß lief in Rinnsalen über seinen muskulösen Oberkörper. In dem runden Gesicht fielen die dunklen Augenbrauen auf, und auf seinem Kopf wuchsen so gut wie keine Haare, dafür glänzte dort der Schweiß wie eine Speckschicht. Mit der rechten Hand hielt der Mann den Holzgriff eines Hammers fest. Mason dachte daran, dass er mit diesem Werkzeug lieber keine Bekanntschaft machen wollte.

Auch er schwitzte, denn die Hitze des Feuers ließ nicht nach. Hinzu kam der Staub, der sich auf sein Gesicht gelegt und auch die Lippen nicht verschont hatte.

Er bewunderte Doriana, die sich nicht beschwerte und sich benahm, als wäre ein Trip in die Vergangenheit das Normalste auf der Welt für sie.

Der Schmied umfasste den Griff des Hammers jetzt mit beiden Händen. Er sprach sie mit rauer Stimme an, und bei ihm hörte sich das mehr an wie ein Bellen.

Doriana übernahm das Antworten. Sie hob beide Arme und drehte ihre Handflächen nach außen. Sie beließ es nicht bei dieser Geste, und in den folgenden Sekunden geriet Mason ins Staunen, weil sie eine Antwort in der ihm fremden Sprache gab. Er musste sich erst wieder vor Augen halten, dass er es mit einer Hexe zu tun hatte.

Dem Schmied schien die Antwort nicht gefallen zu haben, denn er schüttelte den Kopf.

Doriana deutete auf Mason. Dann sagte sie wieder einige Sätze, und der Schmied fing an zu lachen, was sich leider nicht freundlich anhörte. Er hob den schweren Hammer an, schlug aber nicht zu, sondern ließ ihn einige Male in ihre Richtung zucken.

Flint hielt das Schweigen nicht mehr aus und fragte: „Was hat er denn gesagt?"

„Er ist nicht eben erfreut."

„Kann ich mir denken. Und wie geht es weiter?"

„Das weiß ich noch nicht. Ich …" Doriana sprach nicht mehr weiter, denn der Schmied überschüttete sie mit einer Kaskade von Worten. Er bewegte sich dabei linkisch, sodass sich die Schweißtropfen von seinem Körper lösten.

„Hört sich nicht gut an", flüsterte Mason.

„Das stimmt sogar."

„Und?"

„Wir sind für ihn Feinde. Wir gehören nicht hierher. Er ist unsicher und kann mit uns nichts anfangen.

Außerdem hält er uns für Spione."

„Was?"

„Ja. Leute, die auf der Seite der Gräfin stehen und von ihr losgeschickt wurden, um nach Menschen zu suchen, die auf ihr Schloss gebracht werden können."

„Blut für die Gräfin also?"

„So ähnlich."

„Dann rede es ihm doch aus."

„Das werde ich auch versuchen."

Doriana sprach nicht sehr schnell. Eher ruhig, und sie behielt dabei den Schmied im Blick. Der Mann war gezwungen zuzuhören, aber er glaubte Doriana nicht, denn er schüttelte immer wieder den Kopf.

„Und?", fragte Mason, als eine kurze Sprechpause eintrat.

„Er glaubt mir nicht."

„Schade."

„Er will uns aus dem Dorf jagen. Er hat Angst, dass wir uns die jungen Frauen ansehen wollen. Gesehen habe ich bisher noch keine. Sie halten sie versteckt, weil die Gräfin sich schon zu viele geholt hat. Immer wieder schickt sie ihre Häscher aus, die sich die Mädchen holen. Oft wissen sie genau, wo sie zu suchen haben. Deshalb vermutet der Schmied auch Verräter in der Bevölkerung."

„Und wir gehören dazu, obwohl wir Außenstehende sind."

„So ähnlich."

Mason atmete scharf aus. „Was können wir dagegen tun?“

„Ich habe keine Ahnung. Vorerst gar nichts. Wir müssen davon ausgehen, dass der Schmied die Menschen hier im Griff hat. Das bedeutet, dass hier alle gegen uns sind. Da können wir uns noch so friedlich geben. Es hängt mit dem Hass auf die Barthory zusammen. Offen können sie gegen die Gräfin und ihre Häscher nicht angehen, aber wir sind nur zu zweit. An uns können sie ein Exempel statuieren und uns verschwinden lassen. Dann hat es uns nach außen hin niemals gegeben.“

„Reizende Aussichten“, bemerkte Mason trocken.

Doriana war da optimistischer. „Noch ist nicht aller Tage Abend. Ich werde noch mal mit ihm reden.“

„Was willst du ihm denn sagen?“

„Dass wir gekommen sind, um der Barthory eine Rechnung zu präsentieren.“

„Das wird er kaum glauben.“

„Abwarten.“

„Weiß er denn, woher wir kommen? Aus welcher Zeit wird sind?“

„Nein, das weiß er nicht. Ich werde es ihm auch nicht sagen. Er würde es nicht begreifen.“

„Da muss ich dir allerdings zustimmen.“

Der Schmied wurde unruhig. Mason hatte den Mann nicht aus den Augen gelassen und stellte fest, dass er sich nicht nur auf sie konzentrierte. Er schaute zumeist an ihnen vorbei. Obwohl Flint den Grund nicht kannte, rann es ihm eiskalt über den Rücken, und er drehte sich ohne Vorwarnung um.

Das Bild hatte sich schlagartig geändert. Sie waren von mehr als einem halben Dutzend bewaffneter Männer umgeben, die sich wie eine Mauer aufgebaut hatten …

„Ich glaube, wir stecken in einer Falle, Dorry. Dreh dich mal um."

„Weiß ich."

„Was weißt du?"

„Dass wir nicht mehr allein sind."

„Und jetzt?" Mason lachte.

„Werden wir uns auf eine neue Lage einstellen müssen." Sie drehte sich nicht um, weil sie den Schmied unter Kontrolle halten wollte. So sah sie auch nicht, womit sich die Männer bewaffnet hatten. Dreschflegel waren ebenso dabei wie Hacken und Schaufeln. Aber auch Holz- oder Eisenstangen wurden von ihren Händen umklammert.

Wenn Mason in die Gesichter schaute, die von schwerer Feldarbeit und dem harten Leben hier gezeichnet waren, übersah er trotzdem nicht die wilde Wut oder den Hass, der in ihren Augen stand. Diese Leute würden kein Pardon kennen, das lag klar auf der Hand. Die nächsten Minuten würden zeigen, ob sie hier heil davonkamen.

Natürlich dachte er an seine Glock, die er unter der Kleidung versteckt trug. Schusswaffen dieser Art kannte man zu dieser Zeit noch nicht. Er hoffte, dass er damit Eindruck schinden konnte.

„Ich rede noch mal mit dem Schmied“, sagte Doriana.

„Ja, tu das.“ Mason stieß die Luft aus. „Und ich werde meine Freunde hier im Auge behalten. Wundere dich nicht, wenn ich meine Waffe einsetzen werde.“

„Ist schon gut.“

Doriana sprach wieder mit dem Schmied. Erneut ärgerte sich Mason, dass er kein Wort verstand. Aber er würde seiner Aufgabe nachkommen und die bewaffneten Männer nicht aus den Augen lassen.

Vom Alter her waren sie unterschiedlich. Es waren einige recht junge und sehr kräftige Männer dabei, aber auch Ältere, in deren Gesichtern der Hass wie eingemeißelt war. Wahrscheinlich waren junge Frauen aus ihren Familien geraubt worden, und das konnten sie nicht vergessen.

Doriana gab ihr Bestes. Sie sprach mit ruhiger Stimme, aber sie erreichte leider nichts. Wenn der Schmied antwortete, dann mit einem schrillen Klang, und Mason sah ihre Chancen von Sekunde zu Sekunde schwinden.

Er entnahm der Reaktion der Männer, dass der Schmied auch sie gemeint hatte. Zwei von den Jüngeren gingen einen Schritt auf Mason Flint zu. Sie waren mit Eisenstangen bewaffnet, die armlang waren.

Es roch nach Gewalt …

„Was ist los, Dorry?“

„Ich kann ihn nicht überzeugen.“

„Das sehe ich an den Leuten hier.“

„Dann schieß.“

Mason hatte darauf gewartet. Er holte seine Glock hervor, was die anderen wohl registrierten, aber nichts damit anfangen konnten. Es hatte auch keinen Sinn, dass Mason dazu eine Erklärung abgab, er würde ihnen die Wirkung des schwarzen Dinges in seiner Hand demonstrieren müssen.

Er schoss.

Der laute Knall ließ die Männer zusammenzucken. In das Echo hinein hörte Mason die überraschten Laute. Die Kugel hatte er in die Wolken gejagt, es war nur ein Warnschuss gewesen, und trotzdem hatte er einen Erfolg erzielt, denn alle Männer waren stehen geblieben.

„Reicht das?“, schrie er sie an. Dabei war es ihm egal, ob sie ihn verstanden oder nicht. Dann ging er etwas zurück und zur Seite, denn er wollte auch den Schmied im Auge behalten.

Der kräftige Mann mit den muskelbepackten Armen hielt noch immer seinen schweren Hammer mit seiner großen Hand umklammert. Dabei sah er aus, als ob er sich jeden Augenblick auf Mason stürzen wollte. Aber er starrte auch Masons Glock an.

„Kannst du ihm und den Leuten erklären, Dorry, was passiert, wenn sie sich mit uns anlegen? Ich habe noch einige Kugeln im Magazin. Das kann für sie böse enden."

„Ich will es versuchen."

„Okay, aber beeil dich."

Es wurde langsam kritisch, denn Mason sah, dass sich die Männer von ihrem Schreck erholt hatten. Wahrscheinlich hatte man sie schon zu oft gedemütigt, sodass sie sich jetzt entschlossen hatten, etwas für ihr Selbstbewusstsein zu tun.

Dabei bin ich mit einer Hexe zusammen!, dachte Mason. Warum setzt sie ihre Kräfte nicht ein? Sie hat doch so etwas wie einen Schutzengel, aber der macht wohl Pause.

Mit der freien Hand wischte er über sein Gesicht, um möglichst viel von dem Schweiß wegzubekommen. Sein Herz schlug kräftiger als gewöhnlich, und er wartete darauf, dass Doriana zu einer Einigung mit diesem Schmied kam.

Danach sah es nicht aus. Der Mann mit dem Hammer schrie die Hexerin an. Er bewegte dabei seinen Hammer hin und her wie ein schweres Pendel.

Alles wies darauf hin, dass er in den nächsten Sekunden einen Angriff starten würde.

Und genau das tat er.

Er hatte sich Dorry als Ziel ausgesucht, denn sie

stand ihm am nächsten. Es sah beinahe so aus, als wäre er durch das Feuer gesprungen, doch daran huschte er vorbei und riss nach dem nächsten Sprung den Hammer über seinen Kopf.

Begleitet wurde die Aktion von den Anfeuerungsschreien der Zuschauer. Sie wollten endlich einen Erfolg auf ihrer Seite sehen. Zu lange hatten sie den Frust aushalten müssen.

Mason hielt seine Glock jetzt mit beiden Händen fest. Er konnte sich keinen Fehlschuss erlauben. Er wollte sich auch nicht auf die geheimnisvollen Kräfte der Hexerin verlassen. Eine Kugel war jetzt genau die richtige Lösung.

Und so feuerte er.

Der angreifende Schmied war nicht zu verfehlen. Mason hätte ihm auch die Kugel in Brust oder Kopf jagen können, aber er wollte den Mann nicht töten und hatte sich deshalb den Oberschenkel als Ziel ausgesucht.

Er traf.

Mitten im Sprung zuckte der kräftige Mann zusammen. Dabei blieb es nicht, denn als er erneut mit dem rechten Fuß auftrat, knickte ihm das Bein weg und er stürzte in der Nähe des Feuers schwer zu Boden. Er spürte die Hitze und rollte sich schreiend von der Glut weg. Seinen Hammer hatte er losgelassen. Er lag auf der Seite, zog sein verletztes rechtes Bein an und presste beide Hände fest gegen die tiefe und stark blutende Fleischwunde.

Mason hatte sich wieder umgedreht. Er zielte mit der Waffe auf die anderen Männer, die alles mitbekommen hatten und auf der Stelle standen wie die Ölgötzen.

Sie waren geschockt, denn so etwas hatten sie noch nie in ihrem Leben gesehen.

Mason schwenkte die Glock im Halbkreis. So bekam jeder der Männer mal die Chance, in das kleine dunkle Loch zu schauen, aus dem sich der Tod lösen konnte.

Es war ihm egal, ob man ihn verstand. Er brüllte sie an.

„Ihr habt gesehen, was mit demjenigen passiert, der sich gegen mich stellt. Also richtet euch danach!"

Sie sagten nichts. Aber es war zu sehen, dass die Furcht in ihnen hoch kroch. Er sah es an ihrer Haltung und an ihren verzerrten Gesichtern. Sie zogen sich von ihm zurück und sprachen nicht mal miteinander.

Flint fiel ein Stein vom Herzen. Er hatte sich schon auf etwas Schlimmeres eingestellt. Es war bisher einigermaßen glimpflich abgelaufen. Nur der Schmied hatte die Schusswunde abbekommen. Vielleicht gab es hier ja so etwas wie einen Arzt, der sich um die Verletzung kümmern konnte.

Gut ging es dem Mann nicht. Er hatte sich jetzt hingesetzt, hielt das verletzte Bein ausgestreckt und drückte seine Hände auf die Wunde.

Doriana schaute sich um, weil sie wissen wollte, ob auch aus einer anderen Richtung Gefahr für sie drohte. Das war nicht der Fall, und so konnte sie sich um den Schmied kümmern.

Sie hockte sich neben ihn und sprach jetzt mit einer leisen und beruhigenden Stimme auf ihn ein. Der Mann hörte ihr zu. Er hatte seinen Kopf mit dem schweißnassen und verzerrten Gesicht angehoben und schaute in ihre Augen und auf ihre Lippen.

Für Mason war Pause angesagt. Er verstand die Sprache nicht, und was bald geschehen würde, war eine Sache, die nur Doriana und den Schmied anging.

Er musste daran denken, dass es noch nicht lange zurücklag, als er selbst getroffen worden war. Der Pfeil einer Armbrust hatte ihn erwischt. Er war verletzt worden. Sofort war Doriana zu ihm geeilt und hatte ihn durch Auflegen ihrer Hände von seiner Verletzung geheilt. Sie war in der Lage gewesen, die Wunde wieder zu schließen. Er konnte sich vorstellen, dass sie bei dem Schmied ihre Kräfte ebenfalls anwenden würde.

Die anderen Dorfbewohner waren nicht gänzlich verschwunden. Sie hatten sich nur in eine sichere Entfernung zurückgezogen. Ebenso wie Mason warteten sie ab, was geschehen würde. Allmählich trauten sich auch die Tiere wieder näher, die durch den Knall der Waffe vertrieben worden waren.

Doriana sagte etwas zu dem Verletzten.

Der Schmied tat zunächst nichts. Dann aber lehnte er seinen Oberkörper zurück, weil Dorry ihm geraten hatte, sich flach auf den Boden zu legen.

Mason lächelte. Er wusste, was jetzt folgte, und er war froh, dass es mehrere Zeugen gab, denn einen besseren Einstand hätten sie sich nicht wünschen können.

Dorry kümmerte sich um das Bein. Mason sah nicht genau, was sie tat, aber ohne Schmerzen lief es nicht ab. Selbst ein so harter Kerl wie der Schmied fing zu schreien an.

Nur Sekunden später endete der Schrei in einem Wimmern.

Doriana beschäftigte sich weiterhin mit der Wunde und streckte den linken Arm in die Höhe. Zwischen Daumen und Zeigefinger hielt sie die Kugel, die sie aus dem Oberschenkel geholt hatte.

Mason wollte erst gar nicht daran denken, unter welchen Umständen dies geschehen war. Hier hatte keine Wunde gesäubert werden können. Desinfektion war ein Fremdwort und in diesem Fall wohl auch nicht wichtig, weil hier die Regeln der Magie galten.

Von den Bewohnern traute sich niemand näher. Aber Mason steckte seine Glock weg, denn er wusste, dass die Gefahr vorüber war.

Er stellte sich neben Doriana und schaute auf das rechte Bein des Schmieds. Dort hatte sie den Hosenstoff zerrissen, um an die Einschusswunde heranzukommen, und sie hatte es geschafft, dass sich die Wunde wieder schloss, nachdem sie die Kugel, auf welche Weise auch immer, herausgeholt hatte.

Der Schmied war nicht bewusstlos. Er konnte auch keine Schmerzen mehr haben, denn nichts in seinem Gesicht wies darauf hin. Er schaute nur erstaunt auf die beiden Fremden und wurde von Doriana angesprochen, die ihm sogar noch ihren Arm entgegenstreckte, um ihm wieder auf die Beine zu helfen.

Der Mann zögerte noch. Er traute dem Frieden nicht. Aus seiner liegenden Position heraus hatte er zudem keinen Blick auf sein rechtes Bein werfen können.

Nun griff er danach und seine Gesichtszüge weiteten sich vor Staunen, als er feststellte, dass es keine blutende Wunde mehr gab und er kein Problem damit hatte, normal aufzustehen und aufzutreten.

Doriana hatte ihn losgelassen und war etwas zurückgegangen. Sie sprach ihn an und deutete dabei auf seinen Oberschenkel, an dem nichts mehr von einer Schusswunde zu sehen war.

Der Schmied wollte reden, konnte aber im ersten Moment nicht. Seine Lippen bewegten sich, ohne dass er etwas sagte. Doch dann sprudelten die Worte wie ein Wasserfall aus seinem Mund.

„Was sagt er?“, fragte Mason.

Doriana lächelte und winkte ab. „Er kann es natürlich nicht begreifen. Ich bin für ihn eine Zauberin."

„Liegt er da so falsch?"

„Na ja, so sehe ich mich nicht. Aber ich bin Mother Shipton dankbar, dass sie mir diese Kräfte gegeben hat."

„Das kannst du auch."

Sie lächelte. „Jedenfalls haben wir das erste Hindernis überwunden. Das nächste wird schwieriger sein."

„Denkst du an die Blutgräfin?"

„Ja."

Mason runzelte die Stirn. „Was haben wir mit ihr zu tun? Gar nichts! Ich will an ihren Nachkommen heran, diesen Sandor Barthory. Das ist mein Ziel."

„Meines auch. Aber du darfst nicht vergessen, dass diese Elisabeth Barthory die Person ist, die hier das Sagen hat."

„Und weiter?"

„Das ist ganz einfach. Wie ich die Verhältnisse hier einschätze, wird sie überall ihre Spione haben, und sicherlich hat es sich schon bis zu ihr herumgesprochen, dass zwei fremde Menschen im Dorf eingetroffen sind." Sie hob die Schultern. „Ich kann mir vorstellen, dass sie uns so schnell wie möglich sehen will."

Der Schmied hatte zugehört, ohne etwas verstanden zu haben. Ihm war immer noch nicht geheuer, dass ihn diese Person geheilt hatte, deshalb betrachtete er sie mit skeptischen Blicken. Von den anderen Dorfbewohnern traute sich immer noch niemand näher.

„Ich werde den Schmied mal nach der Blutgräfin fragen. Bin gespannt, was er mir erzählen wird."

„Ja, tu das!"

Es blieb beim Vorsatz, denn plötzlich gab es eine Veränderung, und die hörten nicht nur Doriana und Mason, auch dem Schmied und den anderen Dorfbewohnern war das Geräusch nicht entgangen, das für die damalige Zeit so typisch war.

Hufgetrappel und dazwischen das harte Rollen eisenbereifter Räder.

„Hört sich nach einer Kutsche an", sagte Doriana und lief ein paar Schritte bis zu einer Stelle, von der aus sie die Staubwolke sah, die das Gefährt umhüllte. Es war nicht nur die zweispännige Kutsche, die auf das Dorf zugelenkt wurde, es gab auch noch vier Soldaten, die schwer bewaffnet neben dem Gefährt ritten.

„Ihre Leute sind schon da."

Mason nickte. „Und die Kutsche auch, die uns hoch zum Schloss schaffen soll." Er schaute zu, wie das zweispännige Gefährt langsamer wurde, da der Kutscher an den Zügeln zerrte und die entsprechenden Laute von sich gab.

„Sollen wir einsteigen?"

„Hast du eine bessere Idee?"

„Nein." Mason lachte bissig. „Wären wir in unserer Zeit, dann wüsste ich, was ich zu tun hätte. Aber hier sind die Karten leider anders gemischt."

Die Dorfbewohner waren aus dem unmittelbaren Sichtbereich der Soldaten verschwunden. Zu schlechte Erfahrungen hatten sie mit ihnen gemacht, aber die vier Reiter kümmerten sich nicht um sie. Der Staub hatte sich noch nicht gesenkt, als sie von ihren schweißnassen Pferden stiegen und auf die beiden Fremden zugingen.

Auf ihren Köpfen trugen sie Helme. Die Oberkörper waren durch kein Metall geschützt, aber sie verließen sich auf ihre Waffen, und das waren Lanzen mit langen scharfen Spitzen. In den Gürteln ihrer Wämser steckten zusätzlich noch Peitschen.

Natürlich richteten sie die Spitzen der Lanzen auf die Fremden. So gaben sie sofort zu verstehen, wer hier das Sagen hatte.

„Steigen wir ein?"

Doriana hob die Schultern. „Ob du es glaubst oder nicht, Mason, irgendwie bin ich sogar gespannt darauf, eine der grausamsten und blutrünstigsten Frauen der Geschichte kennenzulernen. Diese Chance wird nicht jedem geboten."

„Da muss ich wohl mitmachen."

„Töten wollen sie uns hier nicht, sonst wären sie nicht mit der Kutsche gekommen. Ich nehme an, dass die Blutgräfin vor Neugierde fast platzt. Denn so etwas wird sie auch noch nicht erlebt haben. Für frisches Blut ist sie ja immer zu haben."

„Ich würde meines gern behalten."

„Das schaffen wir schon."

So überzeugt wie Doriana war Mason nicht. Er hatte auch eingesehen, dass es keinen anderen Ausweg gab, und so würden sie der Dinge harren, die da kommen sollten.

Die beiden Pferde schnaubten. Wenn sie ihre Köpfe bewegten, flog Schaum von ihren Nüstern.

Einer der vier Soldaten löste sich von seinen Kumpanen und kam noch näher heran. Er sprach mit einer Stimme, die keinen Widerspruch duldete, das hörte sogar Mason hervor, obwohl er kein Wort von dem Gesagten verstanden hatte.

„Was meint er denn?"

„Dass wir in die Kutsche steigen sollen, weil uns die Gräfin sehen will, und dass dies eine Ehre für uns ist."

„Na, auf diese Ehre kann ich sehr gut verzichten."

„Soll ich es ihm sagen?"

„Das überlasse ich dir."

Dem Soldaten gefiel es überhaupt nicht, dass sich die beiden Fremden in einer Sprache unterhielten, die er nicht verstand. Unter dem Helm nahm sein Gesicht einen wütenden Ausdruck an, bevor er anfing zu brüllen.

Doriana ließ ihn. Es störte sie auch nicht, dass er

laut stampfend mit dem rechten Fuß auftrat.

„Das hörte sich nach einer Drohung an“, meinte Mason.

„Stimmt.“

Der Soldat drehte durch. Er hatte sich Mason als Opfer ausgesucht. Mit der freien Hand umfasste er Masons linken Arm und wollte ihn zu sich heran reißen.

Das passte Mason nicht. Bevor der Typ richtig ernst machen konnte, trat Mason ihm die Beine weg und schlug ihm ins Gesicht, dass seine Lippen anfingen zu bluten.

Das hatte einfach sein müssen, um einen Teil des Frustes loszuwerden. Der Soldat landete auf dem Rücken und stieß einen Fluch aus. Eigentlich hätten die anderen jetzt eingreifen müssen. Das wäre bestimmt auch der Fall gewesen, wenn sie nicht den Auftrag gehabt hätten, die Fremden lebend auf das Schloss zu schaffen.

„Sag ihm, Dorry, dass er sich zusammenreißen soll. Eine Kugel würde er nicht überleben.“

„Ja, das werde ich tun.“

Der Soldat setzte sich hin. Er wischte das Blut von seinen Lippen, aber er verschmierte es nur noch mehr. Die drei anderen Soldaten standen in Kampfhaltung da und waren bereit, jeden Moment zuzustechen, aber Doriana sagte etwas, das sie davon abhielt.

„Steigen wir jetzt ein?“, fragte Mason, dessen rechte

Hand bereits auf dem Griff der Glock lag.

„Ich würde dafür plädieren."

„Gut."

Erst als sich der Soldat erhoben hatte, ging sie auf die eine der beiden Seitentüren zu, die noch geschlossen war. Doriana öffnete sie. Mason folgte ihr vorsichtig. Er ging dabei rückwärts, um die Soldaten im Auge zu behalten.

Sie hielten sich an ihre Befehle. Beide kletterten hintereinander in die Kutsche. Im Innern war es sehr eng. Zwei schmale Sitzbänke standen sich gegenüber. Sie waren nicht gepolstert, so mussten sie sich auf das harte Holz setzen.

Sie hätten die Vorhänge zuziehen können, aber das wollten sie nicht. Da die Fenster der Kutsche offen waren, würde bei der Fahrt der Staub ihr Begleiter sein, und der hatte sich bereits im Innern ausgebreitet.

Von zwei Seiten schauten Gesichter in die Kutsche hinein, ob auch alles in Ordnung war.

Die Männer hatten nichts zu bemängeln. Ein Schrei war zu hören, kurz danach der Knall einer Peitsche. Durch die Kutsche ging ein Ruck, dann zogen die beiden Pferde an, und der Fahrt zum Schloss stand nichts mehr im Wege …

Als die Kutsche in seine unmittelbare Nähe fuhr und dort angehalten wurde, hatte sich der Schmied zurückgezogen. Er war hinter sein Feuer gegangen, das allmählich ausglühte und nicht mehr die Hitze abstrahlte wie noch vor Kurzem.

Er schaute zu. Er bekam alles mit und fürchtete um das Leben des Mannes, als dieser einen Soldaten zu Boden schlug. Aber es passierte nichts, die Männer hatten andere Befehle und danach richteten sie sich auch. Außerdem stiegen die beiden Fremden freiwillig in die Kutsche und ließen sich zum Schloss der Blutgräfin bringen.

Der Schmied verstand die Welt nicht mehr. Einerseits waren ihm die Frau und der Mann nicht geheuer, aber dann war etwas geschehen, was er überhaupt nicht begriff.

Man hatte ihn verletzt. Und das mit einem schwarzen Gegenstand, der Krach machte. Es war für ihn nicht zu fassen gewesen. Er hatte vor Schmerzen geschrien. Es war, als hätte man ihm eine Lanze oder ein Schwert in den Oberschenkel gerammt.

Und dann hatte diese Frau bei ihm das Wunder vollbracht. Für den Schmied gab es keine andere Erklärung. Das musste eine Zauberin gewesen sein, die aus einem fernen Reich zu ihnen gekommen war.

Er war wieder gesund.

Er konnte sein Bein bewegen wie immer. Nichts war zurückgeblieben. Und in seinem Bein hatte ein Stück Metall gesteckt, das sich jetzt in seiner Hosentasche befand. Der Schmied hatte es aus dem Staub geholt. Etwas Spitzes, leicht schimmernd. Ein Gegenstand, den er nie zuvor in seinem Leben gesehen hatte und der aus diesem schwarzen Ding herausgeschossen war und ihn getroffen hatte.

Er hatte noch so viele Fragen. Nun war es zu spät, sie zu stellen. Die Fremden waren in die Kutsche gestiegen und befanden sich auf dem Weg zum Schloss der Blutgräfin.

Die waren nicht von hier, und deshalb würden sie auch nicht wissen, was sie auf dem Schloss erwartete. Wen die Barthory einmal in ihren Klauen hatte, den ließ sie so leicht nicht mehr los. Da kannte sie keine Gnade.

Er wollte nicht länger in seiner Schmiede bleiben. Er verließ sie mit normalen Schritten, und es gab nichts in seinem Bein, was ihm wehgetan hätte.

Auch die anderen Bewohner hatten sich wieder aus ihren Verstecken hervorgetraut. Sie standen so zusammen, dass sie den Schmied anschauen konnten, der mit kräftigen Schritten auf sie zuging.

Niemand sprach ihn an. Aber die Blicke glitten abwechselnd von seinem Kopf zu seinen Füßen.

Als der Schmied stehen blieb, nickte er. Danach erst sprach er die Dorfbewohner an und erklärte, welch ein Wunder mit ihm geschehen war, und dass er es nicht begreifen konnte.

„Aber du bist wieder gesund?“, fragte eine alte Frau.

„Ja, das bin ich.“

„Ist die schöne Madame, die dich geheilt hat, eine Zauberin?“

„Ich weiß es nicht. Sie hat es verneint. Ich bin ihr nur sehr dankbar.“ Der Schmied drehte sich um, damit er zum Schloss schauen konnte. Die Kutsche war nicht mehr zu sehen, aber eine Staubwolke schwebte dort, wo sie entlanggefahren war.

„Die Gräfin wird sie in ihre Sammlung nehmen und sie ausbluten lassen, um in ihrem Blut zu baden. So hat sie es mit unseren jungen Mädchen und Frauen auch gemacht. Sie ahnen ja nicht, wohin sie gebracht werden, die Armen.“ Die Frau schlug ein Kreuzzeichen und faltete die Hände.

Der Schmied wusste, wie recht die Alte hatte. Er dachte daran, dass die Fremde ihn geheilt hatte und er ihr dafür dankbar sein musste. Und diese Dankbarkeit wollte er zurückzahlen, denn dort oben im Schloss war schon genug Unheil angerichtet worden …

6

Unter der lebensechten Maske verzog sich das Gesicht des Vampirs zu einem scharfen Grinsen. Er fühlte sich bestens, denn er wusste, dass er einen guten Lauf hatte. Die Hexerin und ihr Begleiter würden ihm nicht entwischen, und dass er einen Zeitsprung hinter sich hatte, machte den besonderen Reiz bei dieser Verfolgung aus.

Auch Kincaid war auf dem Hügel und zwischen den alten Steinen gelandet. Er hatte es sich bequem gemacht, saß dabei im Schatten und ließ seine Blicke über die Ebene unter sich gleiten. Die kleinen Ortschaften waren nicht zu übersehen. Da gab es Menschen, in deren Adern der für ihn lebenswichtige Saft floss.

Aber das Bild, das sich seinen Augen bot, zeigte noch etwas anderes. Rechts vom ihm wuchs ein düsteres Gemäuer in die Höhe. Es war ein Schloss, weniger eine Burg, denn es gab keine hohen Wachtürme. Man würde problemlos in den Bau eindringen können.

Der Maler glaubte nicht daran, dass er leer war. Er nahm sich vor, ihm einen Besuch abzustatten und dort vielleicht eine Vampirhölle zu hinterlassen.

Er war den beiden Verfolgten beinahe schon dankbar, dass sie ihm diesen Weg gezeigt hatten. In dieser Zeit musste er keine Rücksicht nehmen. Da konnte er seine Blutzähne in die Hälse hacken und danach nur noch schlürfen und trinken.

Satt werden. Nie mehr an Blutdurst leiden, der Gedanke jagte ihm einen wohligen Schauer über den Rücken.

Kincaid ließ sich Zeit. Seinen scharfen Augen entging nichts, und so sah er auch, dass sich zwischen den hüttenähnlichen Häusern des am nächsten liegenden Dorfes Menschen bewegten und dass auch auf den Feldern einige arbeiteten. Man ging dort seinem Tagwerk nach, und niemand ahnte, wer da im Hintergrund lauerte und sich schon jetzt die Lippen leckte.

Kincaid wollte nichts überstürzen.

Er musste trotz allem achtgeben. Die Menschen in den einsamen Dörfern waren zwar schlichte Gemüter, aber sie wussten auch, sich gegen eine Gefahr zu wehren, wenn sie sich mal entschlossen und ihre Angst überwunden hatten. Gegen eine kompakte Masse wilder Menschen anzutreten war auch für einen Vampir nicht ratsam.

Er stand auf. In seinen Augen funkelte es. Ein Zeichen, dass die Blutgier in ihm die Oberhand zu gewinnen begann. Sich zuerst satt trinken, danach konnte er weitersehen. Dann würde er sich das Schloss näher anschauen, das er noch mal mit einem Blick bedachte und plötzlich leicht zusammenzuckte.

In seiner Nähe hatte sich etwas verändert. Deutlich sah er die Staubfahne, die sich von dem Gemäuer aus talwärts bewegte. Der Staub war recht dicht, doch ab und zu sorgte ein Windstoß dafür, dass die Wolke zerrissen wurde.

Jetzt erkannte er die Kutsche, aber auch die vier Reiter, die sie begleiteten. Wie es schien, näherten sie sich dem Dorf, das dem Schloss am nächsten lag.

Es passte ihm nicht, denn er würde noch mit seinen Aktivitäten warten müssen. Offen wollte er sich noch nicht zeigen, das konnte später geschehen, wenn alle Hindernisse aus dem Weg geräumt waren.

Und so schaute er zu, wie die Kutsche in das Dorf fuhr, weiterhin eskortiert von den vier Soldaten, die dann zusammen mit dem Gefährt zwischen den Häusern verschwanden, wobei sich die Staubwolke langsam senkte.

Kincaid sah die Kutsche nicht mehr, weil die Häuser ihm die Sicht nahmen. Er war gespannt, wie lange er warten musste. Die Gier nach Blut wurde immer stärker in ihm.

Aber das Schicksal war auf seiner Seite. Die Kutsche fuhr wieder ab. Was in der Zwischenzeit geschehen war, ob Fahrgäste zugestiegen waren, hatte er nicht gesehen.

Jetzt gab es nichts mehr, was ihn noch länger an seinem Platz gehalten hätte. Er musste hin zum Blut.

Während er geduckt den Hang hinabrannte, drang hin und wieder ein Stöhnen aus seinem Mund. Es war ein Zeichen der Vorfreude.

Am Fuß des Hangs entdeckte er so etwas wie einen Weg. Radspuren, die sich in den Boden gegraben hatten. Er sah auch, dass der Weg direkt auf das Dorf zuführte und dabei einige Felder durchschnitt.

Die arbeitenden Menschen würden ihn leicht sehen können, wenn er auf der normalen Strecke blieb. Das wollte Kincaid nicht riskieren, deshalb blieb er in Deckung des Gestrüpps, das am Straßenrand wuchs.

Dass er sich dem Dorf näherte, nahm er deutlich am Blutgeruch wahr, der stärker geworden war. Was unter der Haut der Menschen zirkulierte, war für ihn so etwas wie ein Wegweiser zu diesen lustvollen Zielen.

Erst als das Strauchwerk durch trockenes Gras abgelöst wurde, richtete er sich wieder auf. Bis zu den ersten Häusern gab es sowieso keine Deckung mehr, hinter der er sich hätte verbergen können.

Er machte sich jetzt intensiver Gedanken darüber, wo er zuschlagen konnte. Es war riskant, einfach ein Opfer von der Straße zu holen. Da musste er schon raffinierter vorgehen und in ein bewohntes Haus eindringen. Bewohnt waren sie wohl alle. Es stellte sich nur die Frage, ob sich in den Räumen auch jemand aufhielt.

Kincaid arbeitete sich bis zum ersten Haus vor. Es war alt. Ein löchriges Dach auf schiefen Mauern, und die Fenster waren nicht mehr als kleine Löcher.

Er verzog die Mundwinkel. Ideal war dies nicht gerade, aber Ansprüche durfte er nicht stellen. In der normalen Zeit war es für ihn leichter, an Beute zu gelangen, denn da waren die Menschen einsamer, auch weil viele für sich sein wollten.

Hier passte man noch aufeinander auf.

Das wilde Gegacker einiger magerer Hühner schreckte ihn für einen Moment auf. Die Tiere hatten ihn nicht gesehen, aber sie mussten ihn gespürt haben und flohen jetzt in wilder Panik von der Rückseite des Hauses.

Kincaid grinste und suchte nach dem Eingang des Hauses.

Durch die Fenster konnte er nicht klettern, sie waren zu winzig, aber das Glück stand auf seiner Seite, denn er hörte, dass jemand eine Tür öffnete.

Sekunden später spürte er die Nähe des Menschen. Er schien sogar das Blut in den Adern rauschen zu hören und unterdrückte einen Impuls loszurennen. Er wollte zunächst sehen, wer das Haus an der Vorderseite verlassen hatte.

Der Vampir peilte um die Ecke und blickte auf den Rücken einer Frau, die ein buntes Kopftuch umgebunden hatte und mit beiden Händen einen Korb mit Wäsche trug. Der lange schwarze Rock wippte bei jedem Schritt. Sie entfernte sich vom Haus und ging auf eine Gruppe von Bäumen zu, die ein wenig Schatten spendeten. In der Nähe musste ein Bach vorbeifließen, an dem die Frau ihre Wäsche waschen wollte.

Er ließ ihr einen Vorsprung und blieb in Deckung.

Es konnte sein, dass sich die Frau umdrehte, doch sie war zu sehr mit dem Tragen des Korbs beschäftigt. Nicht einmal blieb sie stehen, um zurückzuschauen.

Als sie die Bäume erreicht hatte, war es für Kincaid an der Zeit, sich ebenfalls in Bewegung zu setzen. Noch ein letzter Blick, ob die Luft rein war, dann lief er mit schnellen Schritten los, um an das Opfer heranzukommen.

Im Dschungel der Großstadt hatte er gelernt, sich lautlos zu bewegen. Das kam ihm auch hier zugute. Er huschte hinter der Frau her und hatte wenig später ebenfalls die kleinen Bäume und deren Schatten erreicht.

Erst hier hörte er das leise Plätschern. Der Bach führte nicht viel Wasser, aber es würde reichen, um die Wäsche zu reinigen. Die Frau sah er nicht mehr. Sie war die kurze Böschung hinabgestiegen und musste am Wasser sitzen.

Kincaid duckte sich unter den Ästen hinweg und hatte nach wenigen Sekunden einen freien Blick auf den Bach. Er bemühte sich stark, ein Stöhnen zu unterdrücken. Bei ihm trafen Gier und Lust zusammen.

Die Frau ahnte nichts. Sie kniete dort, wo einige große Steine aus dem Gras hervorragten. Auf ihnen konnte sie die Wäschestücke reiben, um sie sauber zu bekommen. Sie war voll und ganz mit ihrer Arbeit beschäftigt, summte vor sich hin und schleuderte ihre Wäsche in das fließende Wasser, um sie einzuweichen.

Noch stand der Vampir am Rand der Böschung. Er wollte ganz sicher sein. Deshalb blickte er noch mal zurück, um sich zu überzeugen, ob nicht noch jemand den gleichen Weg nahm.

Nein, da war nichts zu sehen. Und das Gackern der Hühner war auch verstummt.

Durch das hohe Gras schlich er die Böschung hinab. Ein normaler Mensch hätte einen Schatten geworfen, aber er war kein Mensch, und Vampire werfen keinen Schatten. Zudem gab es von ihnen auch kein Spiegelbild.

Hinter der Frau blieb er stehen. Sehr dicht. Er hätte sie schon jetzt anfassen können, aber er ließ sich Zeit. Diese Vorfreude musste er sich gönnen.

Auf einmal verstummte das Summen!

Kincaid kannte den Grund nicht. Vielleicht hatte der Instinkt die Frau gewarnt. Jedenfalls saß sie plötzlich unbeweglich. Trotz des Rauschens des Wassers hörte der Blutsauger sie Atem holen.

Über seine Lippen drang ein Zischen.

Die ahnungslose Frau schrak zusammen. Als Oberteil trug sie eine weiße Bluse, die am Rücken und auch vorn einen recht weiten Ausschnitt hatte. Da lag die Haut unterhalb des Nackens frei, und darauf zeichnete sich plötzlich eine Gänsehaut ab.

Wusste sie Bescheid?

Mit einem Ruck drehte sie sich nach links, mit einer Hand abstützend, um schneller hochzukommen.

In diesem Augenblick schlug der Blutsauger zu.

Die Frau wusste nicht, wie ihr geschah. Der harte Schlag mit dem Handrücken traf sie mitten im Gesicht und schleuderte sie rücklings zu Boden, wobei ihr rechter Arm ins Wasser klatschte.

Ab jetzt hatte sie keine Chance mehr!

Es war wie bei einem Tier, das lange auf eine Beute gelauert hatte. Nun konnte er sich Zeit lassen und die Vorfreude genießen. Das tat er schon, als er das Blut sah, das aus der Nase der Frau rann und in den offenen Mund sickerte.

Die Frau lag auch weiterhin in ihrer unnatürlichen Haltung auf dem Boden. Sie war vom Schlag ziemlich benommen. Sie war nicht mehr so jung, ihr Körper hatte schon Fett angesetzt. In dem Gesicht fielen die weit geöffneten Augen auf, in denen der Schrecken stand.

Noch hatte sie nicht erkannt, mit wem sie es zu tun hatte. Sie dachte an den Angriff eines Fremden, der sie vergewaltigen wollte, und als ihr dieser Gedanke kam, da begriff sie auch, in welcher Klemme sie sich befand.

Die Böschung verhinderte, dass sie vom Dorf aus gesehen werden konnte, und auch ein Schrei würde dort kaum gehört werden.

Aber sie schaffte es sowieso nicht mehr, einen Schrei auszustoßen.

Die Angst hatte ihre Kehle regelrecht zugeschnürt.

Kincaid ging einen Schritt nach vorn. Die Sonne störte ihn nicht. Seine Maske schützte ihn perfekt. Er sah, wie eine Hand der Frau nach dem Korb fasste, als wäre er ihr eine Hilfe. Er schüttelte den Kopf und öffnete zugleich die Lippen.

Jetzt war es nicht mehr zu übersehen!

Ihre Augen öffneten sich nicht mehr weiter, weil es nicht möglich war.

Zwei spitze Zähne schauten aus dem Mund des düsteren Mannes vor ihr hervor. Zum Ende hin leicht gekrümmt.

Ehe die Frau überhaupt fähig war, sich zu rühren, riss Kincaid sie mit einer schnellen Bewegung vom Boden hoch.

Der Vampir konnte sich nicht mehr beherrschen. Er brauchte es auch nicht. Das war sein Spiel. Er würde in den folgenden Sekunden seinen Hunger vergessen haben.

Das fauchende Geräusch aus seiner Kehle begleitete die Aktion, als er seine Zähne mit voller Wucht in die linke Halsseite seines Opfers schlug.

Er war jetzt nur noch das Tier, das Blut trinken wollte.

Die Frau zuckte zusammen und sackte in die Knie.

Kincaid musste mit einer Hand nachgreifen, um sie in der bestimmten Stellung zu halten.

Dass der Blusenstoff riss, nahm er nur am Rande

wahr. Er trank und sackte mit seinem Opfer zusammen in die Knie. Es gab auch kein Zucken mehr, nur das Schmatzen und Saugen des Vampirs und das Zucken seiner Wangen. Er wurde von der Gier getrieben, und auch die letzten Tropfen saugte er noch aus, als sein Opfer schon vor ihm am Boden lag.

Nur widerwillig löste er seine Lippen von der Haut. Er bewegte den Mund. Das leise Schmatzen tat ihm gut. Er sah es als Ausdruck der Freude an und blieb neben dem leblosen Körper sitzen. Beinahe so andächtig wie ein Betender.

Die Kraft war wieder da. Sie steckte in ihm. Er hatte sich nie schlecht gefühlt, aber jetzt fühlte er sich wunderbar. Die Welt stand ihm offen, und die beiden Menschen, die er verfolgen sollte, hatte er in diesem Augenblick vergessen. Ihm gefiel diese Zeit. Er kam aus der Vergangenheit und war wieder in sie zurückgekehrt. Konnte es noch besser für ihn laufen?

Und er dachte an das Schloss. Da musste er hin. Mit sicherem Instinkt ahnte er, dass hinter diesen Mauern eine noch viel bessere Beute auf ihn wartete.

Es gab nur ein Problem, die Frau!

Kincaid überlegte, was er mit ihr anstellen sollte. Wenn er sie liegen ließ, würde sie an dieser Stelle irgendwann erwachen, was ihm nicht passte. Er wollte seine Spuren als Vampir möglichst verwischen. Also musste er sie endgültig töten.

Er schaute aufs Wasser. Es floss. Es floss sogar

recht schnell, und es war auch entsprechend tief. Kincaid konnte davon ausgehen, dass seine Kraft ausreichte, um den Körper der Frau wegzutreiben. Als ihm dieser Gedanke kam, zögerte er keine Sekunde länger.

Er bückte sich, hievte die leblose Gestalt in die Höhe und schleuderte sie in die Mitte des Bachs. Fließendes Wasser war noch nie gut für einen Vampir gewesen. Mehr als das. Es war sogar tödlich. Es würde dafür sorgen, dass der Vampirkeim im Opfer nicht mehr zum Durchbruch kam. Sie würde nicht verfaulen, aber sie würde auch nicht als Vampir umherlaufen und nach Blut gieren. Irgendwo würde man sie aus dem Wasser ziehen und als normale Tote betrachten, auch wenn sie blutleer war und Bissstellen am Hals hatte.

Kincaid lachte, als er sah, wie sie abgetrieben wurde und sich zum Glück auch nicht in den überhängenden Zweigen der Büsche am anderen Ufer verfing. Es lief alles in seinem Sinn, und er stieg erst die Böschung hoch, als die Gestalt nur noch ein Fleck war, der sich vor seinen Blicken immer mehr auflöste.

Es war geschafft!

Am Rand der Böschung blieb er wie ein König stehen, der von seinem Thron her auf sein Volk schaute. Volk gab es in diesem Fall kaum. Sein Blick glitt über die Häuser und Hütten, und er sah auch den Staub wie eine nie abreißende Fahne in der Luft.

Bevor er ins Dorf ging, wischte er über seine Lippen. Wenig später leckte er das letzte Blut von seinen dünnen, hautfarbenen Handschuhen ab und war sehr zufrieden mit sich. Die Welt stand ihm wieder offen, auch wenn es die in der Vergangenheit war.

Über eine Rückkehr machte er sich keine Gedanken. Er konnte auch für immer in dieser Zeit bleiben.

Aber es lag noch eine Aufgabe vor ihm, und die wollte er auf jeden Fall noch erledigen.

Doriana und diesen Mason Flint sah er nicht. Aber er wusste, dass sie hier waren. Und es würde leicht sein, sie hier zu finden. Und dann wartete auf ihn noch das Schloss, und das war etwas Besonderes, das spürte er genau …

Der Ort hatte keinen Namen. Zumindest gab es kein Schild, auf dem er einen entdeckt hätte. Er ließ die ersten Häuser hinter sich, hörte wieder die Hühner gackern, wenn er in ihre Nähe kam, und lachte in sich hinein.

Die Tiere schienen zu spüren, dass er etwas Besonderes war. Das würden bald auch die Menschen merken, die hier lebten.

Man sah ihn. Man starrte ihn an. Es gab Frauen, die sich bekreuzigten, was er hasste, denn er mochte Kreuze nicht, egal ob sie an Wänden hingen oder von Menschen geschlagen wurden. Sie waren noch schlimmer als Weihwasser, und er war froh, dass er hier keine Kirche sah, denn diese Gebäude hasste er am meisten.

Kincaid erreichte den Mittelpunkt des Dorfes. Hier standen die Häuser dichter beisammen. Er sah auch eine offene Schmiede, in der das Feuer allmählich ausglühte.

Ein Hund rannte auf ihn zu, geriet in seine Nähe, zog den Schwanz ein und flitzte jaulend davon.

Kincaid lachte leise. Die Menschen trauten sich ebenfalls nicht an ihn heran. Er passte nicht hierher, sie wussten nicht, was sie von ihm halten sollten, aber der Vampir brauchte sie, denn nur ihr Blut hielt ihn am Leben.

Ein Mann kehrte von seiner Feldarbeit zurück. Er ging neben einem Pferd her, das ebenso müde war wie er selbst.

Kincaid stellte sich den beiden in den Weg. Der Mann blieb stehen und das Pferd auch. Nur reagierte es völlig verrückt. Es fing an zu wiehern und warf den Kopf hoch, sodass der Mann Mühe hatte, es zu bändigen.

„He, was ist das?"

Der Mann fluchte. Er konnte das Pferd nicht mehr halten, und als er es trotzdem versuchte, wurde er zu Boden gerissen und durch den Staub geschleift. Erst als er gegen ein Fass geschleudert wurde, ließ er los und blieb stöhnend liegen. Das Tier galoppierte schrill wiehernd davon, und keiner aus dem Ort half dem Mann, auf den Kincaid lässig zuschlenderte und vor ihm stehen blieb.

Er wartete einen Moment, bis sich der Mann einigermaßen erholt hatte. Dann fragte er: „Wie heißt du?"

„Imre."

„Schöner Name." Der Vampir lachte kratzig. „Du kannst übrigens wieder aufstehen."

„Ich will nicht."

„Warum nicht, Alter?"

Imre atmete hektisch. Aber dann gab er eine Antwort. „Man steht nicht vor dem Teufel auf."

Kincaid lachte. „Teufel, sagst du? Ich soll der Teufel sein?" Er schlug sich auf die Oberschenkel. „So also, meinst du, sieht der aus?"

„Der Teufel erscheint in vielen Verkleidungen", flüsterte der Bauer. „Er ist raffiniert." Ein schnelles Luftschnappen. „Und ich weiß genau, dass Tiere einen stärker ausgeprägten Instinkt haben als Menschen. Mein Pferd hat genau gespürt, wer du bist. Es ist geflüchtet, was es bisher noch nie getan hat. Aber jetzt bei dir." Imre stand plötzlich auf. Er schaute an Kincaid vorbei. „Habe ich nicht recht?", brüllte er. „Das kann nur der Teufel sein!"

Der Vampir drehte sich um. Jetzt sah er diejenigen, denen er zuvor den Rücken zugedreht hatte. Ein halbes Dutzend Dorfbewohner hatte sich versammelt und starrte ihn an. Aber sie hielten einen genügend großen Abstand, denn Imres Worte schienen gewirkt zu haben. Keiner wollte dem Fremden zu nahe kommen.

Kincaid riss beide Arme hoch. „Das ist doch alles zum Lachen. Ich soll der Teufel sein? Wenn ja, wo sind denn meine Hexen? Los, zeigt sie mir. Der Teufel und die Hexen gehören zusammen. Sie müssten mich doch auf ihren Besen umtanzen – oder?"

Er erhielt keine Antwort. Auch Imre sagte nichts. Die rechte Hand hielt er auf sein Knie gepresst. Dort hatte er sich beim Sturz gestoßen.

Kincaid aber war in seinem Element. Er drehte sich auf der Stelle wie ein Tänzer und rief mit lauter Stimme, sodass seine Worte von einem Dorfende bis zum anderen deutlich zu hören waren: „Ich bin nicht hierher in euer jämmerliches Dorf gekommen, um euch zu besuchen. Ich habe eine Einladung aufs Schloss erhalten. Deshalb bin ich hier."

Die Menschen schauten ihn an. Sie schluckten, sagten aber nichts. Bis sich eine Frau traute. Ihre Stimme klang lauernd, als sie frage: „Bei der Gräfin?"

„Ja."

„Der Blutgräfin?", flüsterte sie.

Kincaid horchte auf. Blut hörte sich gut an. In seinen Augen funkelte es. Er gratulierte sich, dass ihn das Schicksal auf diesen Weg geführt hatte. Er riss sich trotzdem zusammen und überging bei seiner Antwort das Blut.

„Ach, das interessiert mich alles nicht. Ich bin gekommen, um die Gräfin zu malen." Er legte seine Hand auf die Brust. „Mein Ruhm hat sich herumgesprochen. Ich bin bekannt. Es gibt viele Menschen, die sich von mir haben malen lassen, sehr viele. Und es waren zumeist Persönlichkeiten aus dem Adel. Mit Hungerleidern wie euch will ich nichts zu tun haben." Er winkte abfällig. „Ich will nur endlich zum Schloss."

„Der Weg ist nicht schwer zu finden. Jeder kann ihn sehen", sagte Imre. „Du musst ihn nur hochgehen."

„Ich?" Der Maler lachte. Er schob seinen Hut etwas in die Stirn. „Nein, das werde ich nicht. Wer von euch bringt mich hoch? Wer hat einen Wagen oder eine Kutsche?"

Die Dörfler schauten sich an. Niemand sprach ein Wort. Man mochte ihn nicht.

„Ich werde euch entlohnen." Kincaid griff in die rechte Tasche und holte einige Münzen hervor. Dass er Geld aus der Zukunft in seiner Faust hielt, fiel ihm erst auf, als er die Faust öffnete. Aber da gab es kein Zurück mehr.

Er streckte den Arm aus, um die Münzen besser zu präsentieren.

Zögernd kamen zwei Männer näher. Sie schauten das Geld an, danach den Vampir.

„Was ist das?"

„Es sind sehr wertvolle Münzen. Sie gehören euch,

wenn mich einer zum Schloss bringt.“

Zögernd griffen Finger nach den Münzen. Man biss auf sie und war zufrieden. Einen Wert konnten sie nicht feststellen. Allein das Aussehen und der Glanz überzeugte sie.

Der Jüngere der beiden griff schließlich zu. „Ich habe zwei Pferde und einen Wagen. Ich mache es.“

„Das ist vernünftig, mein Freund. Hol alles sofort. Ich will auf das Schloss. Es ist nicht gut, wenn man die Gräfin warten lässt.“

Der Mann schaute ihn an. Er nickte und flüsterte: „Du hast dich nicht geirrt, Fremder, es ist wirklich nicht gut, wenn man die Blutgräfin warten lässt.“

Er drehte sich um und ging weg. Auch die anderen Dorfbewohner verschwanden. Imre ging ebenfalls. Im Wegdrehen bekreuzigte er sich noch. Dann rief er den Namen seines Pferdes.

Der Vampir war zufrieden mit sich und dem Schicksal, das ihn zu dieser Blutgräfin führen würde. Besser hätte er es nicht treffen können …

7

Was hat man mit uns vor, Dorry?“
„Ich weiß es nicht.“ Sie lächelte.
„Du scheinst dich zu freuen. Warum?“
„Es ist spannend. Es gibt etwas Neues in meinem Leben. Ich bin wieder in der Vergangenheit, aber ich bin jetzt eine andere Person als früher. Das freut mich eben. So kann ich alles mit neuen Augen sehen.“

„Ja, wenn du meinst.“ Mason Flint sah die Dinge nicht so gelassen. Er konnte noch immer nicht richtig fassen, dass er sich tatsächlich nicht mehr in seiner Zeit befand, sondern in die Vergangenheit gereist war. Sein Leben war völlig auf den Kopf gestellt worden. Nicht allein durch das Erscheinen der ehemaligen Vampirin und jetzigen Hexe, da gab es auch diesen Zeitsprung, der ihn in das Land der Ungarn katapultiert hatte.

Allein wäre er sich völlig verloren vorgekommen, aber mit Dorry an seiner Seite gab es so etwas wie eine Hoffnung, dass nicht alles verloren war.

In der Kutsche war es eng. Sie saßen sich gegenüber. Die Pferde wurden mit Schreien und Peitschenknallen vorangetrieben. Die Räder holperten über Erdbuckel, und sie fuhren auch durch Mulden, sodass die Kutsche immer wieder heftig schwankte. Menschen mit sensiblem Magen wäre bei einer Fahrt wie dieser sicher übel geworden.

Mason Flint schaute aus dem Fenster an seiner Seite. Es brachte nicht viel, denn ein Vorhang aus Staub begleitete die Fahrt. Hin und wieder tauchten die Reiter wie Gespenster auf und verschwanden ebenso schnell wieder.

Besonders steil war die Strecke nicht. Und so brauchten sich die Pferde nicht allzu sehr anzustrengen. Das Rumpeln blieb, das Schwanken und Stoßen. Unwillkürlich klammerten sich Doriana und Mason an den Bänken fest, aber das Lächeln auf dem Gesicht der Hexerin wollte nicht verschwinden.

„Was macht dich so fröhlich?“, fragte Mason wieder.

„Wir werden zu einem Schloss gebracht. Ich habe Schlösser schon immer gemocht.“

„Auch Grafen und Gräfinnen?“

„Gräfinnen kenne ich nicht. Diese hier scheint sogar eine ganz besondere zu sein. Ich bin gespannt, ob sie uns weiterhelfen kann. Der Name Barthory ist wirklich interessant, wenn man bedenkt, wie weit wir in der Vergangenheit sind und wo das Geschlecht ebenfalls schon großen Einfluss hatte. Der hat sich ja bis in unsere Zeit gehalten. Hier sind wir an der Quelle, an den Ursprüngen, und nur das zählt jetzt für uns.“

„Das macht mir Mut.“

„Soll es auch.“ Sie streichelte über sein rechtes Knie. „Es ist doch so, Mason. Ich existiere schon sehr lange, das weißt du. Ich musste schon in der Vergangenheit zurechtkommen, und das bin ich. Ich habe alles überstanden, wenn auch nicht als Mensch. Was Mother Shipton mich damals gelehrt hat, ist wieder da, und ich habe eine meiner Fähigkeiten bereits einsetzen können."

Mason runzelte die Stirn. „Da stehe ich ja recht dumm da", gab er zu. „Ich muss erst lernen, mich zurechtzufinden. Aber lassen wir das. Was erwartest du von der Gräfin?"

„Das weißt du doch."

„Ob es stimmt?"

Sie hob die Schultern. „Wir werden es erleben. Man hat sie nicht grundlos als Blutgräfin bezeichnet. So ist sie in die Geschichte eingegangen. Sie und ihre Familie haben zu dieser Zeit schon Zeichen gesetzt, die nicht vergessen worden sind. Und das hat sich bis in unsere Zeit vererbt."

„Wenn du Sandor meinst, hast du recht."

„Wen sonst? Er wird zwar nicht mehr in Blut baden, wie es die Gräfin getan hat, dafür bedient er sich anderer Methoden, und die sind bestimmt nicht edel, wie wir erlebt haben. Außerdem hasst er Vampire. Er scheint genau zu wissen, dass es welche gibt. Von wem weiß er das? War es auch eine Hinterlassenschaft seiner Ahnherrin?"

„Ich kann es dir nicht sagen."

„Es ist im Moment auch nicht so wichtig. Mal sehen, was uns auf dem Schloss erwartet."

„Ich bin gespannt."

Mason sagte nichts mehr. Er schüttelte nur leicht den Kopf, weil er nicht begreifen konnte, dass Doriana sich so locker gab. In seiner Magengegend spürte er einen unangenehmen Druck, und der würde so schnell auch nicht weichen.

Er schaute wieder aus dem Fenster. Staub wehte nach wie vor außen vorbei. Aber die Sicht war nicht mehr so schlecht. Er war bereits in der Lage, auch etwas anderes zu sehen. Große, graue Schatten schoben sich in den wallenden Staub hinein, und diese Schatten bewegten sich nicht wie die Soldaten. Auch führte der Weg noch mehr bergan. Sie mussten ihr Ziel fast erreicht haben.

Durch das Rumpeln der Räder und das Trappeln der Hufe drangen Schreie an ihre Ohren. Zugleich veränderten sich die Geräusche. Die Hufe der Tiere schlugen gegen einen anderen Untergrund. Es konnte gut das Pflaster auf einem Innenhof sein, und tatsächlich wurde die Kutsche merklich langsamer, bis sie schließlich stand.

Doriana lächelte ihr Gegenüber an.

„Wir sind da!"

Mason grinste schief.

„Ich habe es bemerkt."

Sofort nach seiner Antwort wurden die beiden Kutschentüren aufgerissen. Auch jetzt sahen sie kaum etwas. Der Staub hatte sich noch nicht gesenkt und wehte ihnen in dicken Wolken entgegen. Mason musste husten.

Sie hörten die Stimmen der Soldaten, dann erschienen sie an den Türen, und Arme streckten sich in die Kutsche, um ihnen klarzumachen, was sie tun sollten.

Mason Flint stieg als Erster aus. Er musste sich kleinmachen, um durch die Tür zu gelangen. Die Sonne war hinter den immer noch vorhandenen Staubfahnen nur wie ein gelblicher Schemen zu erkennen, trotzdem sah er etwas von der Umgebung, und vor allen Dingen die Soldaten der Gräfin, die sich im Halbkreis vor ihm aufgebaut und ihre Waffen nicht nur zufällig auf ihn gerichtet hatten.

Mason hörte, dass auch Doriana die Kutsche verließ. Sie schwieg ebenso wie er, und auch die Soldaten hielten sich mit irgendwelchen Bemerkungen zurück. Sie griffen auch nicht an. Es herrschte eine gespannte Atmosphäre in diesem Innenhof. Alle schienen auf etwas Bestimmtes zu warten, was auch Doriana ahnte, denn sie sagte mit leiser Stimme, als sie neben Mason trat: „Gleich hat die Gräfin ihren Auftritt."

„Das denke ich auch."

Die Sicht klärte sich immer mehr, und so gelangte das mächtige Mauerwerk des Schlosses in ihr Blickfeld. Ein hohes Gebäude mit zahlreichen Fenstern und Außengängen, die allesamt zum Innenhof wiesen. Wer diese steinernen Balustraden betrat, hatte sicher ein gutes Sichtfeld und einen weiten Überblick.

In halber Höhe wurde plötzlich eine Tür geöffnet, die in ihren Ausmaßen schon einem kleinen Tor glich.

Als sie nach außen schwang, gab sie den Blick auf Elisabeth Barthory frei.

„Aha“, sagte Mason leise.

So wie er und Doriana schauten auch die versammelten Soldaten hin. Sie hatten eine bestimmte Haltung eingenommen. Niemand stand mehr bequem. Sie wussten genau, welchen Respekt sie ihrer Herrin entgegenzubringen hatten.

Die Blutgräfin schob sich ins Freie. Sie ging sehr langsam und wirkte hoheitsvoll und züchtig zugleich.

Mason Flint hatte sich keine Gedanken über das Aussehen dieser Person gemacht. Er war allerdings leicht überrascht, als er diese Gestalt nach außen treten sah.

Sie sah aus wie jemand, der in Trauer ist. Schwarze Kleidung bedeckte ihren Körper, und sie trug sogar einen schwarzen Schleier vor ihrem Gesicht, als wollte sie sich vor den Sonnenstrahlen schützen.

Bis dicht an das steinerne Geländer trat sie heran und senkte den Kopf. Den Schleier nahm sie noch nicht ab, als sie nach unten schaute, um die Ankömmlinge zu betrachten.

„Es würde mich nicht wundern, wenn sie plötzlich den Mund öffnet und uns zwei Vampirzähne präsentiert“, flüsterte Mason.

„Damit brauchst du nicht zu rechnen. Ich hätte es längst gespürt, wäre es so.“

„Zum Glück bin ich keine Frau. Da brauche ich nicht um mein Blut zu fürchten.“

„Verlass dich nicht zu sehr darauf, dass sie nur scharf auf das Blut junger Frauen ist. Vielleicht braucht sie Männer für etwas anderes.“ Doriana lachte leise. „Es könnte ja sein, dass du ihr gefällst und sie dich zu ihrem Liebhaber haben will.“

„Dagegen habe ich etwas.“

„Unterschätze sie nicht.“

Ein wenig Zeit war vergangen. Bisher hatte sich nichts Besonderes getan. Die Gräfin auf der Balustrade schaute noch immer nach unten. Es gab keinen Staub mehr in der Luft. Jeder sah, wie die Gräfin die rechte Hand hob und sie in die Nähe ihres Gesichts brachte, vor dem noch der Schleier hing.

Sie hob ihn langsam an und schlug ihn über ihr Haar zurück.

„Die weiß sich schon zu präsentieren“, murmelte Mason. „Könnte direkt in einer Show bei uns am Theater mitspielen.“

Der Schleier gab das Gesicht frei, das im Gegensatz zur Kleidung sehr hell und blass aussah. Welche Farbe die Augen hatten, war aus dieser Entfernung nicht zu erkennen, aber da die Haare schwarz wie das Gefieder eines Raben waren, ging Mason davon aus, dass auch die Augen eine dunkle Farbe hatten. Auch ihr Alter war schlecht zu schätzen. Da hätte man schon näher an sie herantreten müssen.

„Und, Mason? Wie gefällt sie dir?"

Er schüttelte den Kopf.

„Ich weiß nicht. Wenn ich daran denke, wer sie ist, kann sie mir nicht gefallen, und von ihrem Gesicht sehe ich nicht viel."

„Du wirst sie noch aus der Nähe erleben, darauf kannst du wetten."

Die Barthory hob beide Hände, doch bestimmt nicht, um die Anwesenden im Schlosshof zu segnen. Sie gab durch die Geste zu verstehen, dass sie etwas sagen wollte.

Das tat sie dann auch. Sie sprach mit einer klaren und verständlichen Stimme, sodass jeder ihre Worte hören konnte.

Da war auch Mason keine Ausnahme. Nur hatte er das Pech, dass er nichts verstand. Dafür Doriana. Sie hörte zu, ohne eine Reaktion zu zeigen. Von ihrem Gesicht jedenfalls war nichts abzulesen.

Die Barthory sprach nicht nur, sie begleitete ihre Rede auch mit entsprechenden Handbewegungen.

Als sie eine Pause einlegte, nutzte Mason die Gelegenheit, um Doriana zu fragen, was sie gesagt hatte.

„Sie hat uns willkommen geheißen."

„Nur willkommen geheißen, sonst nichts?“

Doriana lachte. „Schon. Sie freut sich, besondere Gäste auf ihrem Schloss zu haben.“

„Das kann man verschieden interpretieren.“

„Denke ich auch.“

„Und weiter?“

„Sie wird uns bald empfangen. Und sie hat sogar von einem Fest gesprochen.“

Masons Augen verengten sich. „Du hast Fest verstanden?“

„Genau.“

„Und was kann das sein?“

„Das überlasse ich deiner Fantasie. Es wird wohl so etwas wie eine Party sein.“

„Soll ich Blutfest sagen?“

„Das kannst du halten, wie du willst.“

Mason blickte nicht mehr schräg in die Höhe, sondern schaute sich lieber in seiner Umgebung um. Da hatte sich nichts verändert. Nach wie vor waren sie von Soldaten umzingelt, die sie im Auge behielten.

Wieder sprach die Barthory. Erneut konnte Mason nichts verstehen. Doriana übersetzte leise.

„Wir sollen in unser Gemach gebracht werden, sagte sie.“

„Das hört sich nicht mal übel an.“

„Dort will sie uns Zeit geben, damit wir uns vorbereiten können.“

„Verstehe ich nicht.“

„Ist auch nicht wirklich wichtig."

Die Blutgräfin winkte ihnen ein letztes Mal zu und drehte sich danach um.

Es war der Moment, an dem sich auch die Soldaten bewegten. Sofort bildeten sie einen engen Kreis um die beiden Gäste der Gräfin. Hände deuteten nach vorn, und es war klar, was diese Gesten besagten.

Doriana und Mason setzten sich in Bewegung. Niemand rührte sie an, aber sie wurden eskortiert und schritten quer über den Schlosshof auf eine Tür zu, die ihnen geöffnet wurde und hinter der sich ein Gang befand.

Gemeinsam traten sie hinein.

Mason zuckte zusammen. Er konnte sich nicht so gut unter Kontrolle halten wie die Hexerin.

„Blut", flüsterte er, „hier riecht es nach Blut ..."

„Sicher. Was glaubst du, wo du hier bist?"

„Jetzt weiß ich es ..."

Kincaid kam sich auf dem Karren schon deplatziert vor, aber es war besser, als den langen Weg zum Schloss zu laufen. So ließ er sich ziehen, schluckte auch den Staub, der sich bald in einer dünnen Schicht auf seine Kleidung gelegt hatte, und hielt den Blick seiner leblosen Augen stets nach vorn aufs Schloss gerichtet.

Das Pferd hatte schwer zu ziehen, und der Mann vorn auf dem Karren musste einige Male die Peitsche einsetzen, um das Gespann wieder anzutreiben.

Er hatte sich nicht einmal zu Kincaid umgedreht. Es war, als spürte er das Grauen fast körperlich, das hinter ihm auf der schmutzigen Ladefläche hockte.

Die Sonne war zwar weitergewandert, aber sie meinte es noch immer gut mit der Welt. Wie so oft schon war Kincaid froh, eine Maske zu tragen. Wäre sie nicht gewesen, er wäre schon längst in den heißen Strahlen zu Asche zerfallen.

Aber auch mit diesem Schutz ging es ihm nicht besonders gut. Er war jetzt froh, dass er die Gelegenheit im Dorf genutzt hatte, um Blut zu trinken. Es hatte ihm die Kraft zurückgegeben. Wenn er sich erst mal hinter den Mauern des Schlosses befand, würde es ihm noch besser gehen.

Dass man ihn abweisen würde, darüber machte er sich keinerlei Gedanken. Er hatte es immer geschafft, sich überall beliebt zu machen. Seine Kunst wurde geschätzt, und die Menschen waren eitel genug, um sich gern malen zu lassen. Das würde bei dieser Gräfin bestimmt nicht anders sein.

Sie liebte das Blut, aber sie gehörte nicht zu ihm. Sie war keine, die durch das Blut existierte, sie glaubte an andere Dinge, und Kincaid war gespannt, wie sie auf ihn reagieren würde.

Ob er sich sofort als Vampir zu erkennen geben sollte, darüber musste er noch nachdenken. Erst wollte er sehen, wie sich alles entwickelte.

Das Schloss stand vor ihm wie ein wuchtiger Klotz.

Erst jetzt sah er das breite Tor in der Mauer, durch das er ins Schloss gelangen würde. Es war geschlossen, und er rechnete damit, dass sich die von ihm Verfolgten bereits im Schloss befanden.

Kincaid lächelte, wenn er an sie dachte. Sie waren in die Höhle des Löwen gegangen, und dabei ahnten sie nicht, dass ihnen ein zweiter Löwe auf den Fersen war, um sie endgültig aus dem Spiel zu nehmen. Er wusste nicht, ob ihm das Blut einer Hexe munden würde, probieren wollte er es auf jeden Fall. Und wenn er es ausspeien musste, war das auch nicht so schlimm. Es gab ja noch ihren Begleiter, den er zur Ader lassen konnte.

Das Rumpeln der Räder verstummte, nachdem der Mann auf dem Bock sein „Brrrr!“ gerufen hatte.

„Was ist los?“, blaffte Kincaid.

Der Mann drehte sich um. „Ich fahre nicht mehr weiter.“

„Warum nicht?“

„Hier ist die Grenze.“

Kincaid überlegte, ob er den Mann zwingen sollte. Er blickte in dessen Gesicht, und der Ausdruck darin sagte ihm, dass dieser Mensch ihm nichts vormachte. Das traute er sich sicher nicht. Die Angst in seinen Augen war echt.

„Und warum fährst du nicht weiter?“

„Ich darf nicht. Ich will noch eine Weile leben. Wenn ich dich bis zum Schloss bringe, dann kehre ich nur noch als Toter zurück. Niemand darf sich dem Schloss ohne Einwilligung der Gräfin nähern."

Kincaid nickte. „Schon gut", sagte er. „Ich verstehe. Ich gehe den Rest zu Fuß."

„Und du hast keine Angst?"

Der Vampir stieg vom Karren. „Was ist das – Angst? So etwas kenne ich nicht."

„Es war nur eine Frage."

„Gut. Dreh deinen Gaul um und verschwinde."

Der Dörfler atmete auf, nickte heftig und knallte mit der Peitsche.

Sein Pferd würde es jetzt besser haben, wenn es bergab lief. Es sah wie eine Flucht aus, und Kincaid lachte auf. Ja, die Angst hier war immens, doch ihn störte das nicht. Er würde den Häschern der Gräfin schon zeigen, wo es langging.

Er war schließlich in allen Zeiten zurechtgekommen. Sogar in der modernen Zeit hatte er sich anpassen können. Dass er jetzt einen Sprung zurück in die Vergangenheit getan hatte, war ihm egal.

Er sah die Mauern vor sich und versuchte abzuschätzen, wie weit er noch zu laufen hatte. Es waren nicht viele Schritte, die er zurücklegen musste. In seinem Innern loderte schon die Vorfreude auf das Blut auf, das ihn hinter den Mauern erwartete.

Er rechnete auch damit, längst von irgendwelchen Wachen entdeckt worden zu sein, obwohl er keine Soldaten auf der Mauerkrone sah. Sicherlich gab es genügend andere Ausgucke, an denen sie lauern konnten.

Einen ängstlichen Eindruck machte er nicht. Ihn störte nur die Sonne, die einfach nicht verschwinden wollte. Bis zur Dämmerung war es noch zu lang. Deshalb wollte er zusehen, so schnell wie möglich in die schützenden Gemächer der Burg zu gelangen.

Ein schwacher Wind wehte Staub über einen Boden, auf dem so gut wie nichts wuchs. Ein paar spärliche Grasbüschel, das war alles.

Vor dem breiten Tor blieb er stehen und sah, dass es noch eine Tür innerhalb des Tors gab, sodass es nicht erst geöffnet werden musste, um jemanden einzulassen.

Kincaid hatte bereits den Arm angehoben, um anzuklopfen, als die kleine Tür aufgezogen wurde. Zwei Bewaffnete stürmten nach draußen. Sie hielten kurze Schwerter in den Händen und machten Anstalten, ihm den Kopf abzuschlagen.

Kincaid hob beide Hände zum Zeichen, dass er in friedlicher Absicht gekommen war. Kein Schwert senkte sich, sie blieben in Schlaghaltung.

„Wer bist du?“

„Ich möchte zur Gräfin.“

„Was?“

„Ja, ich will sie treffen, und ich habe meine Gründe dafür. Ich heiße Kincaid.“

„Wir kennen dich nicht. Wir mögen keine Fremden, die nicht eingeladen worden sind.“

„Aber es sind schon zwei Fremde bei euch."

„Woher weißt du das?"

„Ich bin nicht blind."

„Gehörst du zu ihnen?"

„Nein." Kincaid schüttelte den Kopf. „Aber ich könnte eurer Herrin mehr über sie sagen."

Die beiden Männer dachten nach. Sie hatten ihre Befehle, das war die eine Sache. Auf der anderen Seite hatte dieser große Mann etwas Interessantes gesagt, und wenn sie dies der Gräfin verschwiegen und sie es später doch erfuhr, konnte das für sie beide Probleme geben. Außerdem stammte der Mann nicht aus dem Dorf. Er hatte sich nur ein Stück hierher fahren lassen.

Kincaid brachte sie in Zugzwang. „Was ist jetzt? Ich will hinein."

„Ja, du kannst hereintreten."

„Danke, Blutsbruder." Er lachte über seine Bemerkung, die von der anderen Seite nicht verstanden wurde.

Kincaid ging einfach los. Es machte ihm nichts aus, dass er die beiden Soldaten in seinem Rücken wusste. Sie konnten ihn mit ihren Schwertern nicht vernichten, sie ahnten nicht mal, wer da den Schlosshof betrat.

Und dort war er nicht allein. Er sah die Männer der Gräfin und auch die Kutsche, mit der die beiden Fremden zum Schloss geschafft worden waren. Aus einem Stall hörte er das Wiehern der Pferde.

Nicht weit entfernt hockten Männer auf dem Boden, tranken Wein und aßen dicke Speckstücke. Andere waren als Wachen eingeteilt worden, und sie wussten, was sie zu tun hatten.

Es waren fünf Männer, die auf den Vampir zukamen. Einer ging vor. Er trug keinen Helm und auch keinen Körperschutz. Von der Gestalt her war er ein Riese. Verfilztes dunkles Haar umwuchs ein pockennarbiges Gesicht. Der Mund war gespalten. Dort musste ihm eine Messerklinge über die Lippen gefahren sein.

Er blieb vor Kincaid stehen. Hinter ihm hielten seine Begleiter an.

„Wer bist du?"

Der Vampir hob lässig die Schultern. Wieder diese Fragerei, aber da musste er durch.

„Ich heiße Kincaid."

„Keiner kennt dich hier."

„Ja, ich bin fremd hier. Ich komme von weit her."

„Woher?"

„Das sage ich der Gräfin."

Die Augen im Gesicht des Anführers verengten sich. Plötzlich roch es nach Gewalt, was dem Vampir egal war. Er kannte seine Kräfte und wartete nur auf einen Angriff.

„Die Gräfin mag keine Fremden, wenn sie nicht eingeladen worden sind. Und das bist du nicht. Du hast dich hier eingeschlichen. Wer das tut, wird dieses Schloss nicht lebend wieder verlassen."

„Nicht ich", sagte Kincaid spöttisch. „Ich bin bereits tot. Siehst du das nicht?"

Der Mann fühlte sich nicht ernst genommen, und das vor seinen Leuten. Er brüllte den Vampir an und wuchtete zugleich seinen massigen Körper nach vorn, als wollte er Kincaid in den Boden rammen.

Darauf hatte der nur gewartet. Er war noch schneller. Sein Tritt traf den Unterleib des Riesen. Kincaids Lachen folgte, als er sah, wie der Kerl vor ihm zusammensackte.

Dann packte er zu. Es sah so leicht aus, wie er den Mann anhob und den Körper über seinen Kopf hievte, wobei er sich drehte, bis er nach einigen Schwüngen den Mann losließ.

Er flog auf die nahe Innenmauer zu. Sein Schrei hallte über den Hof, dann prallte er gegen das starre Hindernis und fiel zu Boden.

Kincaid lachte wieder. Jetzt waren auch die übrigen Männer aufmerksam geworden. Besonders die vier, die in der Nähe standen. Sie kamen nicht zugleich. Der Größte von ihnen riss sein Schwert aus der Scheide und stieß es gegen Kincaid.

Der wich aus. Und er war schnell. Wieder schnappten seine Hände zu, dann riss er den Angreifer vom Boden hoch und schleuderte ihn gegen seine drei Kumpane.

Sie waren im Begriff gewesen anzugreifen, und sie hatten auch ihre Waffen gezogen. Nun konnten sie ihre Schwerter nicht so schnell zur Seite nehmen, und so flog die Gestalt auf die scharfen Klingen zu und wurde von zweien von ihnen aufgespießt.

Aus dem Hals quoll ein Blutstrom. Die zweite Klinge hatte ihn in der Magengegend erwischt und eine tiefe Wunde gerissen, aus der schon die Gedärme quollen, als er auf dem Boden aufschlug.

Kincaid schrie auf und stieß seine Fäuste in die Luft. Er wartete auf weitere Gegner, die nicht kamen, denn ein schriller Frauenschrei gellte über den Hof und erstickte jeden weiteren Angriff.

Kincaid hatte den Schrei ebenfalls gehört. Er musste sich umdrehen, um in die Richtung zu schauen, aus der der Schrei ertönt war, und er sah endlich, was er hatte sehen wollen.

Auf einem breiten Säulenbalkon stand Elisabeth Barthory und hielt beide Arme nach vorn gestreckt. Eine Haltung, die ankündigte, wer hier das Sagen hatte.

Kincaid schaute kurz zu ihr hoch und tat dann etwas, was die Gräfin beeindrucken sollte. Er nahm seinen dunklen Hut vom Kopf und verbeugte sich mit einer eleganten und auch galanten Bewegung, sodass alle sahen, dass er ihr die Ehre erwies.

An der Mauer quälte sich der Anführer hoch und wurde von der Gräfin beschimpft.

„Du bist ein Schwächling, Laszlo. Ein jämmerlicher Mensch und kein Held, wie du immer behauptest."

Laszlo kniete. Er hielt sich den Kopf. Aus einer Wunde rann Blut, und Kincaid musste sich mächtig beherrschen, um nicht zu ihm zu rennen und seinen Lebenssaft zu trinken.

„Vergib ihm, Gräfin. Er kann nichts dafür. Er weiß ja nicht, wer ich bin."

„Aha. Und wer bist du?"

Kincaid wollte es spannend machen. „Ich habe dich gesucht, Elisabeth Barthory."

Sie stieß einen Wutschrei aus. „Was erlaubst du dir, mich so anzusprechen!"

„Weil ich es bei allen schönen Frauen so mache. Ich liebe die Schönheit." Kincaid wusste, was Schmeicheleien bei Frauen bewirken können, und das war auch bei der Gräfin der Fall.

Ihr Zorn verrauchte. „Aha, und du bist zu mir gekommen, um mir das zu sagen?"

„Auch."

„Und sonst?"

„Das möchte ich dir sagen, wenn wir uns gegenüberstehen. Ich heiße Kincaid."

„Dein Name klingt fremd", erwiderte sie.

„Ich bin auch ein Fremder. Ein Wanderer auf dem Weg zu den schönsten Frauen der Welt. Und deshalb konnte ich dich nicht übergehen."

„Oh, ein galanter Schmeichler!“

„Nein, nur einer, der das Schöne liebt. Und das tust du doch auch, wie ich hörte.“

„Zu viel der Ehre.“

„Ah, ich habe nur die Wahrheit ausgesprochen und möchte dich bitten, mich zu empfangen, auch wenn ich so despektierlich rede. Aber ich kann nicht anders. Ich bin bei schönen Frauen stets befangen.“

„Du willst also zu mir?“

„Ich wünsche es mir sehr.“

Die Barthory wartete noch, bevor sie nickte. Dann gab sie mit lauter Stimme den Befehl: „Bringt ihn hoch zu mir.“

Kincaid lachte innerlich und hielt sich an die Regeln der Höflichkeit.

„Ich danke Euch, teuerste Gräfin.“

Danach ließ er sich gern von zwei Soldaten umringen und zu ihr bringen …

8

Von außen her war dem Schloss nicht anzusehen gewesen, wie es im Innern aussah. Das bekamen Doriana und Mason präsentiert, als eine Dienerin sie in Empfang nahm und sie zu ihren Gemächern führte. Es war eine alte Frau, die gebückt ging und auch kein Wort sagte. Nur ein schnaufendes Atmen verriet, dass sie noch lebte.

An den Wänden des Ganges, der zu den Gemächern führte, hingen Bilder. Es war keine Ahnengalerie, wie man hätte annehmen können. Die Gemälde zeigten nur schöne junge Frauen. Manche waren unbekleidet, andere trugen prächtige Gewänder. Hin und wieder war auch das Porträt eines finster blickenden Mannes zu sehen, aber die weiblichen Porträts überwogen.

„Man ahnt, wo man ist. Die Gräfin liebt junges Blut", sagte Doriana und bedachte jedes Bild mit einem schnellen Blick.

„Sie badet sogar darin", sagte Mason.

„Werden wir das erleben?"

„Ich weiß es nicht." Mason hob die Schultern, um danach auf den Steinboden zu schauen, der ebenfalls von rötlicher Farbe war, als hätte das Blut hier stilisiert dargestellt werden sollen.

Alles war so anders. Das glaubte Mason zumindest. Er kannte sich in Schlössern nicht aus, aber dieser alles überlagernde, leicht metallische Blutgeruch war überall vorhanden. Und das wies beide immer wieder darauf hin, wo sie sich befanden.

Die gebückt gehende alte Frau hielt vor einer Tür an. Sie war sehr breit, zeigte Schnitzereien und wurde wenig später von der Frau aufgestoßen.

Sie selbst hielt sich zurück. Doriana und Mason traten über die Schwelle und fanden sich in einem großen Raum wieder, der Boudoir und Wohnraum zugleich war.

Ein Himmelbett, kostbare Möbel, ein Tisch, auf dem eine gefüllte Weinkaraffe und Gläser standen. Kostbare Tapeten an den Wänden und weiche Teppiche auf dem Boden. Und zwei Fenster, die bleiverglast waren.

Mason blieb neben dem Tisch stehen. Er sah auch eine Karaffe mit frischem Wasser.

„Was sagst du, Dorry?"

„Nicht schlecht."

„Damit hätte ich nicht gerechnet."

Die Hexerin lachte. „Die Gräfin will ihren Gästen eben etwas bieten, bevor ihre Party beginnt."

„Du sagst es."

Doriana schaute sich um.

„Ich denke", sagte sie, „dass wir nicht weit von ihren eigenen Gemächern entfernt sind. Sie lässt uns sicher nicht lange hier warten."

Das war auch Masons Meinung. Er war froh, dass

die Getränke auf dem Tisch standen.

„Möchtest du auch einen Schluck?"

„Ja."

„Wasser oder Wein?"

Doriana lächelte. „Wasser. Ich möchte nicht, dass mir der schwere Tokajer in den Kopf steigt."

„Kann ich verstehen." Mason füllte zwei Gläser. Seine Freundin kam auf ihn zu und nahm ihm ein Glas ab.

Das Wasser war noch herrlich kühl und erfrischte sie wie ein Quell. Sie fühlten sich gleich besser.

Sessel standen in der Nähe. Sie umgaben einen Tisch und waren mit kostbarem Samt bezogen. Natürlich in der Farbe rot, die sich in verschiedenen Abstufungen überall im Raum wiederholte. Sogar das Dach des Himmelbetts zeigte diesen Farbton.

Mason konnte sich nicht helfen, er wurde dabei immer wieder an die Farbe des menschlichen Blutes erinnert, aber das war für ihn erst mal unwichtig. Er trank sein Glas leer und hoffte, dass dieses Wasser den metallischen Blutgeschmack im Mund vertrieb.

„Wie geht es weiter, Dorry?"

„Das musst du unsere Gastgeberin fragen."

„Wenn sie ..."

Er verstummte, denn er hatte vor der Tür ein Geräusch gehört. Gemeinsam mit Doriana drehte er sich um, und beide sahen die Frau, die sich über die Schwelle schob und mit langsamen Schritten näher kam, nachdem die alte Dienerin die Tür wieder hinter ihr geschlossen hatte.

Es war die Blutgräfin, die vor ihnen stehen blieb und sich betrachten ließ, während sie zugleich ihre beiden Gäste musterte.

Ihr Gesicht war sehr bleich. Eine vornehme Blässe, hätte man meinen können. Aber es war auch ein altersloses Gesicht. Da konnte Mason noch so scharf schauen und überlegen, ihr Alter war nicht zu schätzen.

Es war weder besonders schön oder hässlich. Mason dachte, dass in seiner Zeit Frauen, die eine Schönheitsoperation hinter sich hatten, so aussahen. Aber die gab es zur Zeit der Gräfin noch nicht. Also hatte sie zu anderen Mitteln greifen müssen.

Sie trug keine rote Kleidung, sondern einen schwarzen Reifrock und eine dunkle Bluse, die bis zum Hals zugeknöpft war.

„Willkommen auf meinem bescheidenen Anwesen“, begrüßte sie die beiden Gäste. „Ich freue mich, dass ihr den Weg zu mir gefunden habt.“ Sie lächelte. „Bitte, verzeiht mir die etwas lockere Anrede, aber die Steifheit des Adels habe ich nie gemocht. Besonders nicht bei Menschen, die mir sympathisch sind.“

„Danke“, sagte Doriana. „Es ist auch wunderbar hier. Wir fühlen uns hier sehr wohl.“

„Wie großzügig von euch. Ich bin oft unter rohen Burschen allein, denn auch meine Verwandtschaft verschlägt es nicht oft in diese einsame Gegend. Die Puszta ist eben nichts für jeden Geschmack. Das hat mein Gatte auch gemeint. Er ist in den Krieg gezogen, und ich habe lange nichts mehr von ihm gehört."

„Aber Sie hatten – ähm – haben doch Kinder, Gräfin."

„Ja, vier."

„Und?"

Sie winkte ab. „Sie wollten nicht bei mir bleiben. Ich habe sie zu Verwandten ziehen lassen."

„Zu Ihrem Bruder?"

„Nein, er ist nicht der Richtige für eine gute Erziehung. Sie sind bei einem Onkel von mir. Es ist der Kardinal Stephan. Er wird ihnen eine gute Erziehung geben. So wohne ich allein hier auf meinem Schloss und amüsiere mich hin und wieder, wenn ich Gäste einlade – oder sie unangemeldet zu mir kommen, so wie ihr beide."

„Da danken wir." Mason schüttelte den Kopf. Erst jetzt war ihm aufgefallen, dass er in einer anderen Sprache geredet hatte. Er wusste nicht, wie das möglich war, und drehte den Kopf nach rechts, um Doriana einen Blick zuzuwerfen.

Sie lächelte und schien seine Gedanken zu ahnen.

„Was ist?", fragte sie.

„Meine Worte. Sie – sie – sind …", flüsterte er.

Sie ließ ihn nicht ausreden. „Nimm es einfach hin."

„Du hast das …?"

Doriana lächelte nur, aber das war für Mason Flint Antwort genug.

Die Blutgräfin war mit ihrer Betrachtung fertig. Sie sagte: „Es ist euch anzusehen, dass ihr eine lange Reise hinter euch habt. Ich habe mir vorgenommen, das Fest erst bei Einbruch der Dunkelheit beginnen zu lassen. Ist es euch recht?"

Sie stimmten zu.

„Wunderbar. Dann habt ihr Zeit genug, um euch von dem Staub der Reise zu befreien. Das Bad habe ich bereits richten lassen."

„Bad?", fragte Mason und dachte, hoffentlich nicht in Blut. Doch das behielt er für sich.

„Ja, wir haben hier wunderbar weiches Wasser, das aus tiefen Quellen stammt."

„Und wo werden wir baden können?", fragte Mason.

„Ich werde es euch zeigen."

„Bitte."

Die Gräfin setzte sich in Bewegung und schritt an ihnen vorbei.

Mason saugte dabei die Luft ein. Er rechnete damit, einen von ihr ausströmenden Blutgeruch wahrzunehmen, aber da hatte er sich getäuscht. Nichts wies darauf hin. Wenn es einen Geruch gab, dann wurde er vom Duft eines Puders übertönt, der als dünne Schicht auf dem Gesicht der Gräfin lag, die sicher nicht ihr wahres Gesicht gezeigt hatte, wie sich

Mason vorstellen konnte. Er fragte sich zudem immer wieder, woher dieser Blutgeruch stammte. Möglicherweise aus einem tief liegenden Keller, der als Verlies benutzt werden konnte.

Vor der Wand, die der Tür gegenüber lag, stoppte die Gräfin ihre Schritte. Beide Arme streckte sie langsam vor, berührte zwei Stellen, und das kleine Wunder geschah.

Ein Teil der Wand in der Breite einer Tür schob sich zur Seite. So war der Blick frei auf ein prächtiges Bad, dessen Wände mit einem orange eingefärbten Mosaik bedeckt waren.

Aus zwei Röhren in der Wand rannen die letzten Tropfen. In die breite und lange Wanne passten gut zwei Menschen hinein.

Es war heißes Wasser, was da hochgepumpt worden war und jetzt die Wanne füllte. Ein leichter Rosenduft wehte ihnen entgegen und schien von dem leichten Dampf getragen zu werden, der über dem Wasserspiegel schwebte.

Die Gräfin drehte sich um. „Gefällt es euch?"

„Ja." Doriana lächelte. „Sie haben genau gewusst, was wir brauchen."

„Und ob ich das gewusst habe, schöne Frau. Es ist mir ein großes Vergnügen, meinen Gästen alles zu bieten, was ich habe. Alles, das solltet ihr wörtlich nehmen." Sie nickte, lächelte, aber dieses Lächeln wirkte nicht echt, sondern hölzern. „Und so werde ich euch jetzt allein lassen. Wir sehen uns später wieder. Ganz bestimmt sogar."

„Ja, wir freuen uns."

Elisabeth Barthory verließ das Gemach, ohne sich noch mal umzudrehen. Als sie die Tür hinter sich geschlossen hatte, fragte Mason: „Freust du dich denn wirklich?"

„Ja. Ich bin neugierig auf sie. Sie ist eine grausame Person der Geschichte." Ihre Augen funkelten Mason an. „Wer kann schon von sich behaupten, so etwas am eigenen Leib miterlebt zu haben?"

„Stimmt auch wieder." Er drehte sich auf der Stelle. „Und wie vertreiben wir uns die Zeit bis zum Beginn ihres Festes?"

Doriana deutete auf die gefüllte Wanne.

„He, du meinst, wir sollten ihr Angebot wirklich annehmen?"

„Was sonst?" Sie trat auf ihn zu und strich über sein Gesicht. „Ein Bad zu zweit ist doch auch für uns etwas Neues. Oder nicht?"

„Das schon."

„Dann sollten wir es auch ausprobieren. Und vielleicht wird es ja nicht nur bei dem Bad bleiben …"

Mason verdrehte die Augen. „Du hast vielleicht Nerven. Denk mal darüber nach, wo wir hier sind."

„In einem Schloss."

„Ja, und in einer anderen Zeit."

„Macht dir das etwas aus? Mir nicht. Wenn wir zusammenbleiben, dann solltest du dich schon jetzt an meine Spontaneität gewöhnen. Oder hat man dir nicht gesagt, wie leidenschaftlich Hexen sein können?"

„Gesagt hat man es mir noch nicht." Er nahm sie in die Arme und streichelte ihren Rücken. „Aber erlebt habe ich deine heiße Leidenschaft schon mal."

„Dann warte ab, was ich dir noch zu bieten habe, Mason ..."

Nicht, dass es die Blutgräfin in Panik versetzt hätte, aber dass nach den beiden ersten Besuchern noch ein dritter erschien, war für sie nicht normal.

Das Pärchen hatte sie erst einmal gut versorgt. Niemand konnte diesem Bad widerstehen. Es in einer alten Burg zu nehmen, war einfach unbeschreiblich. So etwas musste man einfach ausnutzen und auch das, was unweigerlich danach kam.

Elisabeth Barthory hatte sie höflich empfangen, aber sie wusste, dass dieses Paar nicht in ihre Zeit gehörte. Sie waren etwas anderes, etwas Fremdes. Nicht so sehr der Mann, sondern die Frau. Die Gräfin hatte gespürt, dass etwas in ihr steckte, das sie misstrauisch machte. Es war da, aber die Frau hielt es noch in sich verborgen. Die Gräfin machte sich ihre Gedanken darüber. In ihrem Leben hatte sie sich mit vielen Dingen beschäftigt. Schwarze Magie, Vampirismus, Hexerei – und genau da fiel es ihr wie Schuppen von den Augen.

Hexerei!

War diese Frau eine Hexe?

Über ihren Rücken rann ein Schauer, als sie daran dachte. Es konnte gut möglich sein, denn Hexen waren nicht so selten. Sie versteckten sich nur, um nicht gejagt zu werden.

Diese Frau hatte etwas an sich. Davon ließ sie sich nicht abbringen. Sie war etwas Besonderes.

Und jetzt empfing sie bereits einen dritten Besucher, der zu ihr gebracht wurde. Sie saß dabei in ihrem kleinen Salon und war gespannt, was er von ihr wollte.

Das Gefühl sagte ihr, dass er nicht zu den beiden anderen Gästen gehörte, aber er war ebenfalls ein besonderer Mensch. Sie hatte nicht vergessen, wie er mit ihren Soldaten umgegangen war. Er strotzte vor Kraft, und nichts schien ihn aufhalten zu können.

Es war ein Frauengemach, in dem sie saß. Eine Liege, ein breiter Tisch, über dem ein großer Spiegel hing, in dem sie sich gern betrachtete und dabei nackt vor ihm posierte, wenn sie mal wieder ein Bad genommen hatte.

Das brauchte sie. Bei der Feier würde sie es sich nicht entgehen lassen. Die Mädchen lagen schon bereit. Ihre Häscher hatte sie aus einem entfernt liegenden Ort geholt. Leider mussten sie so weit reisen, denn von denen, die in der Nähe gewohnt hatten, lebten die meisten nicht mehr. Bis auf eine kleine Reserve, auf die sie nur in Notfällen zurückgreifen würde.

Sie kicherte in ihre Faust hinein, als sie daran dachte, und hörte das Klopfen an der Tür.

„Ja, ich warte."

Die Tür wurde geöffnet. Auf der Schwelle stand der neue Besucher. Groß, wuchtig, in dunkler Kleidung und mit einem schwarzen Hut auf dem Kopf, den er beim Eintreten kurz abnahm, ihn dann aber wieder aufsetzte, als wollte er darunter etwas verbergen.

Im schwachen Licht, das durch zwei kleine Fenster sickerte, sah sie sein Lächeln und wies ihn mit einer Handbewegung an, zu ihr zu kommen.

Die Männer, die ihn gebracht hatten, zogen sich zurück und schlossen die Tür.

„Setz dich, Kincaid. So heißt du doch – oder?"

„Ja, das ist mein Name."

„Der sehr fremd klingt."

„Hier bin ich ein Fremder."

Ihr war es letztendlich egal, ob er nun fremd war oder nicht. Sie interessierte nur der Mensch, und so schaute sie zu, wie er zu einem der Sessel ging und sich in ihn hineinquetschte, weil er für seine Gestalt zu schmal war.

Als er saß, stand die Gräfin auf. Sie wollte sich in seine Nähe setzen und warf nach dem zweiten Schritt mehr zufällig einen Blick nach links in den großen Spiegel an der Wand.

Sie hätte ihren Besucher sehen müssen, aber sie sah ihn nicht. Keine Konturen, gar nichts, und das überraschte die Blutgräfin.

Gab es Menschen ohne Spiegelbild?

Ja und nein.

Sie sahen aus wie Menschen, aber sie waren trotzdem keine, denn man musste sie zu den Wiedergängern zählen, schlicht gesagt: Es waren Vampire.

Und jetzt wusste sie, wer sie da besucht hatte, und sie konnte sich auch seine Kraft erklären.

Nicht, dass sie Angst gehabt hätte, aber ein leichtes Zittern erfasste sie schon, und es war auch von Kincaid gesehen worden.

„Na, ist etwas mit dir, Gräfin?"

„Nein, nein, es ist schon gut. Ich bin nur überrascht, dass du mir einen Besuch abstattest, Kincaid."

„Du bekommst demnach wenig Gäste?"

Die Barthory blieb vor einem Sessel stehen.

„Das kann man so sagen", erwiderte sie und nahm Platz. Dass sie ihren Besucher als Vampir erkannt hatte, behielt sie für sich und kam auf Dinge zu sprechen, die in dieser Situation völlig normal waren.

„Du hast mich also gesucht?"

„Ja, Gräfin."

„Und was verschafft mir die Ehre?"

Kincaid legte den Kopf zurück. Ein blechernes Lachen drang aus seinem Mund. „Ich bin Maler", erklärte er dann mit seiner weichen Samtstimme. „Ich reise durch das Land, suche die schönsten Frauen und male sie. Da konnte ich an dir nicht vorbeigehen, Gräfin."

Elisabeth Barthory war verblüfft. Sie saugte mit einem hörbaren Geräusch die Luft ein und dachte dabei, dass ihr Gegenüber nicht einmal geatmet hatte. Das musste er als Vampir auch nicht, und so hatte sie einen weiteren Beweis für seine untote Existenz bekommen. Es fehlte nur noch, dass er ihr die Zähne gezeigt hätte.

„Pardon, aber du sagst nichts?"

Die Barthory nickte. „Ich denke nach, und zwar über dich."

„Glaubst du mir nicht?"

„Doch."

„Oder willst du nicht von mir gemalt werden?" Er breitete die Arme aus. „Du siehst so wunderbar aus, so alterslos, und deshalb solltest du dir selbst diesen Gefallen tun."

Die einschmeichelnden Worte fielen auf fruchtbaren Boden, denn die Blutgräfin fing an zu überlegen. Allerdings reagierte sie nicht voreilig, sie dachte durchaus nach und verglich zwei Vorgänge miteinander, die sich innerhalb kurzer Zeit abgespielt hatten.

Kurz nacheinander waren Besucher auf ihrem Schloss eingetroffen. Absicht oder Zufall? Es konnte nichts zu bedeuten haben, aber es gab eine starke negative Seite in ihrem Leben. Dabei dachte sie weniger an sich und ihre Taten, sondern an ihre relativ große Verwandtschaft einschließlich ihrer weggegebenen Kinder, denen ihr Leben nicht gefallen hatte.

Sie war von den Menschen isoliert worden, und da spielte es auch keine Rolle, dass einige aus der Familie nicht besser waren als sie. Letztendlich war sie eine Frau, und es konnte sein, dass sich die Familie vor ihrem Machthunger fürchtete und einen Plan ersonnen hatte, sie auszuschalten. Mörder anzuwerben, die sich in ihr Schloss schlichen und ihr Vertrauen zu gewinnen versuchten.

Die Namen Doriana und Mason hatte sie noch nie zuvor gehört. Auch dieser Kincaid war ihr fremd, aber er war etwas ganz Besonderes, denn seine Gestalt hatte kein Spiegelbild geworfen. Er war kein normaler Mensch, sondern ein Vampir!

Sie dachte über dieses Phänomen nach. Gab es Vampire? Ja, der Glaube war tief im Volk verwurzelt. Gerade hier in ihrem Land und auch weiter südlich in Transsylvanien.

Sie hatte mal vor einiger Zeit einen jungen Mann kennengelernt, von dem es hieß, er würde sich vom Blut der Menschen ernähren. Er hatte sie fasziniert. Sie hatten lange über das Blut der Menschen gesprochen, das so wunderbare und einmalige Kräfte in sich barg. Deshalb war sie auch so verrückt auf Menschenblut, hatte es aber nicht getrunken, sondern nur darin gebadet. Es musste frisch sein, von jungen Frauen stammen, die sie zuvor auch verführt hatte.

Aber getrunken hatte sie das Blut nie. Höchstens mal aus Versehen abgeschleckt, und nun saß jemand vor ihr, über den sie nur den Kopf schütteln konnte.

Ein echter Vampir!

Kincaid lächelte sie an. Er ahnte, was sich hinter dieser so glatten und faltenlosen Stirn abspielte. Sie dachte offenbar angestrengt nach, und es war wohl nicht einfach für sie, mit ihm zurechtzukommen.

Dass er hier richtig war, hatte er längst festgestellt. Schon bei seinem Eintritt hatte er das Blut gerochen, und dieser herrliche Duft war nie verschwunden. Auf Schritt und Tritt hatte er ihn begleitet und schwebte auch zwischen den Wänden dieses Zimmers.

„Du überlegst immer noch, Gräfin?“

„Ja, das tue ich.“

„Warum?“

„Weil ich mir noch nicht sicher bin, ob ich mich malen lasse oder nicht.“

Er breitete die Arme aus und schüttelte den Kopf.

„Ach, gib dir einen Ruck. Dein Bild wird auf jeden Betrachter eine ungeheure Faszination ausüben.“

Nach dieser blumigen Beschreibung musste sie lächeln. Ihr Nicken deutete an, dass sie einverstanden war.

„Ich darf dich malen?“

„Ja, Kincaid. Allerdings nicht sofort.“

„Das ist zwar schade“, bedauerte er, „aber ich höre

mir sehr gern deine Vorschläge an."

„Es wird dich interessieren, mein Freund, und du wirst sicherlich begeistert sein. Ich habe vor, am heutigen Abend ein kleines intimes Fest zu geben, und ich hoffe, dass ich dich dabei als Gast begrüßen darf."

Im Sitzen deutete er eine Verbeugung an. „Es wird mir eine Ehre sein, Gräfin."

„Danke."

Der Vampir beugte sich vor. „Darf ich neugierig sein?"

„Ich bitte darum."

Kincaid war gespannt auf die Antwort, die er erhalten würde, und mit ebensolcher Spannung stellte er seine Frage.

„Kann es sein, dass deine beiden anderen Besucher ebenfalls an diesem intimen Fest teilnehmen?"

Elisabeth Barthory zuckte zusammen.

„Du kennst das Paar, Kincaid?"

Er wiegte den Kopf. „Kennen ist nicht der richtige Ausdruck. Wir haben uns schon mal gesehen. Ja, völlig unbekannt sind sie mir nicht, und ich habe bestimmt nichts dagegen, dass sie an der intimen Feier teilnehmen." Er schlug gegen seine Brust. „Wie könnte ich auch."

„Dann sollten wir zufrieden sein." Sie hob einen Arm und streckte die Hand mit ihren langen Fingern aus. „Etwas muss ich dir noch sagen, Kincaid."

„Ich höre."

„Es wird einige Zeit vergehen, bis die Dämmerung anbricht. Ich denke, dass ich dir so lange eines meiner Gästezimmer überlasse. Denn ich muss noch einiges vorbereiten, um der kleinen Feier den nötigen Glanz zu verleihen."

„Verstehe, Gräfin."

Sie reichte ihm die Hand. Kincaid fasste ihre Finger an und half ihr aus dem Sessel.

„Sind wir nicht ein schönes Paar?", fragte er.

„Du sagst es."

„Und ich denke, dass wir beide das Gleiche an den Menschen lieben."

Sie blieb stehen und schaute zu ihm hoch. „Was meinst du damit, mein Lieber?"

Er lächelte. „Ihr Blut, Gnädigste. Das Kostbarste, was es auf dieser Welt gibt."

„Meinst du?" In ihre Augen war ein lauernder Ausdruck getreten.

„Du nicht?"

„Komm mit", sagte die Gräfin nur …

9

Es war ein Risiko gewesen, sich praktisch wehrlos zu machen, aber Doriana und Mason waren es eingegangen. Sie hatten ihre Kleidung abgelegt und waren in das wunderbar heiße Wasser gestiegen, das diese große Wanne fast bis zum Rand füllte.

Sie saßen sich gegenüber und schauten sich an. Und beide wussten sehr genau, dass ihnen noch einiges bevorstand. Gerade deshalb wollten sie das Leben noch mal genießen, und das auf seine schönste Art und Weise.

Sie hatten sich gegenseitig eingerieben. Dieser cremige Schaum duftete verführerisch, und als sie ihn wieder abgespült hatten, lagen ihre Lippen aufeinander.

Das Spiel ihrer Zungen war so wunderbar, und beide spürten ihre Erregung. Aber sie hatten sich noch zurückgehalten und sich wieder zurück in das warme Wasser gleiten lassen. Auf der Oberfläche waren die letzten Schaumblasen zerplatzt. Das Wasser hob Dorianas Brüste an, die mit ihren braunen Warzen bis zur Hälfte aus dem Wasser schauten. Wasser ließ auch Dorianas Haare glänzen, die ihr in nassen Strähnen am Kopf klebten.

Auf ihrem Gesicht lag eine gewisse Entspannung, gemischt mit einer Erwartung, die sie innerlich erschauern ließ. Bis sie plötzlich anfing zu lachen.

Mason ließ das Gelächter erst verklingen, bevor er eine Frage stellte.

„Was ist mit dir?"

„Ich denke an unsere Lage."

„Und weiter?"

„Wir sind in der Vergangenheit, wir wissen nicht, wie und ob wir überhaupt zurückkehren. Wir sind also aus unserer Zeit verschwunden, und wenn man uns sucht, wird man uns nicht finden. Aber wir sitzen hier zusammen in einer großen Wanne, nehmen ein Bad und tun so, als wäre nichts passiert. Das ist einmalig. Wir scheinen uns über die Folgen nicht ganz im Klaren zu sein."

„Doch, das sind wir. Und zwar mehr unbewusst."

„Du machst mich neugierig."

„Die Antwort ist einfach. Wir können nicht sterben, sonst hätten wir in der Zukunft nicht gelebt. Wir können zwar einiges erleben, aber sterben können wir hier nicht."

„Bist du dir da absolut sicher, Mason?"

„Ich denke schon."

„Das sehe ich anders. Wir sind ja aus der Zukunft gekommen. Die Eltern haben uns gezeugt, wir haben gelebt, und es ist dann doch egal, wo wir sterben. In unserer Zeit oder in der Vergangenheit." Sie nickte. „Ich bin mir deshalb nicht so sicher wie du, aber das ist wohl Ansichtssache."

Mason dachte nur kurz nach, dann sagte er schließlich: „Ja, das ist wohl richtig."

Er schlug leicht mit den flachen Händen auf die Wasserfläche. „Sollen wir uns deshalb den Kopf zerbrechen?"

„Nein, ich denke nicht." Dorianas feuchte Lippen verzogen sich zu einem warmen Lächeln, das so etwas wie eine Botschaft war, die Mason Flint sehr wohl verstand.

Er legte beide Hände auf die Ränder der Wanne und stemmte sich langsam in die Höhe.

Doriana tat auf der anderen Seite das Gleiche. Es war, als hätten sie sich gegenseitig abgesprochen, und die Augen der Hexerin lösten sich nicht von Masons Unterleib. Was sie dort sah, ließ ihre Augen glänzen, und sie flüsterte: „Du bist kampfbereit."

„Und wie."

„Dann lass uns in die Schlacht ziehen."

Sie fielen nicht übereinander her, sondern griffen nach den großen flauschigen Badetüchern, wickelten ihre Körper darin ein und begannen sich gegenseitig abzutrocknen, was sie noch mehr in Wallung brachte.

Immer wieder fanden sich ihre Lippen. Ohne es bewusst zu steuern, zogen sie sich in Richtung Himmelbett zurück und landeten auf den weichen Kissen.

Doriana schlang ihre Arme um Masons Hals.

„Vergessen?", fragte sie.

„Was genau meinst du damit?“
„Frenchy Davies.“
„Nicht ganz, aber jetzt gibt es nur noch dich …“

Kincaid würde sich noch zurückhalten, auch wenn es ihm schwerfiel, weil sein Drang nach Blut ungeheuer war. Aber es gab Regeln, und die Blutgräfin hatte ihn nicht grundlos erst mal warten lassen, denn ihre eigenen Bedürfnisse waren vorrangig.

Die Barthory war in ein kleines Zimmer geschlüpft, in dem es als einzigen Einrichtungsgegenstand einen Schemel gab.

Er stand an einer bestimmten Stelle vor der Wand, und dort befand sich die Luke, die auf ihrer Seite mit einer Holzklappe verschlossen war.

Es war für die Blutgräfin der ideale Ort, um ihre Gäste heimlich zu beobachten. Wie oft hatte sie schon hier gesessen und geschaut, und sie hatte Vorgänge erlebt, die von leidenschaftlicher Gier über Schmerz bis hin zum Tod alles beinhaltet hatten.

Auch bei den beiden würde es nicht anders sein, das wusste sie. Für sie waren ihre Gäste schon längst tot. Sie würde beide ausbluten lassen und freute sich bereits darauf, in die Wanne mit ihrem Lebenssaft steigen zu können.

Zunächst kam das andere Vergnügen. Die große Wanne sah sie leider nicht, dafür lag das Himmelbett direkt in ihrer Blickrichtung.

Die Barthory hörte die Stimmen. Mal sprach die Frau, dann wieder der Mann.

Die Vorhänge schluckten manchen Schall, sodass sie nicht verstand, was geredet wurde. Es war auch nicht mehr wichtig, denn beide waren aus der Wanne gestiegen und gerieten nun in ihr Blickfeld.

Sie hatten sich die flauschigen Badetücher um den Leib geschlungen und näherten sich der Liegestatt, wobei sie nicht voneinander lassen konnten.

Sie streichelten und küssten sich. Dicht vor dem Bett fielen die Badetücher zu Boden, und die Blutgräfin starrte auf zwei nackte Körper.

Der Anblick überwältigte sie. Sie hatte Mühe, einen Laut der Wollust zu unterdrücken. Deshalb presste sie ihren rechten Handballen gegen den Mund.

Sie wollte sich auf keinen Fall verraten. Die beiden sollten denken, dass sie allein waren.

Und sie dachten nicht daran, sich ablenken zu lassen. Sie führten auf dem Bett etwas vor, was die Blutgräfin in Rage brachte. Ihr eigenes Blut schien zu kochen, sie spürte, dass sie zwischen den Schenkeln nass wurde, zitterte und hatte Mühe, ihren hektischen Atem nicht zu laut werden zu lassen.

Elisabeth Barthory war aufgeheizt, und das war genau der Punkt, an dem sie etwas tun musste. Sie wollte nicht länger bleiben, denn woanders wartete die Erfüllung auf sie. Ihre Diener hatten schon alles vorbereitet. Es wäre in dieser Nacht sowieso geschehen. Da war der Zeitpunkt egal, vor allen Dingen deshalb, weil sie ihn selbst bestimmen konnte.

Zitternd stand sie auf.

Sie hätte zur Tür gehen müssen, um den kleinen Raum zu verlassen. Das tat sie auch, aber es war nicht die Tür, durch die sie gekommen war. Es war eine zweite, die nur sie kannte und die kein Besucher je gesehen hatte. Sie war auch nicht zu erkennen, weil sie sich nicht von der Wand abhob.

Ein leichter Druck reichte aus, und die Tür schwang nach außen. Das schummrige Kerzenlicht aus dem Zimmer reichte bis in einen kurzen, finsteren Gang hinein, an dessen Ende sich eine Treppe anschloss.

Die Stufen führten in die Tiefe – zum eigentlichen Reich der Blutgräfin …

„Ja, ja, Mason!" Doriana warf ihren Kopf von einer Seite zur anderen. Sie hatte ihre Hände auf ihre Brüste gelegt, um sie selbst zu kneten. Den Unterkörper hatte sie in die Höhe gehoben, und Mason umkrallte dabei ihre Pobacken.

Er tat sein Bestes. Er war nicht mehr auf dieser Welt und spürte in sich den wahnsinnigen Druck, der sich in den nächsten Sekunden entladen musste, sonst wurde er noch verrückt.

Und er kam.

Zugleich erlebte auch Doriana ihren Höhepunkt. Es war ihnen egal, ob man sie hörte. Sie mussten ihre

Lust hinausschreien, was sie auch taten, wobei sich Doriana versteifte, als wäre sie plötzlich aus Holz geworden.

Dann sackte sie zusammen, Masons Hände lösten sich von ihren Pobacken und sie fiel neben ihn aufs Bett.

Sie atmete hektisch, und auch Flints Atemstöße waren nicht als normal zu bezeichnen. Er streichelte ihre Brüste und spürte, dass die Warzen noch aufgerichtet waren.

„Was sagst du, Dorry?"

Sie lachte und hatte die Hände unter ihrem Kopf verschränkt. „Was ich sage? Wir sind verrückt. Wir sind beide verrückt, aber wir leben, und das müssen wir spüren."

„So sehe ich es auch." Er nahm seine Hand von ihren Brüsten weg und benutzte den Arm als Stütze, um sich aufzurichten. „Ich denke, das hat die Barthory so gewollt."

Doriana hob die Augenbrauen an. „Wie kommst du darauf?"

„Das weißt du selbst, denn nicht wir haben das Wasser eingelassen. Das hat sie getan."

„Nur um uns ein Bad zu gönnen?"

„Unter anderem, Dorry."

Eine Fingerkuppe tippte gegen seine Stirn. „Was spukt dir denn sonst noch durch den Kopf?"

Er musste lachen. „Ich denke, dass sie ihr Vergnügen an dem gehabt hat, was wir hier taten."

Dorry lächelte. „Ah, so siehst du das. Das setzt voraus, dass sie uns beobachtet hat."

„Ja, das glaube ich."

Doriana drehte ihren Kopf auf dem Kissen von einer Seite zur anderen. „Und von wo aus könnte das geschehen sein?"

„Es gibt genügend Wände, in denen sich geheime Gucklöcher befinden könnten."

„Das hört sich alles an, als hättest du schon zuvor damit gerechnet."

„Habe ich auch."

„Und du hast nichts gesagt?"

Er grinste. „Nein, warum?"

Sie trommelte mit den Fäusten gegen seine Brust. „Du bist ein Schuft, Mason."

Er lächelte. „Oder hat es dir etwas ausgemacht?"

„Nein. Wenn ich jetzt darüber nachdenke, habe ich es sogar als prickelnd empfunden."

„Eben."

„Dann bin ich auf die Party gespannt."

Mason richtete sich auf. Der entspannte Ausdruck auf seinem Gesicht verschwand.

„Ich denke, dass sie anders verlaufen wird, als man es normalerweise von einer Party erwartet. Schließlich bezeichnet man sie nicht grundlos als Blutgräfin. So gehe ich davon aus, dass bei dieser Feier Blut fließen wird."

„Aber gewiss nicht das unsrige."

„Das hoffe ich sehr. Ich möchte auch nicht, dass unschuldige Menschen ihr Blut verlieren, damit die Barthory ihre glatte Schönheit behalten kann."

„Da sagst du was. Wir müssen eben alles tun, was in unserer Macht steht."

„Ja, das werden wir."

Das Himmelbett war sehr breit, und Mason musste sich einige Male drehen, um den Rand zu erreichen. Er stand auf. Doriana schaute ihn an.

Er lächelte zurück, nickte und sagte: „Ich werde mich jetzt anziehen. Nicht, dass ich dich nicht weiterhin gern nackt sehen würde, aber du solltest es auch tun."

„Klar, obwohl ...", sie lächelte verheißungsvoll, „... aber man soll es auch nicht übertreiben."

„Du sagst es."

Ihre Kleidung lag neben dem Bett. Sie war zwar noch immer staubig, aber das machte ihnen nichts aus. Auch die Waffe nahm Mason wieder an sich. Er steckte die Glock in eine kleine Tasche, die mit dem Gürtel an der linken Seite verbunden war. Jetzt fühlte er sich wohler.

Doriana schlüpfte in ihre Schuhe. Dann richtete sie sich wieder auf.

„Hast du einen Plan, wie es weitergehen soll?"

„Nein. Wir kennen uns in diesem Schloss nicht aus. Aber wir sollten dies ändern."

„Du willst es also durchsuchen?“

„Daran dachte ich.“ Seine Augen verengten sich. „Und ich möchte die Orte finden, an denen sich das Grauen abspielt und die Unmenschlichkeit Triumphe feiert. Vielleicht können wir die eine oder andere Tat verhindern. Es wäre …“

Dorianas rechter Arm zuckte in die Höhe. Dabei streckte sie den Finger aus und drückte ihn gegen ihre Lippen.

Mason sprach nicht mehr weiter. Aber er schaute in das angespannte Gesicht seiner Begleiterin, und das hatte sie nicht grundlos aufgesetzt. Etwas musste geschehen sein.

„Was ist?“

„Moment“, flüsterte sie und bewegte sich auf die Wanne zu, in der noch immer das Wasser schwappte.

Mason schaute ihr nach, musste sich jedoch eingestehen, dass er dort nichts Verdächtiges sah. Es gab keine Veränderung, und auch die Blutgräfin war nicht erschienen. Weder in ihrer normalen Gestalt noch als Gespenst.

Die Hexerin blieb neben der Wanne stehen. Ihr gegenüber lagen die beiden Röhren, aus denen das Wasser geflossen war. Sie stützte sich mit den Händen auf dem Wannenrand ab und beugte sich dabei der anderen Seite entgegen. Und das bestimmt nicht, um das Mosaik an der Wand näher in Augenschein zu nehmen.

Mason Flint wusste noch immer nicht, was los war.

Er wollte Doriana jedoch nicht stören und folgte ihr so lautlos wie möglich.

Er hielt dicht hinter ihr an und schaute über sie hinweg auf die Wand. Bevor er eine Frage stellen konnte, meldete sich Dorry.

„Ich glaube, ich habe etwas gehört."

„Und was?"

„Schreie …?" Die Antwort war mehr eine Frage, weil sie sich nicht sicher war.

Mason musste schlucken. Er hätte ihr ja gern zugestimmt, aber Schreie hatte er nicht gehört. Das sagte er ihr auch.

„Du bist zu weit weg gewesen. Kann sein, dass ich auch das bessere Gehör habe."

„Nehmen wir mal an, dass es stimmt, wo sollen die Schreie denn hergekommen sein?"

„Von unten, glaube ich."

„Aus dem Keller?"

„Ja. Oder aus einem Verlies. Schau dir die Öffnungen an, aus denen das Wasser geflossen ist. Ich denke mir, dass die Röhren bis in die Tiefe reichen, und jetzt, da kein Wasser hindurchfließt und sie leer sind, den Schall besonders gut leiten." Sie drehte den Kopf und schaute ihn an. „Was meinst du?"

„Möglich ist es."

„Okay, jetzt müssen wir warten, ob sich die Laute wiederholen. Wenn du sie auch hörst, bin ich zufrieden."

Sie warteten ab. Ihre Gesichter waren dabei angespannt. Beide hingen ihren Gedanken nach. Wenn es tatsächlich zutraf, dass jemand geschrien hatte, dann konnte das nur allerhöchste Lebensgefahr für diejenige Person bedeuten.

Das Warten wurde zur Qual. Die Zeit dehnte sich, bis beide plötzlich zusammenzuckten. Was da aus den Öffnungen der Rohre an ihre Ohren drang, war einfach schrecklich. Es hinterließ auf ihren Körpern eine Gänsehaut. Der Schrei hallte als Echo weiter, bevor er zu einem Wimmern wurde.

Beide waren bleich geworden. Mit einem leisen Stöhnen richtete sich Doriana auf. Sie las die Frage in den Augen ihres Partners und flüsterte: „Ich denke, dass die verfluchte Blutgräfin ihrem Namen alle Ehre macht."

„Du meinst, dass sie jemanden getötet hat?"

„Oder hat töten lassen."

Mason Flint überlegte. Egal, in welch einer Zeit sie sich befanden, Mord blieb Mord. Und eine solche Tat musste auch gesühnt werden. Daran gab es nichts zu rütteln.

Sie wussten beide zu wenig über die Blutgräfin und waren sich deshalb nicht sicher, ob sie sich mit dieser einen Tat zufrieden geben würde.

„Die Barthory braucht Blut. Sie ist irre. Und ich weiß nicht, ob sie mit dem Blut aus einem menschlichen Körper auskommt."

Mason nickte. Er hatte verstanden.

„Also werden wir sie suchen“, sagte er.

„Genau das wollte ich vorschlagen.“

Beide wussten, dass sie von Feinden umgeben waren, und doch gab es für sie keinen anderen Weg …

10

Es konnte sein, dass die Zeit drängte. Darüber wollten sie nicht nachdenken, und so verhielten sie sich vorsichtig, als sie ihr Zimmer verließen und auf dem Gang stehen blieben.

Er war leer. Nur die Augen auf den Porträts an den Wänden schienen sie anzustarren und sogar mit ihren finsteren Blicken zu verfolgen. Es war für sie eine fremde und auch sehr stille Welt, durch die sie schritten, aber eines war immer noch vorhanden.

Der Blutgeruch wollte nicht weichen. Im Zimmer war er schwächer oder gar nicht vorhanden gewesen. Hier jedoch traf er sie voll und machte Elisabeths Beinamen alle Ehre.

Sie wussten nicht, welchen Weg sie einschlagen mussten. Wo führte eine Treppe nach unten in die Tiefe der Burgverliese? Sie hatten keine Ahnung, aber sie waren entschlossen, einen Zugang zu finden.

Am Ende des Ganges schauten sie auf eine breite Treppe, die sowohl nach oben als nach unten führte. Das Tageslicht, das durch die mit Bleiglas bestückten Fenster fiel, war schon schwächer geworden. Ein Zeichen, dass die Dämmerung bereits angebrochen war.

„Es gibt nur den Weg nach unten“, flüsterte die Hexerin. „Also komm.“

Mason ließ die Hexerin vorgehen. So konnte er ihr den Rücken decken.

Es waren breite Stufen, die in der grauen Dunkelheit verschwanden. Hier brannte kein Licht, sodass sie das Gefühl hatten, ins Leere zu treten.

Ihre Hände tasteten über das Geländer hinweg. Ihre Sinne waren bis zum Äußersten gespannt, und beide hielten den Atem an, als von unten her Stimmen zu ihnen herauf klangen.

Männer sprachen miteinander. Die Worte waren nicht zu verstehen. Ab und zu hörten sie ein Lachen. Man amüsierte sich. Vielleicht freute man sich mit der Blutgräfin.

Mason wollte an Doriana vorbei. Sie streckte allerdings die linke Hand aus und hielt ihn fest.

„Was ist denn?"

„Ich möchte gehen."

Er schluckte. „Du?"

„Ja, oder traust du mir nichts zu?"

Er konnte nicht gleich antworten. Während er nach den richtigen Worten suchte, lächelte sie ihn mokant an und strich über seine linke Wange.

„Hast du vergessen, wer ich bin?"

„Ach – ähm …"

„Genau, eine Hexerin."

Ein kurzes Nicken, dann ging sie los und bemühte sich nicht mal, leise zu sein. Die beiden Männer dort unten sollten ruhig sehen, wer da kam.

Doriana sah sie zuerst. Sie hockten in der Eingangshalle einander gegenüber und tranken Wein aus Krügen. Beide setzten sie an, und es machte ihnen nichts aus, dass der Rote wie dünnes Blut an ihren Hälsen entlang in den Stoff ihrer Hemden lief.

Noch hatten sie Doriana nicht gesehen, sodass sie die letzten Stufen unbemerkt hinunterschreiten konnte.

Beide Männer sahen wild aus. Sie strömten eine Aura von Gewalt aus, obwohl sie keine Waffen in den Händen hielten. Auf ihren Köpfen wuchsen dunkle Haare wie struppiges Gras. Bärte bedeckten die Hälfte ihrer Gesichter.

Sie waren auch nicht mehr ganz nüchtern, schwankten auf ihren Stühlen, und einer von ihnen war dabei, seinen Krug bis zum letzten Tropfen zu leeren. Der Rand des Kruges berührte noch seine Lippen, als er Doriana sah. Sie hatte die letzten Treppenstufen hinter sich gelassen und ging völlig normal und locker auf die beiden Trinker zu.

Ein Knall ertönte, als der Krug zu Boden fiel. Er war dem Mann vor Schreck aus der Hand gerutscht, als er Doriana gesehen hatte. Sein Mund blieb offen. Er hatte nur Augen für die schöne Frau, denn Mason hielt sich im Hintergrund, geschützt durch die graue Dunkelheit.

„He, wer bist du denn?“

Jetzt drehte sich auch der andere um. Er glotzte, dann kicherte er und gab die Antwort.

„Sie ist aus dem nahe gelegenen Dorf geholt worden. Gespielin und Beute für die Gräfin."

Doriana stoppte. Der Typ hatte ihr unbewusst eine Steilvorlage gegeben.

„Ja, das stimmt, ich bin aus dem Dorf hier zu euch hoch gekommen. Elisabeth wollte mich haben. Sie hat mir gesagt, dass ich zu ihr kommen soll."

„Dann geh hin."

„Gern. Wo ist sie?"

„Unten, bei ihren Töchtern." Der Mann verschluckte sich, als er lachen wollte.

„Danke. Ich will nur wissen, wie ich zu ihr komme. Wo ist der Eingang zum Verlies?"

„Geh rechts an uns vorbei. Da ist dann die Nische. Die Tür musst du schon selbst öffnen."

„Ich danke dir."

Doriana setzte sich wieder in Bewegung. Nur ging sie nicht dorthin, wo sich die Nische befand. Sie hatte sich die beiden Wachtposten als Ziel ausgesucht, was auch Mason sah und sich wunderte. Er griff aber nicht ein und blieb in seiner Deckung.

Der Mann, der seinen Krug noch in der Hand hielt, starrte sie an.

„He, willst du zu uns?"

„Ja."

„Hast du gehört, sie will zu uns."

„Ja, habe ich."

„Dann reiß mal deine Bluse auf und zeig uns, was du zu bieten hast. Wir nehmen dich dann nacheinander, das machen wir immer so. Die Gräfin hat es uns erlaubt, bevor sie die Weiber nimmt.“

Doriana lächelte nur. Sie bewegte sich nicht, aber aus ihrem Mund drangen die geflüsterten Worte wie das Zischen einer angriffsbereiten Schlange.

Der Wächter, dessen Krug am Boden zerschellt war, sprang plötzlich in die Höhe. Er riss Mund und Augen weit auf. Er wollte wohl etwas sagen, brachte aber kein Wort über die Lippen. Seine Stimme versagte, und plötzlich starrte er in die Augen der Frau, deren Farbe sich schlagartig verändert hatte.

Sie waren grün geworden. Ein giftiges und mit Schuppen bedecktes Grün, das eine so große Macht ausstrahlte, der sie nichts entgegensetzen konnten.

Der Mann riss die Arme hoch, legte die Hände um seinen Hals und fing an, sich zu würgen.

Der zweite Typ hatte sich nicht bewegt. Das lag wohl am genossenen Wein. Aber auch er wurde nicht verschont und legte die Hände um seinen Hals. Er kippte dabei nach hinten und schlug rücklings auf.

Zugleich brach der andere Aufpasser zusammen und landete in einer Weinlache.

Auf der Treppe stand Mason Flint und hielt den Atem an. Er hatte alles von einer Stufe weiter oben gesehen, war aber in diesem Moment nicht in der Lage, weiter nach unten zu gehen. Er wusste ja, mit wem er zusammen war. Nicht umsonst war Doriana eine Hexerin, aber das vergaß er hin und wieder, weil sie sich in der Regel normal benahm. Jetzt aber hatte sie ihm gezeigt, wie er sie einschätzen musste, und diese Tatsache hatte ihm den Atem geraubt und ihn zu einer Statue erstarren lassen.

Es dauerte eine Weile, bis Mason seine Starre überwunden hatte. Er musste noch vier Stufen hinter sich lassen, dann befand er sich mit Doriana auf gleicher Höhe und ging ihr langsam entgegen, wobei seine Blicke die Männer trafen, die bewegungslos am Boden lagen.

Aber er schaute auch in Dorianas Augen und sah dort das grüne Licht, das sich allmählich zurückzog.

„Wir können gehen“, sagte sie nur.

„Was hast du mit den Männern angestellt?“, flüsterte er.

Jetzt lächelte sie. Zugleich machte sie mit der Rechten eine abwehrende Handbewegung.

„Mother Shipton, meiner großen Lehrmeisterin, sei Dank. Ich habe das alte Buch sehr intensiv gelesen und habe mich an einen bestimmten Zauber erinnert. Du hast das Zischen gehört?“

„Habe ich.“

„Da siehst du das Resultat.“

Flint strich über sein Haar. „Zwei Tote?“

„Ich weiß es nicht. Kann sein. Es ist ein alter Schlangenzauber, den es bereits vor gut dreitausend Jahren gegeben hat und an bestimmte Frauen weitergereicht wurde.“

„Und wer hat ihn erfunden?"

„Man spricht in unseren Kreisen von der Meduse, der Schlangenhäuptigen."

„Ach." Mason musste Luft holen. „Wer sie ansieht, der wird zu Stein. So heißt es doch – oder?"

„Ja."

„Und jetzt sind die beiden versteinert?"

Doriana hob die Schultern. „Ich kann es dir wirklich nicht sagen. Ich habe den Zauber hier zum ersten Mal eingesetzt, und ich bin keine Medusa."

„Zum Glück nicht."

„Deshalb kann es sein, dass sie nicht völlig versteinert sind. Das muss mich auch nicht kümmern."

„Klar, verstehe. Aber mich." Flint ging auf den Mann zu, den es zuerst erwischt hatte. Er beugte sich herunter und legte seine Hand auf dessen Schulter. Stein war nicht zu spüren, aber unter der Haut hatte sich etwas verhärtet. An der Halsschlagader setzte er zum nächsten Test an und spürte ein leichtes Zucken.

Der Mann lebte noch. Ob das jedoch ein Leben war, das ihn nach dem Erwachen erwartete, wusste er nicht.

Bei dem zweiten Aufpasser verhielt es sich nicht anders.

Mason musste sich damit abfinden, dass Doriana ihm überlegen war. Es war allerdings nicht das Schlechteste, eine Hexe an seiner Seite zu wissen.

„Kommst du?"

Dorrys Stimme riss ihn aus seinen Gedanken. Die Hexerin hatte die Nische gefunden, an deren Ende sich die Tür befand, die in die Kellerräume der Burg führte.

„Bin schon da", sagte Mason. Er schaute zu, wie Doriana die Tür öffnete und den ersten Schritt in die Unterwelt hineinging …

11

Die Dunkelheit war da. Aber sie war nicht überall. In der Tiefe und wahrscheinlich am Ende der vor ihnen liegenden Steintreppe sahen sie ein rötliches Licht, das nicht starr war, sondern sich leicht bewegte wie bei einem Windzug.

Sie mussten nicht lange überlegen, um zu erkennen, dass es das Licht einer Fackel war, und sie konnten davon ausgehen, dass sich in ihrer Nähe die eigentliche Welt der Blutgräfin befand. Eine Welt aus Düsternis, Folter und dem Blut unschuldiger Menschen.

Die Hexerin nickte und sagte mit leiser Stimme: „Ich gehe vor."

„Wie du willst." Mason wollte hier nicht den Macho und auch nicht den Beschützer spielen. Beides war bei Doriana nicht nötig. Sie würde immer ihren eigenen Weg gehen. Davon ließ sie sich durch nichts abbringen. Das war schon immer so gewesen und das würde auch immer so bleiben.

Die alte Steintreppe war mehr zu ahnen als zu sehen. An der rechten Seite gab es zum Glück ein Geländer, so konnte auch jemand, der sich hier nicht auskannte, einigermaßen sicher den Weg nach unten finden.

Mason hatte die Tür hinter sich zugezogen. Das Licht reichte nicht ganz bis zu ihnen hoch, und so mussten sie sich zunächst im Dunkeln voranbewegen.

Schritt für Schritt ließen sie die Stufen hinter sich, die mal höher und mal tiefer waren und auf ihrer Trittfläche niemals glatt. Die Luft wurde allmählich schlechter und kam ihnen feucht und stickig vor.

Etwas passte ganz und gar nicht hierher. Das war der Geruch, der ihnen entgegenwehte. Man musste nicht mal eine empfindliche Nase haben, um zu erkennen, dass es sich um Blut handelte. Und dort unten bei den Verliesen waren bestimmt keine Tiere geschlachtet worden.

Mason wusste nicht, wie es seiner Partnerin erging, er aber spürte in seinem Nacken ein kaltes Gefühl, und in seinem Magen schien ein dicker Klumpen zu liegen.

„Riechst du es?“, flüsterte er.

„Sicher.“

„Dann ist das Verlies für mich ein einziges Grab. Ich glaube, dass wir dort unten den Horror erleben werden.“

Die Hexerin gab keine Antwort. Sie konzentrierte sich auf die Stufen und erkannte, dass der Rand des Lichtscheins bereits die unteren erreichte. Das Ende der Treppe war nahe, und sie rechnete auch damit, dass sie entsprechend empfangen wurden.

Sie konnte sich vorstellen, dass auch bei diesen Verliesen Wächter lauerten, die die jungen Frauen bewachten.

Es war schon viel über die Blutgier der Gräfin geschrieben worden und über ihre Sucht nach jungen Frauen. Bisher hatten sie keine davon zu Gesicht bekommen. Sie ahnten bereits, dass dies nicht so bleiben würde und sie eine grausige Entdeckung machen würden.

Doriana trat auf die letzte Stufe und blieb stehen. Sie hob die linke Hand, um Mason ein Zeichen zu geben, dass er nicht mehr weitergehen sollte.

Vor ihnen brannte einen Fackel. Die Flamme bewegte sich nur leicht. Sie gab auch nicht viel preis, denn ihr Licht leuchtete in keinen weiteren Gang hinein, sondern flackerte nur zuckend auf dem Mauerwerk.

Mason stand hinter Doriana und schaute über sie hinweg. Auch er sah nichts, dafür hatte sich der Geruch verdichtet und war zu einem Gestank geworden, der bei ihnen für Übelkeit sorgte.

Mason Flint hatte oft genug mit Leichen zu tun gehabt. Und das nicht nur mit welchen, die erst kurze Zeit tot waren. Er hatte auch vor Toten gestanden, die bereits teilweise verwest waren, und daher kannte er diesen Gestank, der ihnen in die Nase stieg. Er hätte sich am liebsten ein Tuch vor die Nase gepresst.

„Riechst du es?“

Doriana nickte. „Ja, und es wundert mich nicht. Das hier ist ihre Blutwelt, und sie ist nicht mal ein Vampir, sondern ein Mensch.“

„Die ist durchgeknallt, Dorry. So eine wie sie ist

irre. Das kannst du mir glauben. Und wo müssen wir nun hin?"

„An einer Mauer vorbei, dann sehen wir weiter. Hier muss sich ein Zugang befinden."

Den fanden sie auch, als sie die Fackel passiert hatten. Aber es war kein Gang oder Stollen, sie standen vor einer Tür aus dickem Holz.

Sie sah geschlossen aus, was sie aber nicht war, denn durch einen Spalt zuckte ein flackerndes Licht, und die Hexerin machte kurzen Prozess. Sie zog die Tür auf. Es war ihr egal, ob sie dabei Geräusche verursachte, die eventuelle Wächter alarmiert hätten. Es ging jetzt um das Ziel, das so nahe vor ihnen lag.

Vor ihnen lag der Tunnel des Grauens. Der Gestank nach Verwesung war noch intensiver geworden, und sie brauchten auch nicht durch das Dunkel zu tappen, denn an den Wänden hingen in unregelmäßigen Abständen Fackeln, die ihren Schein gegen die Decke über ihnen warfen.

Aber sie sahen auch den Boden, und sie mussten ihren Blick nur zu den Seiten des Ganges lenken, um zu wissen, dass sie hier genau richtig waren.

Verliese oder Zellen reihten sich aneinander. Man hatte Gittertüren aus Eisen eingesetzt, um sie zu verschließen. Aber die Abstände zwischen den Stäben waren breit genug, um durch sie in die Zellen schauen zu können.

Mason Flint spürte auch weiterhin den harten

Druck in seiner Magengegend. Er stellte sich auf das Schlimmste ein, doch als er einen Blick in die erste Zelle warf, fand er sie bis auf ein paar am Boden liegende Lumpen leer.

Doriana war schon weitergegangen. Sie warf nicht einen Blick zur Seite, weil sie damit rechnete, vor sich irgendwelche Wächter zu entdecken. Das traf auch weiterhin nicht zu, aber beide hörten etwas.

Es war eine Stimme …

Dünn und jämmerlich. Eine Frauenstimme, die ein Lied sang. Doriana und Mason kannten es nicht, aber ihnen lief bei dieser dünnen Stimme ein kalter Schauer über den Rücken.

„Wir sind nicht in der Hölle, sondern in der Vorhölle", flüsterte Mason.

„So ähnlich." Doriana ging einen Schritt weiter, um die nächste Zelle zu erreichen. Bisher waren ihre Bewegungen noch geschmeidig gewesen, was sich abrupt änderte, als sie das nächste Gitter erreichte. Erst jetzt sah sie, dass es nicht mal richtig geschlossen war, und das musste auch nicht sein, denn die Menschen, die sich hinter den Stäben befanden, konnten sich nicht mehr bewegen.

Drei nackte Körper lagen übereinander. Das Licht reichte aus, um zu sehen, was mit ihnen geschehen war.

„Grauenhaft", flüsterte Mason, „das ist einfach grauenhaft." Er stieß die Gittertür auf und presste seine Hand auf den Mund.

Doriana sagte nichts. Sie stand bewegungslos auf der Stelle und starrte auf die Toten.

Junge Frauen, die ihr Blut verloren hatten. Es war deutlich zu sehen, wie sie gestorben waren. Ihnen waren die Kehlen durchgeschnitten worden. Anhand ihres Zustands war zu erkennen, dass sie bereits seit längerer Zeit hier lagen. Die Körper dünsteten bereits den widerlichen Geruch aus.

Doriana und Mason schauten sich an. Sprechen konnte Mason nicht, und auch die Hexerin blieb stumm. Aber ihre Blicke sagten genug. Beide waren entsetzt. Die Gesichter der toten Frauen waren zum Glück nicht zu erkennen, und so blieb ihnen erspart, die Angst in den Augen sehen zu müssen, die dort sicherlich noch zu lesen stand.

Um sie herum war es nicht still, doch sie nahmen das Jammern erst wahr, als sie sich von dem schrecklichen Anblick gelöst hatten, der ihnen den Beweis geliefert hatte, dass die Geschichten, die über die Blutgräfin niedergeschrieben worden waren, stimmten.

Nach einem Nicken bewegten sie sich weiter. Mason spürte, dass die Kleidung an seiner Haut klebte. Auch sein Herz schlug schneller als gewöhnlich, und er spürte, dass ihm die Knie weich geworden waren. Er ging wie jemand, der das Laufen erst noch lernen musste, und machte sich auf den nächsten Schock gefasst.

Die Stimme sang noch immer. Sie war in einer monotonen Melodie gefangen, als sollte sie einen Sterbenden in den Tod begleiten.

Diese Tür war geschlossen. Durch die Lücken sahen sie, wer sich in dem Verlies aufhielt. Es war keine Überraschung für sie, dass es sich um eine noch junge Frau handelte. Sie saß auf dem schmutzigen Boden und lehnte mit dem Rücken gegen die Wand. Ein schlichtes graues Kleid, das bis zu den Oberschenkeln reichte, bedeckte ihren Körper. Das Haar war schmutzig und verfilzt. Seine Farbe war nicht zu erkennen. Schuhe trug sie nicht.

Das Licht einer Fackel erreichte sie und ließ die Gestalt aussehen wie ein unheimliches Wesen, das aus der Totenwelt zu ihnen gekommen war und sich nun darauf vorbereitete, dorthin zurückzukehren.

„Gütiger Himmel“, flüsterte Mason, „sie wird das nächste Opfer der Blutgräfin werden.“

„Bestimmt.“

Die Gefangene sang weiter. Es war immer dieselbe Melodie, und sie bewegte dabei leicht ihren Oberkörper. Nur den Kopf hielt sie gesenkt.

„Sie muss wahnsinnig geworden sein“, flüsterte Mason. „Kein Wunder. Ich weiß nicht, wie ich diesen Horror überstanden hätte. Schlimmer kann es nicht mehr kommen.“

Er hatte nur geflüstert, trotzdem waren seine Worte auch von der Gefangenen gehört worden. Plötzlich brach die Melodie ab, und die junge Frau hob langsam den verfilzten Kopf an.

Doriana und Mason schauten in das Gesicht, das im Fackellicht einigermaßen zu erkennen war.

Ein junges Gesicht, in dem die Augen deshalb auffielen, weil sie so weit geöffnet waren. Beide sahen, dass darin kein normaler Blick mehr lag.

Die junge Frau hatte ihren Verstand verloren.

Mason knirschte mit den Zähnen.

„Und dann wird ihr noch das Blut genommen“, flüsterte er. „Mein Gott, das ist nicht zu fassen.“

„Lass deinen Gott aus dem Spiel, Mason. Es gibt ihn in dieser Hölle nicht.“

„Sieht so aus. Zumindest lebt sie noch.“

Die junge Frau hatte sie gehört. Plötzlich lachte sie und streckte ihnen die Hände entgegen. Sie sagte nichts, lachte nur weiter, bis ihr Kopf wieder nach unten sank.

„Wir können nichts tun!“, flüsterte die Hexerin. „Lass uns weitergehen.“

„Ich will die Barthory!“, zischte Mason. „Ich will sie vor mir sehen, und dann werde ich sie …“

Doriana ließ ihn nicht ausreden.

„Ich weiß, was du willst, aber du wirst es nicht schaffen. Du kannst nicht in den Lauf der Geschichte eingreifen und sie einfach so verändern. Man hat sie auf eine andere Weise umgebracht. Sie wurde eingemauert, man hat ihr durch ein Loch nur wenig Nahrung und Wasser gereicht und sie so über vier Jahre hinweg ganz langsam sterben lassen.“

„Das ist hart.“

„Sie hat es nicht anders verdient. Ein schneller Tod wäre zu gnädig gewesen.“

Mason stimmte ihr durch sein Nicken zu, bevor er seinen Weg fortsetzte. Noch hatten sie die Gräfin nicht entdeckt, aber sie gingen auch weiterhin davon aus, dass sie diese grausame Person hier unten finden würden.

Der Gang war recht lang, und sie achteten darauf, dass sie nicht zu nahe an die Fackeln herankamen, sodass sie von den Flammen angesengt werden konnten.

Sie wussten nicht, wo dieser Tunnel endete. Mason machte sich darüber seine Gedanken. Er konnte sich vorstellen, dass er so etwas wie eine Sackgasse bildete, aber es war auch möglich, dass es noch einen anderen Zugang gab.

Das nächste Verlies barg eine weitere Überraschung. Zum Glück war es menschenleer. Flackerlicht drang durch die Lücken hinein und ließ die Folterinstrumente noch schauriger aussehen, als sie es schon in Wirklichkeit waren.

Zangen und Messer lagen auf Tischen bereit. Es gab eiserne Fesseln und Ringe, die um die Hälse der Menschen passten. Es war auch ein Brett mit Nägeln zu sehen, deren Spitzen dunkel eingefärbt waren, was nicht auf Rost hindeutete, sondern auf Blut.

„Das auch noch!“, keuchte Mason.

„Sie hat anscheinend vor nichts haltgemacht", murmelte Doriana.

„Die Barthory ist ein Tier."

„Nein, sie ist schlimmer."

Mason musste ihr zustimmen. Tiere folterten nicht. Tiere töteten nur, wenn sie Hunger hatten, aber hier war bewusst gemordet worden. Das konnte jemand mit einem normalen Verstand nicht begreifen.

Sie gingen langsam weiter, Schritt für Schritt tauchten sie noch tiefer in den Gang ein, dessen Ende nicht zu sehen war.

Aber Mason hatte etwas festgestellt, und daran hatte ihn auch der Blutgeruch nicht gehindert. Trotz des üblen Geruchs war ihm der schwache Luftzug aufgefallen, der durch den Gang wehte und dafür sorgte, dass die Flammen der Fackeln mit Sauerstoff versorgt wurden.

Er wollte mit Doriana darüber sprechen, doch beide wurden abgelenkt.

Sie hörten Schreie vor sich aus der Tiefe des Tunnels. Sie blieben stehen und lauschten. Beide waren der Meinung, dass sich die Schreie anders anhörten als bei einem Menschen, der gefoltert wurde.

„Was sagst du?", fragte Mason.

„Sie hören sich anders an."

„Unnatürlich?"

„Nein, aber ich habe einen bestimmten Verdacht." Die Hexerin schloss für einen Moment die Augen, als wollte sie darüber nachdenken, ob sie etwas sagen sollte oder nicht.

Mason kam ihr zuvor. „Lustschreie?"

Sie öffnete die Augen wieder. „Ja, du hast es erfasst. Ich wollte es zuerst nicht glauben. Aber jetzt, wo du den gleichen Gedanken hast, stimme ich dir zu."

„Das kann nur die Gräfin sein."

„Okay, dann schauen wir sie uns mal an."

Als die Schreie sie in einer bestimmten Lautstärke erreichten, hielten sie an, um noch mal zu lauschen. Jetzt stand fest, dass sie nahe an das Ziel herangekommen waren. Möglicherweise hockte die Person nur ein Verlies weiter vor ihnen.

Keine Lustschreie mehr. Sie vernahmen jetzt ein anderes Geräusch. Man konnte dabei von einem wohligen Stöhnen sprechen, das die Person von sich gab. Sie war nicht zu sehen, nur zu hören, und es kostete Doriana und Mason Überwindung, in ihre Richtung zu gehen, weil sie wussten, dass sie dann etwas sahen, was ihr Entsetzen noch steigern würde.

Der Blutgeruch hatte sich verstärkt. Mason kam er frischer vor. Er hatte sich vorgenommen, sich zu beherrschen, um sich nicht zu übergeben. Ihm war sogar leicht schwindelig, und er musste sich an der Wand zwischen den Verliesen abstützen.

Die Hexerin hatte sich ein wenig von ihm entfernt. Drei Schritte weiter blieb sie stehen.

Mason entnahm ihrer Haltung, dass sie etwas

Schlimmes gesehen haben musste.

„Komm her." Sie winkte ihm zu.

Flint wusste, dass er nicht kneifen durfte. Er hätte am liebsten seine Wut und seinen Zorn hinausgeschrien, aber er hielt sich zurück, denn es würde ihm nichts bringen.

Neben seiner Partnerin blieb er stehen. Er hätte am liebsten ihre Hand genommen, um zu spüren, dass er sich noch in der Realität befand, denn mittlerweile erinnerten ihn diese Vorgänge an einen nicht enden wollenden Albtraum.

Vor ihnen befand sich eine weitere Gittertür. Sie war nicht geschlossen, sondern halb nach innen ins Verlies gedrückt.

Und da sah er sie!

„Das glaube ich nicht!", flüsterte Mason, obwohl er wusste, dass es die reine Wahrheit war, die er mit eigenen Augen sah …

Elisabeth Barthory, die Blutgräfin, machte ihrem Namen alle Ehre. Sie hockte in einem hellen Badezuber aus Porzellan. Das Gefäß war mit Blut gefüllt, jedoch nicht bis zum Rand, sodass die Flüssigkeit für sie nicht zu sehen war.

Dass sich trotzdem nichts anderes als Blut in dem Zuber befand, erkannten sie am Körper der Gräfin. Er war mit Blut beschmiert, und sie hatte es sich auch ins Gesicht geklatscht, an dessen Wangen es langsam hinablief. Ihnen fiel zudem auf, dass diese Flüssigkeit eine andere Konsistenz hatte. Sie war weniger dickflüssig und schien mit etwas anderem verdünnt worden zu sein.

Mason schob sich etwas vor, sodass er auf der Schwelle stand. Von diesem Platz aus war es leichter, in den Zuber zu schauen.

Er war gut zur Hälfte gefüllt. So hatte die Gräfin hineinsteigen können, ohne dass die Flüssigkeit überschwappte.

Das war nicht alles an Schrecken, der auf sie einstürzte. Es gab noch etwas, das ihren Atem stocken ließ und all die Grausamkeit dokumentierte, zu der eine Unperson wie die Blutgräfin fähig war. Neben dem Zuber lag eine Tote. Wieder eine sehr junge Frau, die die Gräfin hatte ausbluten lassen.

Ihr Körper sah noch frisch aus. Lange konnte er noch nicht tot sein. Unter dem Kinn in der dünnen Haut der Kehle klaffte der Schnitt. Der Kopf war so gedreht, dass die Augen auf die beiden Besucher gerichtet waren.

Mason hatte den Eindruck, darin so etwas wie eine Anklage zu lesen.

„Ich fasse es nicht“, flüsterte er, „das – das – ist ungeheuerlich …“

Er war gehört worden, und das nicht nur von Doriana. Auch die Barthory hatte ihn verstanden, und in ihrem Zuber hockend, drehte sie ihnen den Kopf zu.

Sie grinste.

Bei ihrem mit Blut verschmierten Gesicht sah das besonders scheußlich aus.

Mason glaubte, von einem Monster angegrinst zu werden.

Die Barthory ließ die Arme sinken. Ihre Hände klatschten auf die Flüssigkeit. Einige Spritzer flogen in die Höhe und fielen außerhalb des Gefäßes zu Boden.

„Na, wie gefällt euch das?" Sie kicherte. „Ihr seid doch gekommen, um mich zu sehen. Hier seht ihr mich in meinem Bad, in meinem Jungbrunnen. Ich liebe das frische Blut junger Frauen, in das ich Eselsmilch hineingieße, um alles aus dem Bad herauszuholen, was mich aufleben lässt. Es ist so gut, darin zu baden. Ich werde nicht altern, ich werde immer jung bleiben."

Die letzten Worte hatte sie geschrien, bevor sie beide Hände in die Blutmischung tauchte und sich damit wenig später ihren Körper beschmierte. Ihre Handflächen glitten dabei über die nicht eben festen Brüste und spielten mit ihnen.

„Dieses Bad gibt mir alles, was ich brauche, und ich werde jeden zur Hölle schicken, der versucht, mich daran zu hindern. Es sind meine Gespielinnen, die ich mir hole. Ich bin die Gräfin Barthory, und ich werde es immer sein."

„Nein, das wirst du nicht!", fuhr Mason sie an, der

sich nicht mehr beherrschen konnte.

„Ach, du weißt es besser?“

„Oh ja!“ Er ließ sich nicht aufhalten. Es musste einfach raus. Er wollte nicht vor Wut platzen. „Du wirst nicht nur einfach sterben, du wirst elendig verrecken, das schwöre ich dir.“

Die Barthory blieb davon unbeeindruckt. „Und das weißt du so genau?“

„Du kannst dich darauf verlassen.“

Ihr blutverschmierter Mund öffnete sich. „Woher weißt du das?“

„Ich kenne deine Zukunft. Ich weiß, wie du umkommen wirst.“

Sie lachte nur und fuhr sich wieder mit ihren blutbefleckten Händen durchs Gesicht und die Haare.

Dann verstummte ihr Lachen, und sie flüsterte: „Ihr Narren, ihr habt euch etwas vorgenommen, das mit eurem Tod enden wird. Ich habe ihn schon beschlossen, als ich euch entgegentrat und euch dann das Zimmer gab. Ihr habt es genossen, ich habe euch auf dem Bett gesehen, und ich wurde heiß. Ja, richtig heiß. Ich brauchte wieder ein Bad, und ich habe mir die kleine Sonja geholt, die meine Gespielin gewesen ist. Sie hat gedacht, überleben zu können, weil sie mich gut mit ihrer Zunge befriedigte, aber da hat sie sich geirrt. Es ist ihr frisches Blut, in dem ich bade. Sonjas Blut, und es prickelt. Es tut mir so gut, ich fühle mich jünger als je zuvor.“

„Du wirst trotzdem verrecken!“, versprach Mason. Er konnte nicht an sich halten. Seine rechte Hand zuckte bereits. Er hätte am liebsten seine Waffe gezogen und dieser wahnsinnigen Person eine Kugel in den Kopf geschossen. Aber er wusste, dass Doriana recht hatte. Es war ihm nicht möglich, den Lauf des Schicksals zu verändern. Sie würde ihren grausamen Tod erleben, und damit hatte es sich.

Die Blutgräfin hatte alles gehört. Nach wie vor zeigte sie sich unbeeindruckt. Sie machte Anstalten, sich zu erheben, blieb jedoch noch sitzen und flüsterte: „Meine Sucht ist noch längst nicht vorbei. Dieses Bad ist für mich nur der Anfang. Es wird weitergehen, und dafür habe ich euch ausgesucht.“ Sie lachte schrill. Dann stand sie tatsächlich auf, und das mit einer heftigen Bewegung.

Sie sahen ihren Körper jetzt vom Kopf bis zu den Knien. Und es gab kaum eine Stelle, an der noch die helle Haut durchschimmerte.

Die Gräfin riss die Arme hoch, und über ihrem Kopf faltete sie die Hände zusammen. Sie drehte ihren Körper, die Augen glänzten wie die einer Wahnsinnigen.

„Schaut mich an!“, schrie sie. „Schaut mich an, wie schön ich bin! Es ist so ein Genuss zu wissen …“

„Achtung, Mason!“

Doriana hatte geschrien.

Flint fuhr herum.

Die Drehung konnte er nicht mehr vollenden. Er sah sich bewegende Schatten vor sich, und im nächsten Augenblick erwischte ihn ein harter Schlag am Kopf.

Er sackte zusammen und sah noch in der Bewegung, dass auch Doriana fiel.

Ein letztes Lachen der Blutgräfin, dann hielt ihn die Schwärze der Bewusstlosigkeit umfangen …

12

Etwas brummte tief in seinem Kopf und wollte nicht aufhören.

Allmählich nur tauchte Mason wieder aus der Tiefe der Bewusstlosigkeit auf, und es war beileibe kein Spaß, dies zu erleben. Das Brummen hatte zwar aufgehört, doch dafür waren die Schmerzen gekommen, die seinen Kopf durchzuckten, als würde ihm jemand lange Nadeln kreuz und quer durch den Schädel stoßen.

Mason stöhnte.

Es war mehr ein Reflex, der ihn auch nicht weiterbrachte, aber er stellte fest, dass seine Erinnerung trotz der Schmerzen wieder da war.

Er versuchte, die Augen zu öffnen. Selbst diese leichte Bewegung war mit Schmerzen verbunden, sodass er sie rasch wieder schloss.

Mason stand nicht, saß auch nicht, er lag. Er wusste nicht, wo er war, er stellte nur fest, dass er auf dem Rücken lag und die Unterlage auf keinen Fall hart war.

Er versuchte es mit einer Überprüfung seiner Reflexe. Die Arme bewegen, auch die Beine, um sich ein wenig Bewegungsfreiheit zu verschaffen. Es klappte nicht. Beide Beine und auch die Arme hingen fest. Wieso das so war, sah er mit seinen geschlossenen Augen nicht. Mason überließ sich dabei mehr seinen

Gefühlen. Er versuchte mit seiner Situation klarzukommen, obwohl er die Augen geschlossen hielt.

Und er wusste, was man mit ihm gemacht hatte. Die Arme waren über seinen Kopf hinweg gezogen und mit den Handgelenken irgendwo festgebunden worden.

Bei den Beinen war es ebenso. Gespreizt worden waren sie, und seine Füße hingen fest.

Er war gefesselt!

Und zwar so, dass ich mich kaum bewegen kann!, schoss es ihm durch den Kopf. Zugleich schoss eine Hitzewelle durch seinen Körper, die die Stiche im Schädel verdreifachte.

Erst jetzt begriff er richtig, dass man ihn aus dem Verkehr gezogen hatte. Man hatte sich nicht nur mit dem Schlag auf den Kopf begnügt. Man hatte ihn auch aus dem Keller geschafft, gefesselt und woanders hingelegt.

Bisher hatte er sich geweigert, die Augen zu öffnen, weil ein zu großer Druck darauf lag und ihn auch die Schmerzen behindert hatten. Das wollte er jetzt ändern und dachte plötzlich an Doriana, die offenbar das gleiche Schicksal wie er erlitten hatte. Ob sie noch unten im Verlies lag oder ebenfalls weggeschafft worden war, wusste er nicht.

Jedenfalls hatten sie einen Fehler begangen, und Dorrys Warnung war zu spät erfolgt. Sie hatten sich von der Blutgräfin und deren Schauspiel ablenken lassen. So war es ihren Häschern gelungen, sich lautlos von der anderen Gangseite her zu nähern und sie so böse zu überraschen.

Endlich brachte Mason es fertig, die Augen zu öffnen. Er hielt sie auch offen, denn er wurde von keinem grellen Licht getroffen.

Es war trotzdem nicht dunkel um ihn herum. Ein weicher Schein sorgte dafür, dass er sich orientieren konnte.

Sein Blick fiel gegen eine Decke, die einen gelblichen Anstrich hatte. Mason wusste, dass er diese Decke schon mal gesehen hatte, aber er konnte sich nicht daran erinnern, wo das gewesen war.

Die Fesseln sorgten dafür, dass er sich kaum bewegen konnte und wie ein Käfer auf dem Rücken lag. Noch mal blickte er hoch, diesmal konzentrierter, und jetzt kehrte die Erinnerung zurück, denn er sah, dass sich keine normale Decke über ihm befand. Es war der rote Stoff des Himmelbetts, auf dem er mit Doriana Sex gehabt hatte.

Seine Hände und Füße waren an den vier Pfosten des Bettes gefesselt. Da sie aus Metall bestanden, wusste er, dass er sie nicht einreißen konnte.

Mason atmete tief durch. Die letzten Sekunden hatten ihn angestrengt, er brauchte wieder einen Moment Ruhe, um sich sammeln zu können. An der linken Seite seines Körpers spürte er den vertrauten Druck der Waffe, und ein schmales Lächeln huschte über seine Lippen. Ihm war klar, dass die Blutgräfin mit dieser Pistole nichts hatte anfangen können. Bei einem Messer oder einem Schwert wäre es anders gewesen.

Dass er die Glock noch besaß, war für ihn ein kleiner Hoffnungsschimmer.

Arme und Beine zu bewegen, war so gut wie unmöglich. Beim Kopf verhielt sich das anders. Den konnte er drehen und ebenfalls seine Augen. Er schielte nach links und sein Blick fiel auf die Tür.

Dann drehte er den Kopf behutsam nach rechts und sah die Lichtquelle und den Zugang zum Bad mit der Wanne, in der er mit Doriana gelegen hatte.

Dicke Kerzen waren angezündet worden. Sie standen so verteilt, dass sie das gesamte Zimmer ausleuchteten. Ihre Flammen waren durch halbrunde Glasgefäße geschützt. Sie brannten kerzengerade und wurden durch keinen Hauch gestört.

Das also war es.

Von der Hölle ins Himmelbett. Aber er lag gefesselt darauf, und so konnte es sich leicht in eine Hölle verwandeln. Er war wehrlos, jeder konnte ihn töten.

Er schloss wieder die Augen, weil ihn das Denken anstrengte. Nur konnte er es nicht völlig ausschalten, denn jetzt drehten sich seine Gedanken nicht mehr um ihn selbst. Es gab auch noch Doriana. Was war mit ihr geschehen, nachdem man auch sie niedergeschlagen hatte? Dass er keine Antwort auf diese Frage geben konnte, beunruhigte ihn schon.

Er traute dieser Blutgräfin alles zu.

Töten konnte sie Doriana nicht, denn sonst …

Er dachte nicht weiter. Es war zu anstrengend, denn immer wieder zuckte es durch seinen Kopf. Die schmerzhaften Blitze wollten einfach nicht aufhören.

Er konnte nicht anders und stöhnte auf. Gern hätte er seine Hände gegen die Schläfen gedrückt und sich auch den Schweiß aus dem Gesicht gewischt, was ihm leider nicht möglich war.

Aber sein Stöhnen war gehört worden. Nicht weit von ihm entfernt klang eine Stimme auf.

„Du bist wieder da, Mason?"

Nein, das war keine Täuschung.

Seine Partnerin hatte ihn angesprochen, und ein heißer Strahl der Freude schoss durch seinen Körper.

„Dorry?", flüsterte er.

„Ich bin in deiner Nähe."

Er wollte schon aufatmen, da fiel ihm ein, dass es sich nicht lohnte. Wenn Dorry in seiner Nähe war, dann hätte sie ihn auch befreit. Dass sie nichts dergleichen tat, ließ nur einen Schluss zu. Man hatte auch sie außer Gefecht gesetzt.

„Wo steckst du?"

„Im Bad. Die Tür ist offen. Ich kann dich sehen."

„Okay, das ist gut. Aber du kannst nicht zu mir kommen – oder?"

„Nein, ich hänge hier fest.“

Mason war verunsichert. „Wie? Hängen …“

„Ja, du hast richtig gehört. Man hat mich aufgehängt. So einfach kann es manchmal sein.“

Die nächste Frage wollte ihm kaum über die Lippen. „Aber man hat dich nicht am Hals aufgehängt?“

Die Hexerin konnte noch lachen. „Nein, ich hänge von der Decke herab wie eine Rinderhälfte, und in meinem Kopf scheint sich ein Mühlrad zu befinden, das sich laufend bewegt.“

„Da können wir uns die Hand reichen.“

„Das ist leider nicht möglich.“

Beide schwiegen. Mason war irgendwie froh darüber, denn er brauchte eine Pause, um sich zu entspannen. Vielleicht gingen dabei auch die Stiche im Kopf zurück.

Alles war umsonst gewesen. Er musste sich eingestehen, dass sie verloren hatten. Diese verfluchte Blutgräfin war raffinierter gewesen, als sie gedacht hatten. Schon vom Moment ihrer ersten Begegnung an hatte sie ihren Plan gefasst, sie in ihr grausames Spiel mit einzubeziehen. Erst die Menschen in Sicherheit wiegen, um dann umso brutaler zuzuschlagen.

Illusionen machte sich Mason keine. Die Stricke saßen zu fest. Aus eigener Kraft konnte er sich nicht befreien, und auf Dorry konnte er auch nicht zählen.

Sie war zwar eine Hexe, aber sie war nicht allmächtig. Sie würde es nicht schaffen, sich selbst zu befreien, sonst hätte sie das längst getan.

So musste er auf dem Bett liegen bleiben und abwarten, was geschehen würde.

Doriana meldete sich wieder. „Wir haben uns wie die Anfänger übertölpeln lassen. Das war nicht gut."

„Sicher. Man kann nicht an alles denken. Ich bin nur ein Mensch, und dich zähle ich auch dazu."

Sie musste lachen. „Irgendwie hast du schon recht."

„Und was meinst du, wird passieren?"

„Unsere Freundin wird erscheinen und ihren Triumph sicherlich auskosten."

„Aber das ist nicht alles."

Er hörte Dorrys kratziges Lachen und dann die Antwort. „Stimmt genau, mein Freund."

Es brachte sie nicht weiter, wenn sie darüber diskutierten. Es würde nur zu einem noch größeren Stress führen, und den wollte sich Mason nicht antun.

„Und du kommst auch nicht frei, Dorry?"

Er erhielt die Antwort nicht mehr, denn es geschah etwas, womit beide schon länger gerechnet hatten.

Die breite Tür des Zimmers wurde von der anderen Seite her aufgestoßen. Nicht mit einem Ruck.

Da Mason den Kopf angehoben hatte, sah er, wie die Tür recht langsam nach innen schwang und der Person freie Bahn gab, die das große Zimmer betreten wollte.

Elisabeth Barthory hatte ihren Auftritt.

Ihr Erscheinen war tatsächlich mit einem Bühnenauftritt zu vergleichen. Sie war die Hauptperson, sie war die Chefin und die Regisseurin zugleich. Alles, was jetzt folgte, hatte sie inszeniert.

Die Tür blieb offen, und die Gräfin trat näher. Sie war nicht mehr mit der Person zu vergleichen, die Mason aus dem Verlies her kannte. Sie hatte sich umgezogen und hatte ihren Körper auch gereinigt. Jetzt war sie zu einer normalen Frau geworden.

Und sie lächelte.

Für Mason war es das Lächeln einer Teufelin. Da war nichts Echtes, nichts Weiches, es war hart und unnatürlich. Eisig, aber mit einem erwartungsvollen Ausdruck.

Sie ließ sich Zeit. Das dunkle Haar war noch nass, doch an ihm klebte kein Blut mehr. Sie hatte die schwarzen Strähnen nach hinten gekämmt, sodass sie wie angeklatscht auf ihrem Kopf lagen. Sie war auch nicht nackt, sondern hatte sich etwas übergeworfen, das mehr wie ein Umhang aussah als ein Kleidungsstück.

Sie sprach kein Wort. Es war nur ein leises Fauchen zu hören, und sie trat auch nicht bis dicht an das Bett heran, sondern blieb drei Schritte davor stehen.

Mason hätte die Frau eigentlich nicht sehen können, weil er zu flach auf dem Bett lag. Aber er hatte den Kopf angehoben, auch wenn es ihm schwerfiel, und so schaffte er es, in das maskenhafte Gesicht zu schauen, das zu einem kalten Lächeln verzerrt war.

Egal, welchen Geschmack jemand hatte, man konnte diese Person trotz ihrer Blutbäder kaum als Schönheit bezeichnen. Sie wirkte gekünstelt, unnatürlich, wie aus Wachs geformt. Glatt, als wären ihr die Falten aus dem Gesicht gebügelt worden. Und trotzdem hatte das alles nicht gereicht, dass ihre Haut alterslos aussah.

Sie war eine Frau, die genau wusste, was sie wollte. Das erkannte Mason in ihren Augen, denn nichts anderes lebte in ihrem Gesicht.

Ihr Blick gefiel ihm nicht. Er war lüstern und gierig zugleich. Er schien in seine Seele eindringen zu wollen, und zugleich schien sie ihn mit den Augen auszuziehen.

Das Kleid oder Gewand, das sie übergestreift hatte, bestand zwar aus einem weißen Stoff, der sehr fest aussah, aber als sie in die Nähe des Kerzenscheins geriet, da sah er, dass er dennoch durchscheinend war. Unter ihm zeichnete sich der nackte Körper der Blutgräfin ab.

Mason bekam einen trockenen Mund. Zugleich kroch eine gewisse Kälte über seinen Rücken, und er hatte das Gefühl, zu vereisen. Sie war nicht ohne Grund hier erschienen.

Mason, der zuerst an einen Mord gedacht hatte, musste seine Meinung ändern. Sie war gekommen, um etwas anderes mit ihm zu tun, und daran wollte er lieber nicht denken.

Sie hatte sich nun dem Bett so weit genähert, dass sie nur noch einen Schritt von ihm entfernt stand. Nicht am Fußende, sondern an der linken Seite, wo sie zunächst auch blieb.

Sie nickte ihm zu. Ihr kaltes Lächeln hatte sich nicht um einen Deut verändert, und auch die Gier war nicht aus ihren Augen verschwunden.

Bevor sie sprach, zuckten ihre Lippen.

„Na, wie fühlt sich mein neuer Liebhaber?"

Es war nicht die Stimme, die ihn schockte, sondern das, was sie gesagt hatte. Sie hatte von einem Liebhaber gesprochen, und damit konnte nur er gemeint sein. Allein bei dem Gedanken daran verkrampfte er sich.

Er hatte Mühe, eine Antwort zu geben.

„Was soll das?", flüsterte er mit rauer Stimme.

„Hast du mich nicht verstanden?"

„Doch, das habe ich. Aber ich denke nicht daran, das zu tun. Such dir einen anderen."

Die Blutgräfin legte ihren Kopf schief und rieb dabei die Hände mit den langen, fast schon krallenförmigen Fingern.

„Ich werde mir auch einen anderen suchen, aber erst nach dir, mein Freund. Erst nach dir. Hast du das begriffen?"

Mason schwieg. Es gab Situationen, in denen man

am besten nichts sagte. Er wollte auch nicht mehr denken, sondern alles auf sich zukommen lassen. Am Schlimmsten empfand er seine Hilflosigkeit, die er aus eigener Kraft nicht beenden konnte.

Er dachte an seine Freundin. Warum hatte sich Dorry noch nicht gemeldet?

Es war, als hätte sie seine Gedanken gelesen, denn sie fing in diesem Moment an zu sprechen.

„Willst du nicht erst zu mir kommen, Elisabeth?"

„Oh, da ist ja noch jemand!" Sie tat so, als hätte sie erst jetzt davon erfahren. „Du bist auch wieder wach? Keine Sorge, meine Liebe, auch du bist bald an der Reihe. Aber nach ihm. So hast du noch ein wenig Vorfreude."

Mason dachte nicht mehr an sich, sondern nur noch an seine Freundin. „Was hast du mit Dorry vor?"

„Das muss ich mir noch überlegen. Aber ich kann dir sagen, dass ich die Frauen ebenso liebe wie die Männer. Es ist ein herrliches Leben, wenn man so lange jung bleiben kann wie ich. Ich werde noch zahlreiche Freuden genießen können, und ich fange jetzt damit an."

Sekunden später sah Mason, was damit gemeint war.

Ihr heller Umhang wurde in der Mitte von einem Gürtel gehalten, der die Taille nur locker umspannte. Die Blutgräfin benötigte nur zwei Finger, um den Knoten zu lösen, dann konnte sie ihren Umhang abstreifen, der an ihrem Rücken entlang zu Boden fiel und sich dort zusammenfaltete.

Nackt stand sie vor ihm. Kein Blutspritzer klebte mehr auf ihrer makellosen Haut, und trotzdem gehörte sie nicht zu den Frauen, die Mason hätten gefährlich werden können. Sie wirkte fast künstlich in ihrer Bleichheit, und wieder waren es nur die Augen, die an ihr lebten, und sonst nichts.

An den Hüften stachen die Knochen hervor. Die Brüste hatten ihre jugendliche Festigkeit verloren, aber sie strich trotzdem mit beiden Händen darüber hinweg.

Mason konnte das dunkle Dreieck zwischen ihren Schenkeln nicht übersehen, aber der Anblick verursachte Übelkeit in ihm, und er schloss deshalb die Augen.

„Du wirst mir zu Gefallen sein müssen. Ich habe mich durch das Blutbad erfrischt und bin jetzt bereit."

Das sah er, und Mason sah auch ihre Bewegungen. Das Himmelbett war breit genug. Es war kein Problem für sie, sich darauf zu hocken, und das tat sie auch in Höhe seiner Knie.

Masons Hose wurde von einem Gürtel gehalten. An der Schnalle machte sich die Blutgräfin zu schaffen, und sie fing an zu lachen, weil sie von einer wilden Vorfreude erfasst wurde, die sich ganz und gar nicht auf Mason übertrug.

Bei ihm trat das Gegenteil an. Er verkrampfte sich.

Er zerrte an seinen Handfesseln, was der Blutgräfin nur ein wildes Lachen entlockte und sie nicht daran hinderte weiterzumachen.

Die Bewegungen hatten wieder für stärkere Schmerzen in Masons Kopf gesorgt, und er stöhnte auf. Auch deshalb, weil seine Hose nach unten gezerrt wurde. Da seine Beine durch die Fesselung gespreizt waren, konnte sie die Hose nicht so weit nach unten ziehen, wie sie es wohl gern gehabt hätte.

Aber sie dachte auch nicht daran, ihm die Fesseln abzunehmen. Dafür kümmerte sie sich um seine Unterhose, die sie auch herabzog.

Mason wollte eigentlich nicht hinschauen, aber er richtete sich trotzdem leicht auf und konnte so sehen, wie dieses blutgierige Weibsstück über ihm kniete und den Kopf gesenkt hielt. Über einer bestimmten Stelle lauerte er wie der Schädel eines Raubtiers mit einem weit geöffneten Rachen, der bereit war, jeden Moment zuzuschnappen.

Mason schloss die Augen.

Was dann geschah, konnte er nur als bösen Traum ansehen. Er versuchte, seine Gedanken auszuschalten. In diesem Moment hätte er sich am liebsten in seine Zeit zurücktransportiert, aber das war nicht möglich.

Dann hörte er sie schreien.

Es gab keine Berührung mehr an seinem Unterleib.

Mit einem Fluch auf den Lippen fuhr die Blutgräfin in die Höhe, und erst jetzt riss Mason die Augen auf.

Nach wie vor nackt stand sie neben seinem Bett. Sie zitterte vor Wut. Die Hände hatte sie zu Fäusten geballt, und in ihren Augen lag ein Blick, der eine maßlose Enttäuschung zeigte. Mit einem derartigen Ausgang hatte sie nicht gerechnet, und ihr Zorn darüber verschaffte sich durch wilde Flüche freie Bahn.

Mason zeigte keine Regung. Er sagte nichts und versuchte auch, seine Genugtuung zu verbergen. Die Barthory war nicht dazu gekommen zu tun, was sie wollte, aber sie würde nicht aufgeben. Eine wie sie hatte noch immer einen Ersatzplan.

Ohne etwas zu sagen, drehte sie sich um. Vor einer Kommode blieb sie stehen, zog eine Schublade auf und drehte sich noch mal um, bevor sie in die Lade griff.

„Denk nicht, dass es schon vorbei ist. Ich komme wieder, das schwöre ich dir. Dann wirst du für mich bereit sein. Aber zuvor werde ich mich um deine Freundin kümmern."

Auch jetzt sagte Mason nichts. Dafür schaute er zu, wie sie in die Lade griff. Sie holte etwas hervor, was Mason nicht sah, aber gleich darauf ließ der Widerschein des Kerzenlichts die Klinge eines Messers funkeln.

Elisabeth Barthory stieß den rechten Arm mit dem

Messer in die Höhe. Dabei konnte sie nicht länger an sich halten und schrie laut: „Damit werde ich deine Freundin besuchen, und anschließend kehre ich zu dir zurück.“

Obwohl sich Doriana nicht in der Nähe des Himmelbetts befand, hatte sie alles verstanden. Und sie hatte auch etwas sehen können, denn man hatte sie an einen Haken an der hohen Decke aufgehängt und sie schwebte knapp über dem Boden. Nur wenn sie die Zehen so weit wie möglich ausstreckte, fand sie etwas Entlastung.

Allerdings glich ihre Haltung schon einer Folter. In den Schultern spürte sie das Reißen, das sie auch nicht wegzaubern konnte, denn auch eine Hexerin reagierte menschlich.

Sie hatte es jedoch geschafft, die Schmerzen aus ihrem Gedächtnis zu verbannen, denn die Musik spielte nicht bei ihr, sondern woanders, und deshalb spitzte sie die Ohren.

Die Blutgräfin war in ihrem Element. Sie hatte endlich ein Opfer gefunden. Aus ihrer Haltung konnte Doriana nicht die gesamte Fläche des Himmelbetts überblicken, doch was sie sah, das reichte aus, um in ihrem Kopf einen pochenden Druck zu hinterlassen, eine Folge der Angst, denn es war schlimm, sich einzugestehen, dass die andere Seite letztendlich doch gewonnen hatte.

Die Barthory spielte mit ihrem Opfer. Sie bedrohte es und wollte sich sogar mit ihm paaren. Doriana bekam alles mit, und auch das für die Blutgräfin unbefriedigende Ende.

Doriana fürchtete schon, dass sie Mason töten würde. Es wäre für sie kein Problem gewesen, aber sie tat es nicht. Sie versprach ihm noch eine Schonung, denn zuvor wollte sie sich um eine andere Person kümmern, und da gab es nur eine, die dafür infrage kam.

Die Blutgräfin kam jetzt zu ihr.

Doriana sah sie heranschleichen wie eine Katze, die sich dem Futternapf nähert. Es hätte nur noch gefehlt, dass sie sich die Lippen geleckt hätte. Das tat sie nicht. Ihr Mund war nicht geschlossen, sodass Doriana ihre heftigen Atemzüge hörte, die wie ein leises Zischen aus ihrem Mund drangen.

Sie war und blieb nackt. Sie war schon eine besondere Person, die nur sich kannte und ihrer Gier und ihren perversen Vorstellungen rücksichtslos nachging.

Auf dem Weg zu Doriana hob sie das Messer immer wieder an und leckte mit der Zunge über die Klinge, die sehr breit war, dann allerdings spitz zulief und vor ihrem Ende an beiden Seiten leicht nach innen gebogen war.

Mit ihren kalten Blicken suchte sie den Körper der Hexerin ab, als wollte sie prüfen, an welcher Stelle sie die Klinge am besten versenken sollte.

Doriana Gray tat nichts. Sie wartete gelassen ab und hütete sich davor, eine Spur von Angst zu zeigen. Sie wollte ihrer Feindin keinen Triumph gönnen, die das Bad schon betreten hatte und sich Schritt für Schritt ihrem Opfer näherte.

Vor der Wanne hing Doriana an der Decke. Wie eine Rinderhälfte in einem Schlachthof.

„Das ist eine Freude“, flüsterte die Blutgräfin. „Das habe ich mir immer gewünscht.“ Aus ihrer Kehle drang ein Knurren. „Ich werde dich ausbluten lassen und dein Blut in einer Schale auffangen. Danach werde ich darin baden, wenn ich es mit Eselsmilch verdünnt habe, die meiner Schönheit zugute kommt.“

„Mein Blut ist wie Säure, Elisabeth. Und ich weiß, dass du mich nicht töten kannst.“

„Ach, bist du gefeit gegen mein Messer?“

„Nein ...“

„Nein, was dann?“ Sie ließ Doriana nicht zu Ende reden.

„Vielleicht stehe ich mit dem Teufel im Bunde. Vielleicht bin ich seine Dienerin. Vielleicht hat er durch seine Kraft dafür gesorgt, dass ich zu dir kommen konnte. Na, wie denkst du darüber?“

Die Barthory konnte nicht anders, sie musste plötzlich kichern.

„Der Teufel?“, höhnte sie. „Der Teufel steht auf

meiner Seite. Er ist ein Freund von mir. Er hat mich immer geleitet und beschützt. Er hält seine Hand über mich. Ich liebe ihn und der Teufel liebt mich, das solltest du nicht vergessen.“

„Aber ich bin eine Hexe!“

Die Blutgräfin hatte etwas sagen wollen, aber diese Antwort verschlug ihr die Sprache. Plötzlich stand sie da und bewegte nicht mal mehr ihre Augen.

Die Gedanken hinter ihrer unnatürlich glatten Stirn mussten sich überschlagen. Sie gab einen Knurrlaut ab und schlug dann blitzschnell zu.

Es war nicht die Hand mit dem Messer, die Doriana traf. Ein Handrücken klatschte in ihr Gesicht. Dorianas Kopf wurde nach hinten geschleudert, und sie spürte den Schmerz und die Hitzewelle, die über ihr Gesicht strömte.

„Weißt du, warum ich das getan habe?“, fuhr sie Doriana an. „Weißt du das?“

„Nein.“

Ihre Stimme senkte sich. „Dann will ich es dir sagen“, flüsterte sie scharf. „Ich habe es getan, weil ich Hexen hasse. Ich mag sie nicht, verstehst du das? Der Teufel gehört zu mir. Er steht auf meiner Seite und nicht auf der der Hexen.“

Sie holte aus und schlug Doriana in den Unterleib, die nichts mehr sagen konnte, weil der Schmerz in ihr hochstieg und sie für einen Moment den Überblick verlor.

Die Blutgräfin wartete einfach ab.

„Na, bist du noch immer der Meinung, dass der Teufel auf deiner Seite steht? Das glaube ich nicht. Sonst wäre er längst hier erschienen, um dir zu helfen. Aber er wird dir nicht helfen, sondern nur mir. Das Blut, in dem ich mich bade, ist auch ihm geweiht, verlass dich drauf."

Der Schmerz ebbte ab. Dorianas Sicht klärte sich allmählich, und ihr wurde klar, dass sie etwas tun musste. Sie wollte nicht zu einem Folteropfer dieser Wahnsinnigen werden, und sie dachte daran, welche Kräfte sie besaß und dass sie diese noch nicht voll eingesetzt hatte.

Bilokation.

Den Zweitkörper entstehen lassen. Den Schutz des Engels in Anspruch nehmen. Es wurde Zeit, dass sie sich darum bemühte, denn nur so war es ihr möglich, am Leben zu bleiben.

Es war so simpel und trotzdem so schwer, denn sie brauchte dazu eine enorme Konzentration. Es ging nicht so leicht, und sie musste auch Ruhe haben und durfte sich nicht ablenken lassen, was in diesem Fall besonders schwer war.

Die Blutgräfin schien zu spüren, was Doriana vorhatte, und ließ sie nicht in Ruhe.

Immer wieder schlug sie mit der freien Hand gegen ihren Körper, den sie auf diese Weise in Schwingungen brachte, sodass die Schmerzen in ihren Schultern langsam unerträglich wurden.

Einmal ging sie ein paar Schritte zur Seite. Nicht weit von der breiten Wanne entfernt stand die große Schale, in der sie das Blut auffangen wollte.

Das Messer hatte sie nicht zur Seite gelegt, und erneut fixierte sie den Körper der Hexerin, den sie langsam auspendeln ließ.

Für sie war alles ideal gelaufen. Zwei Opfer zugleich. Erst die Frau, dann der Mann.

Mit der freien Hand hielt sie Dorianas Körper fest. Das Pendeln störte sie bei ihrem Vorhaben. Sie brauchte Ruhe, um den Schnitt durchzuführen.

Darin war sie eine wahre Meisterin.

Doriana merkte, dass es allmählich eng wurde. Blut stieg ihr in den Kopf.

Sie gab nicht auf, aber es war ihr unmöglich, sich in dieser Lage so zu konzentrieren, wie es hätte sein müssen. Schweiß rann über ihr Gesicht.

Es war eine Lage, in der sich Doriana bisher noch nie befunden hatte. Und ihr wurde dabei deutlich vor Augen geführt, dass auch sie nicht unsterblich war. Einmal die Klinge angesetzt, und es war mit ihr vorbei.

Sie zeigte keine Angst. Sie riss sich zusammen. Ihr Blick saugte sich am Gesicht der Blutgräfin fest, das sich nicht bewegte, denn die Barthory starrte Doriana unentwegt an, als könnte sie nicht genug von ihrem Anblick bekommen.

Mit der freien Hand packte sie zu und hielt den Körper fest.

Danach lachte sie scharf.

Und dann hob sie mit einer schnellen Bewegung die Klinge an und setzte die Breitseite gegen Dorianas Kehle …

13

Kincaid wurde unruhig! Es war nicht allein die Gier nach Blut, die in ihm tobte, es gefiel ihm auch nicht, dass er so lange warten musste. Er fühlte sich von der Blutgräfin an der Nase herumgeführt, und das konnte man mit ihm nicht machen.

So hockte er in seinem fensterlosen Zimmer und wartete.

Aber das Sitzen gefiel ihm ebenfalls nicht. Er stand auf und durchschritt den kleinen Raum mehrere Male.

Wie lange er inzwischen hier hockte, wusste er nicht. Aber jede Minute, die verging, kam ihm doppelt so lang vor.

Und seine Unruhe wuchs. Und sie verwandelte sich allmählich in eine rauschähnliche Wut.

Er war es gewohnt, über sich selbst zu bestimmen und sich nicht von anderen Personen sein Verhalten aufzwingen zu lassen.

Hinzu kam der Blutgeruch, der überall vorhanden war. Bis in den letzten Winkel der Burg war er gedrungen und hatte auch sein Zimmer nicht verschont.

So roch er das Blut, aber er kam nicht heran.

Kincaid stieß einen wilden Fluch aus. Dabei schüttelte er den Kopf.

Mit einem langen Schritt erreichte er die Zimmertür, vor der er für einen Moment stehen blieb.

Er hatte es schon mal versucht und wusste, dass die Tür abgeschlossen war. Das interessierte ihn nicht. Sie würde für ihn kein Hindernis sein.

Als Vampir konnte er sich auf stärkere Kräfte verlassen, als ein Mensch sie je haben würde.

Ein Blick reichte. Das Zielobjekt ins Auge fassen, dann einen kleinen Schritt nach hinten gehen, kurzen Anlauf nehmen und heftig zutreten.

Zwei Sekunden später jagte er seinen Fuß in die direkte Umgebung des Schlosses. Das Splittern des Holzes war Musik in seinen Ohren, doch er brauchte noch zwei weitere Tritte, bis die Tür endlich offen war.

Er wuchtete sie nach außen. Holzteile fielen in den Flur, und Kincaid folgte ihnen so schnell wie möglich, denn seine Aktion war nicht lautlos vonstatten gegangen. Auch wenn das Schloss manchmal leer wirkte, traf das nicht zu. Es gab Dienstpersonal und Wachtposten, die ihre Augen und Ohren offenhielten.

Nur für einen Moment glaubte der Blutsauger, allein zu sein. Die Freude verschwand schnell, denn das Bersten der Tür war gehört worden.

Aus dem Halbdunkel des Gangs tauchten von der linken Seite her zwei Wachtposten auf, die die Bedrohung sofort begriffen. Es waren andere als die aus dem Schlosshof. Sie kannten ihn nicht. Er war für sie ein Einbrecher, ein Dieb, und sie hatten den Befehl, mit Fremden kurzen Prozess zu machen.

Kincaid sah sie erst nach einer schnellen Drehung. In seine Augen flammte zwar kein Leuchten der Freude auf, aber er wusste genau, was er zu tun hatte.

Die Zeit in der Kammer hatte seine Wut angestachelt und auch die Gier nach dem Menschenblut in ihm hochsteigen lassen. Es machte ihm auch nichts aus, dass es zwei Bewaffnete waren. Als Vampir konnte er sich auf seine übermenschlichen Kräfte verlassen.

Noch rannten sie nebeneinander her, was sich schnell änderte. Der Kräftigere der beiden gewann einen kleinen Vorsprung. In seiner Hand hielt er eine Waffe. Es war selten, dass jemand mit einer Axt kämpfte, er aber schien sie zu seinem Lieblingsinstrument auserkoren zu haben.

Kincaid ließ ihn kommen. Er sah auch, wie der Wächter beim Laufen ausholte. Dabei verzerrte sich sein Gesicht, auf dem eine Schicht Schweiß lag.

Er schlug noch im Laufen zu.

Hätte die Axt getroffen, sie hätte den Schädel des Vampirs gespalten. Aber sie traf nicht, denn Kincaid war schneller und nicht vor Angst erstarrt, wie es der Angreifer offenbar erwartet hatte.

Genau im richtigen Augenblick riss Kincaid den rechten Arm hoch, und seine Hand, die zur Klaue geworden war, griff zielsicher zu.

Mitten im Schlag fing er den Arm des Wächters ab, hielt das Gelenk sogar fest und wuchtete den Angreifer herum, der nicht wusste, wie ihm geschah. Erst als er gegen die Wand und gegen einen Bilderrahmen krachte, wurde ihm klar, dass er seinen Gegner unterschätzt hatte.

Kincaid machte kurzen Prozess. Er drehte den rechten Arm mit einer scharfen Bewegung herum, zog ihn dann vor und hieb ihn auf sein linkes Knie, das er angezogen hatte.

Der Arm brach, und der Mann brüllte auf. Die Axt rutschte ihm aus der Hand. Darauf hatte der Blutsauger gewartet. Er fing sie auf, hörte hinter sich ein Geräusch und wirbelte herum.

Der zweite Wachtposten kam nicht mehr dazu, ihm sein Schwert in den Leib zu rammen. Die Axt war schneller, und sie erwischte den Mann mitten in der Bewegung.

Kincaid spaltete ihm das Gesicht!

Das Blut spitzte hervor. Der Mann taumelte noch zurück, und als er die Wand berührte, da brach er tot zusammen.

Der Vorgang hatte nicht lange gedauert. Der erste Wächter lag noch nicht ganz am Boden, als sich Kincaid wieder umdrehte. Von der Axtschneide flogen die Blutstropfen.

Kincaid war noch nicht fertig. Er dachte an das Blut, zerrte den Mann mit der linken Hand hoch und schlug ihm dabei die Axt in den Hals, sodass der rote Lebenssaft aus der Wunde spritzte.

Kincaid heulte auf. Genau das hatte er gewollt. Er warf die Axt zu Boden und hielt sein Opfer fest. Es war ihm egal, ob der Mann schon tot war oder nicht. Ihm ging es einzig und allein um das Blut, und das schoss ihm förmlich entgegen.

Er hatte die Halsschlagader erwischt, drückte den Mann gegen die Wand und presste seinen weit geöffneten Mund gegen die Wunde, um das Blut schlürfen zu können.

In den folgenden Sekunden vergaß er alles. Er war in seinem Element. Er schluckte den kostbaren Saft, aber er war trotzdem nicht so zufrieden, wie er es sich gewünscht hätte. Denn dieses hastige Schlucken war schon etwas anderes, als nach einem Biss die Wunden auszusaugen. Jetzt konnte er die Menge des Blutes nicht selbst bestimmen, die in seinen Mund schoss.

Schon bald ließ das Bluten nach. Kincaid merkte, dass es keinen Sinn mehr hatte, wenn er die Gestalt noch länger festhielt. Er ließ den Mann zu Boden gleiten, der auf den Rücken fiel und seinen blutverschmierten zerfetzten Hals präsentierte.

Tote interessierten den Vampir nicht. Und so kümmerte er sich auch nicht um den zweiten Wächter, dem die Axt das Gesicht zerschlagen hatte.

Er leckte noch über seine Lippen und wartete ab, wann die nächsten Aufpasser erschienen.

Es war von ihnen nichts zu hören, und Kincaid grunzte zufrieden. Doch das Gefühl hielt nicht lange an. Wut stieg wieder in ihm hoch. Er fühlte sich von der Blutgräfin an der Nase herumgeführt und auf ein Abstellgleis geschoben.

„Mit mir nicht“, flüsterte er. „So haben wir nicht gewettet.“

Kincaid wusste um seine Stärke. Er sah sich stets als Sieger. Das war so und das würde immer so bleiben.

Und er dachte daran, dass es nicht nur die Blutgräfin gab. Er war einer Frau und einem Mann in diese Zeit gefolgt. Und er konnte sich nicht vorstellen, dass die beiden inzwischen wieder in die Gegenwart zurückgekehrt waren.

Sie mussten noch hier im Schloss sein, und Kincaid würde sie finden. Sie waren für ihn jetzt wichtiger als die Blutgräfin, und er machte sich auf die Suche.

Die Axt nahm er nicht mit. Einer wie er verließ sich auf seine Körperkraft.

Das Schloss war recht groß. Da gab es nicht nur die Hauptgänge, auch eine große Anzahl von Nebenfluren war vorhanden. Allerdings glaubte er nicht, dass er die Barthory in irgendeinem Versteck finden würde. Er rechnete damit, dass sie sich noch in seiner Nähe aufhielt, und er ging auch davon aus, dass die beiden Verfolgten nicht in irgendeinem Verlies gefangen gehalten wurden.

Er musste nur auf diesem breiten Flur bleiben, denn hier befanden sich die wichtigen Gemächer.

Kincaid hatte ein feines Gehör. Auch jetzt ließ es ihn nicht im Stich. Hoch aufgerichtet und konzentriert durchschritt er den Flur. Er horchte nach verdächtigen Geräuschen, blieb an den Türen stehen, lauschte kurz, bevor er sie öffnete, und erlebte jedes Mal eine Enttäuschung.

Bis er die größte Tür erreichte. Da leuchteten seine Augen auf. Er wusste, dass er sein Ziel erreicht hatte. Da brauchte er nicht mal die Tür zu öffnen.

Dennoch legte er sein Ohr an das Holz, lauschte und lächelte, als er die Laute hörte, auf die er gewartet hatte.

Kincaid erkannte sogar die Stimme der Blutgräfin.

Genau das war der Moment, an dem ihn nichts mehr hielt und er die Tür behutsam aufzog …

14

Doriana spürte die Kälte der Klinge an ihrer Haut. Sie sah dahinter Elisabeth Barthorys Gesicht, und das sah alles andere als freundlich aus. Es war zu einer Maske geworden.

Sie wollte den Tod der Frau, die sich als Hexe bezeichnet hatte. Sie wollte ihr Blut, und sie war so in Rage, dass sie nicht mehr an sich halten konnte und die Worte wie ein Wasserfall aus ihrem Mund sprudelten.

Ihr nackter Körper sonderte einen künstlichen Geruch ab, sodass Doriana den Eindruck hatte, kein menschliches Wesen mehr vor sich zu haben. Der Mund der Gräfin stand offen. Sie atmete nicht, sie hechelte, und in ihrer Kehle entstanden kratzende Laute.

Doriana konnte sich ausrechnen, wann es sie erwischen würde. Das dauerte keine Minute mehr, und sie war weiterhin hilflos. Es gelang ihr nicht, ihre starken Hexenkräfte zu aktivieren, denn das menschliche Gefühl der Angst überlagerte alles. Es gab keine normalen Gedanken mehr in ihrem Kopf. Alles schien abgeschaltet worden zu sein. Die Furcht saß wie ein tiefer Stachel in ihr.

„Langsam, sehr langsam werde ich dir die Kehle durchschneiden“, flüsterte die Gräfin. „Ich will dich leiden und langsam sterben sehen, verstehst du? Ich werde deinen Tod genießen, du …"

Ein Schrei!

Nicht nur die Blutgräfin zuckte zusammen, auch Doriana vergaß für einen Moment ihre Angst. Sie konnte sich nicht vorstellen, wer da geschrien hatte. Mason Flint war es nicht gewesen, dessen Stimme hätte sie erkannt.

Die Sicht war ihr noch für einen Moment durch die Barthory verdeckt, bis diese plötzlich herumfuhr und dabei ihr Messer mitnahm. Es drückte nicht mehr gegen Dorianas Kehle, sie konnte wieder befreit atmen, was jedoch nicht lange anhielt, denn jetzt sah sie, dass sie vom Regen in die Traufe geraten war.

Ein Besucher war eingetroffen.

Kincaid, der Vampir!

Plötzlich hatte Doriana den Eindruck, dass die Zeit stehen geblieben war. Da bewegte sich nichts mehr. Es war eine angespannte Stille eingetreten, die nur von den heftigen Atemzügen der Gräfin unterbrochen wurde.

Doriana nahm sich die Zeit, auf Mason Flint zu schauen, der immer noch auf dem Bett lag und dessen Hose halb nach unten gezogen war. Mit ihm konnte sie nicht rechnen.

Der Vampir war in den Raum hineingegangen. Er trug noch immer seinen Hut, der jetzt ein wenig verrutscht war. Trotzdem sah er nicht lächerlich aus.

Der Vampir und die Blutgräfin standen sich gegenüber, und die Barthory zitterte vor Hass.

„Was willst du hier?“, schrie sie den Vampir an.

„Das weißt du genau!“

„Habe ich dich gerufen?“

„Das war nicht nötig. Ich habe dich auch so gefunden. Und meine beiden Freunde auch. Es konnte nicht besser für mich laufen, denn jetzt habe ich alle beisammen.“

„Willst du ihr Blut?“

„Ja!“

„Das will ich auch.“

Doriana hatte die entschlossene Antwort der Barthory gehört, und sie wusste, dass die Blutgräfin so schnell nicht aufgeben würde. Beide hatten sich darauf gefreut wie gewöhnliche Menschen auf ein Festmahl, und es würde für sie keinen Kompromiss geben, denn beide waren zu große Egoisten.

Die Barthory schüttelte den Kopf. Doriana schaute dabei auf den nackten Rücken der Blutgräfin. Das Zittern und die Gänsehaut waren nicht zu übersehen. Sie hielt ihr Messer fest, dessen Spitze auf den Vampir deutete.

„Du bist in mein Schloss gekommen. Ich bin hier die Herrin. Ich habe dir Blut versprochen, und das wirst du auch bekommen. Aber nicht das ihre, das gehört mir. Du kannst in das Verlies gehen und dich satt trinken.“

„Nein, ich will nur ihr Blut!“

Es würde keine Einigung zwischen den beiden geben, das wusste Doriana genau. Es war klar, dass niemand nachgeben würde. So blieb nur der Kampf zwischen der Blutgräfin und dem Vampir.

Eine interessante Sache, wenn es dabei nicht um sie gegangen wäre. Aber es ging um sie, und sie befand sich in einer Lage, in der sie sich nicht wehren konnte.

„Du musst es dir schon holen“, flüsterte die Barthory. „Los, komm schon. Ich warte!“

„Geh lieber zur Seite!“

„Nein!“ Es blieb nicht nur bei einem Lippenbekenntnis. Die Blutgräfin setzte ihre Absicht augenblicklich in die Tat um, und sie stürmte mit vorgestreckter Klinge auf den Vampir zu.

Dass sie keinen normalen Menschen vor sich hatte, das vergaß sie in diesen Augenblicken. Sie wollte das Blut der jungen Frau, und das ließ sie sich von niemandem nehmen.

Im letzten Augenblick drehte sich Kincaid zur Seite, damit die Blutgräfin die Klinge nicht in seine Brust rammte. Dafür drang der Stahl in die rechte obere Brustseite des Blutsaugers und blieb dort stecken, als die Barthory den Griff losließ.

Der Erfolg ließ sie aufschreien. Aber sie dachte noch immer nicht daran, wen sie hier wirklich vor sich hatte.

Kincaid ging zwei Schritte zurück. Nichts an seiner Haltung deutete darauf hin, dass in seiner Brust ein Messer steckte. Er war nicht geschwächt, er taumelte nicht, dafür lachte er. Und dann bewegte er seinen linken Arm und griff nach dem Messer. Für einen Moment hielt er inne und ließ die Situation auf die Blutgräfin wirken.

Ein Ruck, das Lachen, und dann hatte er die Klinge aus seinem Körper gezogen.

Die Blutgräfin wollte es nicht glauben. Sie starrte das Messer an, auch die Wunde, aus der kein Blut schoss. Nur eine helle, dünne Flüssigkeit sickerte hervor.

Kincaid lachte. Er öffnete weit den Mund und streckte seine Zunge hervor, mit deren Spitze er über das Metall leckte, als wollte er seinen eigenen Saft ablecken.

Danach schleuderte er das Messer zu Boden und nickte der Barthory zu. Den Mund schloss er nicht, und die Barthory konnte seine langen spitzen Blutzähne sehen.

Die Blutgräfin wusste, was ihr bevorstand. Ein Kampf war unvermeidlich, und bestimmt würde der Vampir sie leer saugen. Aber Kincaid hatte etwas anderes vor.

„Erst werde ich mir die Hexe holen“, zischte er. „Denn ich bin gespannt, ob ihr Blut wirklich bitter schmeckt. Und danach bist du an der Reihe, Gräfin.

Das dritte Opfer hast du schon perfekt für mich vorbereitet, nicht wahr? Mason Flint!“

Er wartete die Antwort der Gräfin nicht ab, sondern nahm Kurs auf sie.

Und Elisabeth Barthory fragte sich jetzt, ob sie den Bogen nicht überspannt hatte …

Eine Galgenfrist!

Dieser Begriff schoss der gefesselten Doriana auf einmal durch den Kopf, als sie die beiden so unterschiedlichen Gestalten sah, die sich gegenüberstanden.

Sie war keine Hellseherin, und sie wusste auch nicht, wie lange die Auseinandersetzung zwischen den beiden andauern würde. Sie glaubte nicht, dass beide gleich stark waren, da gab es schon Unterschiede. Egal, wer gewann, der Sieger würde sich ihr Blut holen, auf welche Weise auch immer.

Daran musste sie etwas ändern, und sie hatte die Chance dazu, denn jetzt wurde sie in Ruhe gelassen. Beide belauerten sich noch, gingen mal geduckt nach rechts, dann wieder nach links, doch davon durfte sich Doriana nicht ablenken lassen.

Volle Konzentration war wichtig.

Sie schloss die Augen.

Doriana wusste, was in ihr steckte, und sie wusste auch, dass es einen besonderen Schutzengel gab, der über sie wachte. Ob es ein Engel aus der Hölle war oder aus dem Paradies, das spielte im Moment keine Rolle. Sie wollte nur überleben, und dabei sollte ihr der Engel helfen.

Es vergingen nicht mal zehn Sekunden, da nahm sie ihre Umgebung kaum noch wahr, und wenig später spürte sie auch nichts mehr von ihrem Zustand, der so qualvoll für sie gewesen war. Es gab keine Schmerzen mehr in den Schultern. Sie war kraftlos geworden. An dem Haken hing nun nur noch ein menschliches Bündel, das nicht mal mehr atmete. Zumindest war nichts zu sehen.

Aber da gab es den hellen Schatten, der sich plötzlich von ihrem Körper löste. Ein zweiter, hellerer Schatten glitt in ihn hinein und übernahm den Körper.

Der erste Schatten oder Schemen schaffte es, sich zu verwandeln, während sich Kincaid und die Blutgräfin in den hinteren Teil des Zimmers zurückgezogen hatten und dort ihren Kampf ausfochten. Beide hatten keine Zeit, auf den Schatten zu achten, der nicht mehr so blass blieb und immer mehr die Formen eines Frauenkörpers bildete, sodass plötzlich eine zweite Doriana im Raum stand, die nicht mehr feinstofflich aussah. Sie hatte sich in eine Art Zwischenwesen verwandelt.

Und das sah weder Kincaid noch die Blutgräfin.

Jetzt war für Doriana nur eines wichtig: Mason Flints Befreiung …

Mason lag gefesselt auf dem Bett. Er hatte alles mitbekommen und glaubte, dem Wahnsinn nahe zu sein.

Was er gesehen hatte, das konnte es nicht geben, das war einfach verrückt, und als er nach einer Erklärung suchte, fand er sie nicht.

Er hatte zwischendurch versucht, seine Fesseln loszuwerden, was ihm jedoch nicht gelungen war. So war und blieb er gefangen und spürte schmerzhaft die Druckstellen an Händen und Füßen.

Sein ganzer Körper war in Schweiß gebadet, sodass er sich anfühlte wie mit einer dicken Ölschicht beschmiert. Sein Mund war verzerrt. Er riss ihn immer wieder auf und atmete nur noch hektisch.

Und er litt wie ein Tier, als er sah, was die Blutgräfin mit Doriana vorhatte. Wie sie das lange Messer zog, wie sie näher an die Wehrlose heranging, wie sie dann die Klinge gegen die dünne Haut an der Kehle legte und leicht zudrückte, sodass erste Blutperlen auf der Haut erschienen.

Das waren für ihn Szenen, die sich zu einem Horrordrama vereinigten und ihm klarmachten, wie jämmerlich und aussichtslos seine Lage doch war.

Er kam hier einfach nicht mehr frei, und so musste er sich allmählich mit dem Gedanken vertraut machen, diesen Kampf und auch sein Leben zu verlieren. Erst recht, als der Vampir Kincaid wie aus dem Nichts erschien und Elisabeth Barthory davon abhielt, Doriana die Kehle durchzuschneiden, weil er selbst ihr berauschendes Blut trinken wollte.

Der anschließende Kampf war eine Farce, das wusste Mason. Gegen Kincaid stand die Blutgräfin auf verlorenem Posten, denn der Vampir konnte nicht mit einem Messer getötet werden. Aber gleichgültig, wer von den beiden den Kampf überlebte, für Doriana und ihn änderte sich nichts.

Bis auf einmal alles anders wurde.

Flint hatte es nicht sofort gesehen, weil er durch den Kampf der Blutgräfin gegen Kincaid zu stark abgelenkt worden war. Als er den Kopf drehte und zu Doriana hinschaute, durchströmte ihn plötzlich ein heißes Gefühl, das bis hinein in seinen Kopf stieg.

Die Hexerin hatte es geschafft, ihren Zweitköper entstehen zu lassen!

Bilokation, das bedeutete, an zwei Orten gleichzeitig zu sein. Doriana beherrschte diese Gabe, und sie hatte damit schon einmal die Kastanien aus dem Feuer geholt.

Und jetzt wieder? Er konnte es nur hoffen.

Mason wartete darauf, dass sich Doriana mit der Blutgräfin und dem Vampir beschäftigte.

Doch das hatte sie nicht vor.

Sie drehte plötzlich ab.

Es war kein Laut zu hören, als sie über den Boden glitt und auf das Bett zukam, auf dem Mason Flint noch immer an Händen und Füßen gefesselt lag.

Er spürte sie bereits. Wenn sie nahe bei ihm war,

dann umgab sie eine Aura, die schon ungewöhnlich war. Nicht ungedingt kalt, aber schon etwas kühl, und sie sah auch nicht so aus wie sonst. Er empfand sie in diesem Zustand als ein Mittelding zwischen Mensch und Geist, für den es keine Hindernisse gab.

Hätte er in einem tür- und fensterlosen Verlies gelegen, wäre eine Mauer für sie kein Hindernis gewesen.

Sie schwebte heran, und er musste nicht mal den Kopf drehen, um in ihr Gesicht zu blicken.

Es war kein Lächeln darauf zu sehen. Es wirkte wie erstarrt, aber sie bewies, dass sie nicht nur eine Geistererscheinung war. In ihrem Zustand war es ihr möglich, alle Dinge zu tun, die sie auch als normaler Mensch verrichten konnte.

Und sie fing damit an, die Fesseln ihres Freundes zu lösen. Zuerst die Stricke an den Händen, was Mason kaum fassen konnte.

In seinem Kopf überschlugen sich die Gedanken, und er wusste nicht, was er davon halten sollte.

Dann war seine rechte Hand frei.

Danach war die linke an der Reihe. Anschließend bewegte sich Doriana auf die Füße der gespreizten Beine zu, um die Stricke dort ebenfalls zu lösen.

Mason Flint war froh, sich wieder frei bewegen zu können. Das Blut schoss ihm wieder durch die Adern, und er hatte das Gefühl, als ob seine Hand- und Fußgelenke mit Nadeln zerstochen würden, und noch im

Liegen rieb er kräftig an ihnen.

Doriana war schon wieder aus seinem Blickfeld verschwunden. Sie glitt dorthin, wo ihr wirklicher Körper noch hing, um sich endlich um sich selbst zu kümmern.

Der Strick war um einen Fleischerhaken geschlungen worden. Für jemanden, der die Hände frei hatte, war es kein Problem, die Fesselung zu lösen.

Mason hätte ihr gern zugeschaut, er hätte ihr auch geholfen, doch zunächst hatte er mit sich selbst genug zu tun. Er setzte sich hin, und die Welt drehte sich für einen Moment vor seinen Augen. Trotzdem schaffte er es, seine Hose hochzuziehen und den Gürtel wieder festzuschnallen.

Der Schwindel ließ nach. Mason wusste, dass er nicht sofort aufstehen durfte, denn dann hätte es ihn umhauen können. Sein Kreislauf war alles andere als okay.

Deshalb blieb er die ersten Sekunden sitzen.

Ein schneller Blick hinüber zu Doriana. Seine Augen weiteten sich, und ein Lächeln huschte über seine Lippen.

Doriana war frei – und es gab sie nur noch als eine Gestalt. Der Zweitkörper war wieder verschwunden.

Aber sie lag auf dem Boden und wirkte wie tot.

Mason wusste, dass die letzte Aktion sie sehr viel Kraft gekostet haben musste. Sie brauchte eine längere Pause, um wieder zu sich selbst zu finden. Das würde alles in einer Periode der Schwäche geschehen, in der sie ihren Gegnern hilflos ausgeliefert war.

Dann hörte er den Schrei.

Sofort war er abgelenkt und schaute dorthin, wo sich die Blutgräfin und der Vampir befanden.

Die Barthory lag auf dem Boden. Dorthin hatte Kincaid sie geschleudert, und sie war so hart aufgeprallt, dass sie sich kaum noch bewegen konnte.

Ihr Schrei war verklungen, jetzt lag sie da und stöhnte vor sich hin. Die Gräfin war im Gesicht gezeichnet worden. Ein Treffer hatte ihre linke Wange unter dem Auge aufgerissen, und aus der Wunde rann Blut.

Kincaid lachte. Er war auf dem besten Weg, sein Versprechen einzulösen. Er versetzte der Barthory noch einen Tritt, bevor er sich gemächlich umdrehte.

Sein Blickfeld war frei. Und so sah er Doriana und Mason zugleich.

Für einen Moment zuckte es in seinem Gesicht. Dann warf er den Kopf in den Nacken und lachte gegen die Decke.

Er sah sich als Sieger. Er riss schon jetzt in wilder Vorfreude auf das warme, sprudelnde Menschenblut sein Maul auf und präsentierte seine beiden Eckzähne. Nur konnte er sich noch nicht entscheiden, wen er sich als erstes Opfer vornehmen würde. Sein Blick schwankte für eine Weile zwischen ihnen hin und her.

Mason Flint drehte den Kopf, weil er sehen wollte, wie es Doriana erging.

Sie saß noch immer auf dem Boden, aber ihre Haltung hatte sich bereits verändert. Sie wirkte nicht mehr so zusammengefallen. Die Energie schien bereits in ihren Körper zurückgekehrt zu sein.

Kincaid blieb nicht mehr an seinem Platz. Er setzte den ersten Schritt vor und drehte sich dabei in Masons Richtung.

Jetzt war klar, dass er Doriana warten lassen und sich zuerst um den Mann kümmern würde.

Flint saß noch immer auf dem Bett. Aber er war nicht vor Schreck erstarrt. Das war nicht seine Art, auch wenn der Gegner übermächtig war. In einem Kampf mit bloßen Händen war er dem Blutsauger natürlich unterlegen, aber er brauchte sich nicht nur auf seine Hände zu verlassen, denn die Glock hatte ihm die Blutgräfin zum Glück nicht abgenommen.

Konnte man mit diesen Kugeln einen Blutsauger töten?

Er hatte keinerlei Erfahrungen damit. Er musste sich nur auf das verlassen, was er gehört und gelesen hatte.

Da sah es schlecht für ihn aus. Wenn man einen Vampir mit einer Kugel töten wollte, dann musste sie schon aus geweihtem Silber sein oder nur aus Silber, und damit war seine Waffe nicht geladen.

Er holte sie hervor. Dabei ließ er Kincaid nicht aus

den Augen. Er überlegte, was passieren würde, wenn er diesem Monster eine Kugel in den Kopf schoss.

Er hob die Waffe an. Es war eine Bewegung, die ihm sehr vertraut war, aber in diesem Fall hatte er damit seine Probleme. Durch die lange Fesselung waren seine Handgelenke stark in Mitleidenschaft gezogen worden. Sie besaßen nicht mehr die Kraft, die nötig war, um eine Waffe zu halten und einen gezielten Schuss abzugeben.

Er musste beide Hände nehmen, um die Glock einigermaßen ruhig halten zu können.

Er schaffte es.

Leider schwankte die Pistole etwas, und daran konnte Mason im Moment beim besten Willen nichts ändern.

Er versuchte es trotzdem und schoss!

Die Glock schien in seinen Händen zu explodieren. Der Rückstoß machte ihm zu schaffen, denn die Waffe geriet aus der Zielrichtung und wurde in die Höhe gerissen.

Wo die Kugel einschlug, sah er nicht. Irgendwo in die Wand, vielleicht sogar in die Decke. Jedenfalls nicht im Körper des Vampirs, denn er zeigte keinerlei Reaktion.

Er blieb stehen und lachte nur.

Dann streckte er seinen rechten Arm aus. Die Finger wiesen auf Mason Flint.

„Was sollte das? Hast du versucht, mich zu vernichten?“ Er lachte. „Ich mache dich fertig, ich werde dich leer saugen, und dann hole ich mir mein Modell. Ich werde sie zum zweiten Mal zu einer Blutsaugerin machen, das verspreche ich dir.“

Mason hörte alles und hörte es trotzdem nicht. Er hatte die Arme wieder angehoben, zielte erneut und versuchte, die Waffe so korrekt wie möglich zu halten.

Der Kopf war wichtig, nur der Kopf. Eine Kugel in den Schädel, und es war möglicherweise vorbei mit dem Vampir.

Wieder drückte er ab. Diesmal hatte er sich auf den Rückstoß eingestellt und versuchte, seine Hände unter Kontrolle zu halten.

Der Schuss, das laute Aufpeitschen und die Reaktion des Blutsaugers fielen fast zusammen.

Diesmal tat der Vampir nichts. Er blieb auf der Stelle stehen.

Mason hatte ihn auch nicht zusammenzucken sehen. Er schüttelte sich nur. Er lachte nicht, ging auch nicht vor, was Flint schon verwunderte.

Einen Augenblick später sah er den Grund. Was Mason kaum für möglich gehalten hatte, war eingetreten. Die Kugel hatte an der linken Halsseite des Vampirs einen Streifen Haut weggefetzt und eine tiefe Schramme hinterlassen, aus der kein dickes Blut quoll, dafür eine andere undefinierbare Flüssigkeit.

Kincaid brüllte voller Wut auf.

Der nächste Schuss!

Die Kugel jagte in die rechte Brust. Der Einschlag wirbelte Kincaid herum. Er stieß einen wütenden Fauchlaut aus und sah plötzlich, dass er es mit zwei Gegnern zu tun hatte.

Dorianas Schwäche war schnell vorübergegangen. Und sie hatte das Messer auf dem Boden liegen sehen, mit dem die Blutgräfin sie hatte töten wollen. Sie brauchte nur drei Schritte, um die Waffe zu erreichen, sich zu bücken und sie aufzuheben.

„Schieß nicht mehr, Mason!"

Mason war so in seine eigene Aktion versunken gewesen, dass er zusammenschrak. Wenig später wusste er, was Doriana vorhatte. Mit dem Messer in der Hand ging sie auf den Blutsauger zu, und dabei geschah etwas mit ihren Augen.

Mason hatte es schon einmal gesehen. Da hatte sie ihren Hexenbann bei den beiden Soldaten angewendet, und mit der gleichen Masche versuchte sie es jetzt.

„Die Vergangenheit wird sich nicht wiederholen, Kincaid. Du wirst mich kein zweites Mal malen, und du wirst es auch nicht noch einmal schaffen, mein Blut zu trinken. Heute stehen die Dinge anders. Jetzt bist du an der Reihe. Ich habe mir vorgenommen, dir das Herz aus dem Körper zu schneiden. Die endgültige Abrechnung steht dicht bevor."

Selbst Mason wunderte sich über die selbstbewusste Sicherheit, die Doriana ausstrahlte.

Und auch der Vampir bemerkte, dass die Hexe keinerlei Angst mehr vor ihm zeigte. Er blieb jetzt stehen, und das konnte ein erstes Zeichen aufsteigender Zweifel sein.

Es musste hier zu einer Entscheidung kommen, und genau das geschah auch. Nur anders, als es sich Doriana und Mason gedacht hatten. Der Kampf zwischen ihnen und dem Vampir wurde aufgeschoben, denn die breite Tür platzte regelrecht auf.

Vier Wachtposten stürmten in das Zimmer, und sofort breitete sich das Chaos aus …

Kincaid reagierte am schnellsten. Er wich nicht zurück. Er lief den Soldaten entgegen, und bevor sie ihre Waffen gegen ihn einsetzen konnten, packte er mit beiden Händen zwei von ihnen an den Hälsen und wirbelte sie herum. Dabei beließ er es nicht, denn er schleuderte sie in Dorianas Richtung.

Es war zu spät für sie, dem Zusammenprall auszuweichen. Beide trafen sie und rissen sie von den Beinen. Nur stellte sich die Hexerin geschickter als die Wachtposten an. Sie verwandelte den Sturz in eine Rolle rückwärts und benutzte den Schwung, um aus der Bewegung heraus wieder auf die Beine zu gelangen. Sie schaffte es nicht. Ein Soldat fiel auf sie. Sie sah ein Schwert in seinen Händen, und das hätte sich fast mitten in ihre Brust gebohrt.

Masons Kugel war jedoch schneller.

Er hatte vom Bett aus geschossen. Von der Seite her zerstörte das Geschoss das Gesicht des Soldaten. Knochensplitter und Hautfetzen flogen davon. Der Mann wurde zur Seite gewuchtet. Tot landete er auf dem Boden.

Es gab noch den zweiten Soldaten. Er hatte alles mit angesehen, und was er sah, das schockte ihn. Er stand starr auf dem Fleck und schaute dorthin, wo sein Mitstreiter tot am Boden lag.

Doriana stand mit einer geschickten Bewegung auf. Sie hätte den Mann mit ihrem Messer töten können, doch das tat sie nicht. So hob sie den angewinkelten Arm an und rammte ihm den Ellbogen gegen das ungeschützte Kinn.

Es war der perfekte Treffer. Möglicherweise hatte der Mann auch ein Glaskinn, denn er sackte auf der Stelle zusammen und blieb regungslos auf dem Boden liegen.

Kein Schuss, keine Schreie. Kein Vampir, auch keine Soldaten mehr. Es war plötzlich sehr ruhig geworden.

Sowohl Kincaid als auch die beiden anderen Soldaten waren verschwunden.

Mason, der auf dem Bett saß, fragte mit kratziger Stimme: „Ist es das gewesen?"

„Nein." Doriana schüttelte heftig den Kopf. „Sicherlich nicht, aber fast ..."

15

Beide hatten keine große Eile. Doriana setzte sich zu Mason aufs Bett. Das Messer hatte sie weggesteckt. Vom Bett aus schauten sie auf die regungslos am Boden liegende Blutgräfin. Kincaid hatte es nicht mehr geschafft, ihr das Blut auszusaugen. Sie würde irgendwann erwachen und darüber nachdenken können, was hier wirklich geschehen war. Ob sie das begriff, war fraglich. Aus der Geschichte wussten Mason und Doriana, dass sie weitermachen würde bis zu ihrem letztendlich auch verdienten Ende.

„Und was tun wir, Dorry?"

Sie lächelte. „Rate mal."

„Du meinst, wir sollten diesen ungastlichen Ort verlassen? Das wäre mir recht. Ich möchte hier diesem Kincaid nicht noch mal gegenüberstehen."

„Noch sind wir nicht weg!"

„Aber wir schaffen es. Und wenn wir uns den Weg freischießen müssen."

„Oder eine Geisel nehmen."

Mason begriff im Moment nicht so recht. „Bitte, wen sollen wir denn als Geisel mitschleppen?"

„Unsere Freundin dort."

Flint dachte einen Moment nach, bevor er lachte und Doriana auf die Schulter schlug. „Das ist cool. Der Vorschlag hätte direkt von mir stammen können."

„Wer will sie nehmen?"

„Du hast das Messer, Dorry."

„Okay."

Sie stand auf, und auch Mason wollte nicht mehr sitzen bleiben. Er schraubte sich langsam in die Höhe, denn er wollte sich nicht überanstrengen. Das Liegen hatte seinem Kreislauf ziemlich zugesetzt.

Er wollte Doriana nicht alles überlassen und ging deshalb mit gezogener Waffe zur Tür, um erst mal nachzuschauen, ob die Luft auch rein war.

Sie war es, das stellte er mit einem schnellen Blick in den Flur fest. Dort hielten sich keine weiteren Wachtposten mehr auf. Sie konnten davon ausgehen, dass sie vorläufig unbehelligt blieben. Auch die beiden geflohenen Soldaten sah er nicht mehr.

Mason drehte sich um, weil er sehen wollte, wie weit seine Partnerin war. Sie stand noch neben der nackten Blutgräfin, als wollte sie diesen Anblick in sich aufsaugen, damit sie ihn nie in ihrem Leben mehr vergaß.

„Gibt es Zeichen, dass sie aufwacht?", fragte Mason.

„Noch nicht."

„Kannst du sie denn schleppen?"

„Werde ich wohl müssen."

Für beide war es erst mal wichtig, dass sie unbehelligt aus dem Schloss herauskamen, alles andere würde sich dann ergeben. Dass sie einen langen Weg vor sich hatten, stand fest, denn sie würden auf den

Hügel müssen, um dort den Weg zurück in ihre Zeit zu suchen.

Mason stand an der Tür. Er wollte auf Nummer sicher gehen. Seine Waffe zielte in den Gang hinein, aber die Mündung fand kein Ziel, was gut für sie war.

„Du kannst kommen."

Doriana hatte die nackte Gräfin auf die Füße gezerrt. Sie befand sich bereits auf dem Weg, aus ihrer Bewusstlosigkeit aufzuwachen, was ihnen entgegenkommen würde, denn dann konnte sie aus eigener Kraft laufen.

Noch musste sie getragen werden. Wenn sie endgültig erwachte, würde Doriana ihr das Messer an den Hals setzen, um ihr klarzumachen, wer jetzt das Sagen hatte.

Doriana schleppte die Blutgräfin zur Tür und in den breiten Flur hinein, den sie nach rechts gehen mussten, um die Treppe nach unten zu erreichen.

Mason ging schon vor. Er war bereit, jeden Augenblick auf einen heimtückischen Angriff zu reagieren.

Sie hatten Glück, es passierte nichts. Und so erreichten sie das Treppenhaus mit den breiten Stufen, die nach unten führten.

„Alles frei, Dorry."

„Gut. Bei mir geht es inzwischen auch besser."

Sie musste nichts weiter erklären, denn Mason hörte selbst, was los war. Die Stimme der Blutgräfin klang noch sehr schwach, aber sie war wieder da.

Flint drehte sich zu beiden um.

Die Blutgräfin hing wie eine nackte Puppe im Griff der Hexerin, aber sie bewegte ihre Beine von allein, auch wenn sie dabei noch vorwärts geschoben werden musste.

Doriana hatte ihr das Messer noch nicht an die Kehle gesetzt. Noch musste sie keinen Fluchtversuch befürchten. Letztendlich war die Blutgräfin nur ein Mensch mit normalen Kräften.

Sie hielt ihren Mund nicht und brabbelte etwas vor sich hin, auf das Doriana nicht reagierte, die neben Mason anhielt, um einen Blick über die Treppenstufen zu werfen.

„Hier ist alles klar, Dorry. Ich habe bisher niemanden gesehen und auch nichts gehört."

„Gott sei dank."

„Du sagst es."

„Dann lass uns auch den Rest hinter uns bringen."

Doriana zerrte an ihrer Geisel, um diese in die richtige Stellung zu bringen, damit sie mit ihr problemlos die Treppe hinabgehen konnte.

Endlich hatte auch die Blutgräfin begriffen, was hier mit ihr ablief. Sie stieß einen Fluch aus und stemmte sich gegen den Griff der Hexerin, was ihr jedoch nichts brachte.

„Was habt ihr mit mir vor?"

Doriana hob den Arm und legte die Schneide des Messers an die Kehle der Barthory.

„Wir wollen nur unbehelligt dein Schloss verlassen, das ist alles. Und du wirst dafür sorgen, dass wir das auch schaffen. Die Zeiten haben sich geändert. Jetzt habe ich das Messer. Sollte ich merken, dass du dich meinen Befehlen widersetzt, ist es mit dir vorbei. Dann kannst du in deinem eigenen Blut baden."

„Ja, schon klar."

„Dann geh meinem Freund nach."

Mason war schon drei Stufen vorgegangen. Er hatte sich umgedreht und sah jetzt, dass Doriana der Blutgräfin einen leichten Stoß gab, damit sie endlich losging. Aber sie glaubte noch immer an einen Sieg, denn sie sprach davon, dass sie nicht allein im Schloss lebte und ihre Leute ihr zur Seite stehen würden, wenn sie es ihnen befahl.

„Das können sie versuchen, dann aber werden sie zuschauen müssen, wie du vor ihren Augen verblutest. Willst du das?"

Das wollte sie nicht, aber sie zischte einen Fluch.

Es war nicht das sauberste Treppenhaus, durch das sie gingen. Abfall lag auf den Stufen. Aber der Blutgeruch war hier so stark, dass er alles andere überlagerte.

Mason hätte zufrieden sein können, weil alles so glatt über die Bühne ging. Doch das war er nicht. Er blieb misstrauisch. Nach dem lärmenden Kampf in einem der oberen Gemächer das Schloss ungesehen verlassen zu können, war reines Wunschdenken. Aber er wollte nicht den Pessimisten spielen und ging deshalb weiter, auch in der Hoffnung, dass vielleicht doch alles gut ging.

Es war draußen dunkler geworden, und die Stufen hätten eigentlich im Grau der Dämmerung verschwinden müssen.

Doch das war nicht der Fall, denn von unten her sandten Fackeln ihr Licht in die Höhe, dessen Widerschein sich auf die Stufen gelegt hatte.

Ob sie ihretwegen in Brand gesetzt worden waren, wusste Mason nicht. Er glaubte auch nicht daran, dass der flüchtige Vampir hier seine Hände im Spiel hatte. Die Fackeln mussten von den Bediensteten oder Wächtern des Schlosses entzündet worden sein.

Noch war die Treppe frei. Auch auf den letzten Stufen stand niemand, und so war für Mason die Sicht in die Halle frei.

Im nächsten Moment stutzte er, denn er sah einige regungslose Gestalten, die ihm vorkamen wie Wachspuppen. Aber es waren Soldaten, die sich dort unten in der Nähe des breiten Eingangs aufhielten.

Ab dort würde es kritisch werden. Masons Herz schlug schneller. Er wollte nicht, dass es zu einem weiteren Blutvergießen kam. Wenn es aber sein musste, würde er sich mit allen Mitteln wehren.

„Ich sehe sie auch", meldete sich Doriana.

„Wir kommen schon durch."

Hinter sich hörte Mason ein Lachen, das nicht von Doriana stammte. Plötzlich hatte die Blutgräfin wieder Oberwasser bekommen, denn diejenigen, die dort unten warteten, hörten auf ihre Befehle, und sie würden alles tun, um ihre Herrin aus den Klauen der Eindringlinge zu befreien.

Mason Flint ließ die letzten Stufen hinter sich. Er hatte jetzt einen besseren Überblick, und die düstere Halle vor ihm erinnerte ihn an eine Kulisse, die für einen Gruselfilm aufgebaut worden war. Dafür sorgte der Schein der vier Fackeln, die ihren strengen Geruch in der Umgebung verbreiteten und selbst den Blutgestank überdeckten.

Natürlich standen zwei Wachtposten auch an der Eingangstür. Andere hielten sich im Hintergrund auf.

Mason war für die Wächter unwichtig geworden. Alle Augen richteten sich auf die Blutgräfin und Doriana Gray, die hinter der Barthory ging und das Messer gegen die Kehle der starr gewordenen Frau presste.

Es musste kein Wort gesagt werden. Die Situation sprach für sich. Noch wirkte alles wie erstarrt, aber das konnte sich schnell ändern.

Doriana übernahm die Initiative. Mason hielt sich im Hintergrund. Seine Waffe war nach vorn gerichtet, aber er schwenkte sie auch leicht, damit er immer wieder verschiedene Wächter vor der Mündung hatte.

„Ab jetzt bist du an der Reihe“, flüsterte Doriana

scharf. „Sag ihnen, dass sie die Tür öffnen sollen."

Die Blutgräfin tat nichts. Sie lachte allerdings krächzend auf, was Doriana überhaupt nicht gefiel. Und sie zeigte es ihr auf drastische Weise, denn mit einer weichen Bewegung zog sie die Messerklinge von einer Halsseite zur anderen, ohne ihr allerdings die Kehle zu durchtrennen. Aber der leichte Schnitt hatte Schmerzen verursacht, und der rote Streifen an ihrem Hals wurde dicker. Er sonderte sogar einige Tropfen ab, die am Hals entlang nach unten rannen.

„Das war die letzte Warnung. Stellst du dich noch mal gegen mich, dann bist du tot."

Die Barthory hatte verstanden.

Ihre Antwort war nur ein Krächzen. Dann hob sie den rechten Arm und brachte mühsam zwei Worte über die Lippen.

„Laszlo, öffne!"

Der Angesprochene setzte sich in Bewegung. Er gehörte nicht zu den beiden Männern, die neben der Tür warteten. Aus dem Hintergrund löste sich eine Gestalt und schritt mit schlurfenden Schritten vor.

Das Gesicht des Mannes zeigte eine schwere Verletzung. Getrocknetes Blut klebte an der Haut. So sah der Mann aus wie der personifizierte Kinderschreck. Mason und Doriana wussten nicht, dass dieser Laszlo die Verletzung Kincaid zu verdanken hatte.

Während Laszlo ging, schaute er nicht auf seine Herrin, sein Blick galt den beiden Fremden, und in seinen Augen glühte der Hass. Wenn er gekonnt hätte, er hätte sie sofort und gnadenlos getötet.

Aber er musste gehorchen, und so wuchtete er einen Querbalken hoch, um die Tür zu öffnen.

Als auch noch die beiden Wachtposten zur Seite traten, war der Weg frei.

„Geh du zuerst, Dorry, ich halte dir den Rücken frei."

„Alles klar." Doriana gab der Blutgräfin einen leichten Stoß, damit diese merkte, was sie tun musste und dass ihr nichts anderes übrig blieb, als diesen Befehl zu befolgen.

Es würde kein leichter Weg werden, das stand fest. Noch hatten die Soldaten nicht aufgegeben, auch wenn sie jetzt noch abwarteten. Es war mehr das Lauern auf eine günstige Gelegenheit, um den Spieß umdrehen zu können.

Laszlo, der Anführer, schien nur auf ein Startsignal zu warten. Er schien fast an seiner Wut zu ersticken.

Doriana drehte den Soldaten den Rücken zu. Sie konnte sich dabei voll und ganz auf Mason verlassen, der froh war, als sie ihn passiert hatten und ins Freie getreten war. Breitbeinig hatte er sich aufgebaut, die Hände mit der Glock nach vorn gestreckt. Immer wieder bewegte er die Pistole, um die Männer jeweils für einen Moment vor der Mündung zu haben.

Sie waren nicht sein einziges Problem. Es gab noch ein anderes, und das hörte auf den Namen Kincaid.

Seit seinem Rückzug hatten Mason und Dorry nichts mehr von ihm gesehen, aber sie wussten, dass er nicht so schnell aufgeben und die Flinte ins Korn werfen würde. Kincaid war für jeden bösen Trick und jede Überraschung gut.

Da Mason von Doriana und ihrer Gefangenen nichts mehr hörte, ging er davon aus, dass sie sich bereits im Innenhof aufhielten.

So war es denn auch, denn er hörte ihre Stimme, die im Freien aufgeklungen war.

„Du kannst kommen!"

„Gut." Mason ging langsam rückwärts. Er brauchte den Kopf nicht zu drehen. Hätte hinter ihm eine Gefahr gelauert, Dorry hätte ihn gewarnt.

Zuerst hörte er das Keuchen. Dann den Schrei.

Und eine Sekunde später löste sich Laszlo von seinem Platz.

Er hatte es nicht mehr abwarten können. Er war seiner Herrin verpflichtet, und sie in einer so unwürdigen Lage zu sehen, das war zu viel für ihn.

Er rannte auf Mason Flint zu. Zwar sah er die Waffe, anfangen konnte er damit aber nichts. Er hatte einem seiner Freunde ein Schwert entrissen und war nun bereit, die Klinge in den Körper des Fremden zu stoßen.

Mason musste schießen.

Laszlo verspürte einen harten Schlag gegen die Brust, riss die Arme hoch und fing an zu stöhnen. Sein

Lauf wurde gestoppt, er sackte in die Knie und landete bäuchlings auf dem Boden, wo er tot liegen blieb.

Die anderen Soldaten hatten so etwas noch nicht gesehen.

Plötzlich war Mason für sie uninteressant geworden, und das nutzte er aus. Er hoffte, dass sich die Soldaten nicht so schnell von ihrem Schock erholen würden, denn bis zum Hügel jenseits des Dorfes war es noch ein langer Weg.

„Nehmen wir sie mit, Dorry?"

„Ja, ich denke, es ist sicherer."

Flint schaute auf die Eingangstür. Keiner hatte sie geschlossen. Er sah die Flammen der Fackeln, die ein Muster aus Schatten und Licht im Eingangsbereich hinterließen.

Um sie herum war es dunkel geworden. Hier draußen gab es kein Licht. Sie würden durch die Finsternis laufen müssen, um ihr Ziel zu erreichen.

Doriana zerrte die nackte Blutgräfin mit sich. Mit langen Schritten durchquerten sie den Innenhof. Es war damit zu rechnen, dass aus anderen Gebäuden Soldaten stürmten und sich ihnen in den Weg stellten. Doch sie hatten Glück. Nicht mal ein schwacher Lichtschimmer wehte mehr zu ihnen herüber.

Staub wirbelte unter ihren Füßen hoch. Mason lief zumeist rückwärts. Er wollte den beiden Frauen auch weiterhin den Rücken decken, denn dem Frieden war nicht zu trauen. Er wusste auch, dass sie noch einen langen Fußweg vor sich hatten und noch längst nicht in Sicherheit waren.

Dennoch atmete er auf, als auch er den Innenhof des Schlosses verlassen hatte.

Ein schneller Blick nach vorn und nach unten.

Das Dorf war von der Dunkelheit verschluckt worden. Hätte dort nicht ein einsames Feuer geleuchtet, hätten sie es nicht sehen können.

Plötzlich war die Stimme da.

„He, ihr!“

Mason fuhr mit der Waffe im Anschlag herum. Er rechnete mit einem Angriff, musste diese Meinung jedoch schnell revidieren, denn aus der Dunkelheit löste sich eine Gestalt, die geduckt auf sie zulief.

Die Stimme war Mason bekannt vorgekommen. Aber erst als der Mann vor ihnen anhielt, erkannte er ihn.

Es war der Schmied aus dem Dorf, den Doriana durch ihre wundersamen Kräfte geheilt hatte. Er stand schwer atmend vor ihnen und sprach schnell auf sie ein.

Mason begriff nicht mal die Hälfte davon, aber Doriana wusste Bescheid.

„Wir müssen mit ihm.“

„Was?“

„Ja. Er hat einen Karren in der Nähe versteckt.“

Das war etwas zu hoch für Mason, deshalb fragte er: „Und du traust ihm über den Weg?“

„Das tue ich. Er will sich dankbar zeigen, dass ich ihn geheilt habe."

„Gut, das verstehe ich. Und was ist mit der Blutgräfin?"

Doriana überlegte nicht lange. „Die lassen wir hier. Das Schicksal hat etwas anderes mit ihr vor. Wir können ihm da beim besten Willen nicht ins Handwerk pfuschen."

„Okay, dann los."

Doriana Gray ließ die Gräfin los.

Elisabeth Barthory taumelte etwas zurück und sah die Klinge des Messers auf ihren nackten Körper gerichtet. Wahrscheinlich rechnete sie damit, dass der Stahl ihrem Leben ein Ende setzen würde, und es sah auch so aus, als Doriana zustieß, im letzten Augenblick aber den Arm in die Höhe riss und ihn gleich darauf wieder nach unten sausen ließ.

Ihre Faust erwischte die rechte Stirnseite der Barthory. Die Blutgräfin riss noch erstaunt die Augen auf, dann war es vorbei. Sie sackte zusammen und blieb nackt auf dem staubigen Boden liegen. Irgendwann in den nächsten Stunden würde sie sicherlich von ihren Leuten gefunden werden, aber das interessierte Doriana nicht mehr.

Sie fasste Mason am Arm.

„Und jetzt komm mit."

„Wohin?"

„Der Karren steht in der Nähe."

„Okay, los geht's ...“

Der Schmied hatte gewartet. Er wirkte wie ein Mann, den die Überraschung gelähmt hatte. Er sah die nackte Blutgräfin auf dem Boden liegen und wunderte sich wahrscheinlich darüber, dass niemand hinging, um sie zu töten.

Doriana stellte eine halblaute Frage. Der Schmied verstand. Er drehte sich um und marschierte los. Mason und Doriana folgten ihm sofort.

Mason warf noch einen letzten Blick zurück zum Schloss. Das Fackellicht war schwächer geworden, und er sah auch, dass sich keine Gestalten in seinem Widerschein bewegten. Man hatte sich offensichtlich noch nicht zu einer Verfolgung entschlossen. Aber das würde noch kommen.

Der Schmied ging voran, und die beiden eilten mit langen Schritten hinter ihm her. Dabei sprach er immer wieder mit Doriana, die zumeist nur zuhörte und nickte.

Mason hielt sich da raus. Er lauschte mehr in die Dunkelheit, ob dort etwas zu hören war. Eine Verfolgung konnte nicht lautlos vonstatten gehen. Die Männer würden auch Fackeln mitnehmen müssen, um ihren Spuren folgen zu können.

Mason entdeckte jedoch keinen Lichtschein und hörte auch nichts. Und allmählich glaubte er selbst daran, dass ihnen ihre Flucht gelingen würde.

Sie erreichten den Karren des Schmieds. Er hatte

ein struppiges Pferd davor gespannt und lächelte sie stolz an. Dann deutete er auf die Ladefläche des zweirädrigen Karrens.

Beide kletterten hinauf.

Zwei Räder mit einer recht hohen Ladefläche, die heftig zu schaukeln begann. Sie mussten achtgeben, wohin sie sich setzten. Erst als sie sich gegenüberhockten, blieb die Karre im Gleichgewicht.

Der Schmied kletterte auf den Bock. Es war zu hören, wie er mit der Zunge schnalzte, und sein Pferd gehorchte ihm aufs Wort.

Doriana und Mason mussten sich festhalten, um nicht umzukippen, und auch in den folgenden Minuten war es nicht einfach für sie, das Gleichgewicht zu bewahren, aber es klappte, und schon nach einigen Minuten hatten sie sich an die unruhige und schaukelnde Fahrt gewöhnt.

Die Räder der Karre hinterließen auf dem Untergrund kratzende Geräusche. Er war auch nicht eben. Steine, Bodenwellen und kleine Buckel sorgten dafür, dass die Karre immer wieder sprang und sie auf der Ladefläche ständig durcheinandergeschüttelt wurden.

Hin und wieder huschte ein Lächeln über ihre Gesichter. Jetzt sah die Zukunft schon wieder rosiger für sie aus.

Das Dorf rückte näher. Der Weg war längst nicht mehr so steil.

Dass sich der Staub als eine Schicht auf ihre Kleidung und auch die freien Teile des Körpers gelegt hatte, machte ihnen nichts aus. Sie waren froh, dass sie dem Herrschaftsbereich der Blutgräfin entkommen waren.

Leider hatten sie nichts über Sandor Barthory in Erfahrung bringen können. Aber er gehörte zu diesem Clan und war auf seine Weise ebenso schlimm wie die Blutgräfin, die Kinder zur Welt gebracht hatte. Mason konnte sich vorstellen, dass eines der Kinder ein Urahn des Sandor Barthory war.

Sie erreichten den kleinen Ort. Er hatte aus der Ferne so tot und leer ausgesehen. Jetzt sahen sie, dass dies nicht zutraf.

Die Menschen hatten ihre Häuser verlassen und sich auf dem Dorfplatz versammelt. Der Karren war gehört worden, und zahlreiche Augenpaare schauten zu, wie Doriana und Mason von der Ladefläche sprangen.

„Eigentlich müssten wir gleich weiter“, flüsterte Mason.

„Ja, das stimmt. Ich werde ihn mal fragen.“

„Tu das.“

Der Schmied sprach mit einigen Bewohnern.

Mason stand am Karren und wartete ab. Er konnte seine Blicke einfach nicht von dem Weg lassen, über den sie gekommen waren.

Noch war nichts von irgendwelchen Verfolgern zu sehen. Wahrscheinlich hatte der Schuss, der Laszlo getötet hatte, bei ihnen einen großen Schock hinterlassen, den seine Kumpane nicht so leicht überwinden konnten.

Doriana kehrte zurück.

Mason versuchte an ihrer Haltung zu erkennen, ob sie mehr in Erfahrung gebracht hatte, aber es blieb dabei. Sie konnten nur zum Hügel gehen, auf den die Zeitreise sie geführt hatte.

„Und dort oben gibt es ein Tor, das wieder zurück in unsere Zeit führt?"

„Das muss wohl so sein. Wir haben ja auch die Stelle gefunden, an der sich die Zeiten überlappen."

„Dann lass uns gehen."

„Aber nicht allein. Der Schmied möchte mit. Er kennt sich dort aus und will uns einen Platz zeigen, den es schon lange gibt. Man bezeichnet ihn auch als Ort aus der Vergangenheit, an dem es hin und wieder spuken soll."

„Weißt du denn mehr darüber?"

„Nein, nicht direkt, aber der Schmied hat von ungewöhnlichen Zeichen oder Malereien gesprochen, die es da geben soll. Und zwar in der Nähe unseres Ankunftsortes."

„Hast du denn was gesehen?"

„Nein, Mason. Aber der Schmied weiß anscheinend mehr. Er kennt sich hier aus und will uns an den Platz bringen. Also, ich bin dafür."

„Gut. Dann lass uns aufbrechen."

„Moment noch.“ Doriana sprach einige Worte mit dem Schmied, der die anderen Leute stehen ließ und nickte.

Sie mussten nicht zu Fuß gehen. Jemand aus dem Ort stellte ihnen seinen Wagen zur Verfügung, der leiser fuhr als der Karren des Schmieds.

Das Pferd, das den Wagen zog, war ausgeruht. Und so legten sie die Strecke, die sie vorher zu Fuß gelaufen waren, sehr schnell zurück. Nur den Hügel mussten sie noch erklettern.

„Ich gehe mit“, sagte der Schmied.

Das war ihnen sogar recht. Wenn sich einer auch in der Dunkelheit auskannte, dann er.

Der Schmied übernahm die Führung.

Die drei stiegen nicht den direkten Weg in die Höhe, sie mussten Schlangenlinien gehen, was ihnen der Schmied vormachte. Tatsächlich bewegten sie sich über einen schmalen Pfad.

Sie hatten die Kuppe des Hügels noch nicht ganz erreicht, als sich der Schmied nach links wandte.

„Hier ist es!“

Doriana nickte Mason zu, der seine Taschenlampe hervorholte und den Strahl nach vorn schickte. Das helle Licht traf einen grauen Stein. Er war recht flach und sah aus, als wäre er schräg in den Hügel hineingepresst worden. Er wäre ihnen sicherlich nicht weiter aufgefallen, hätte es nicht die seltsamen Zeichen gegeben, die in die Oberfläche geritzt worden waren.

Sie waren recht deutlich zu erkennen, auch wenn sich Staub auf das Gestein gelegt hatte.

Doriana beugte sich vor, um die Zeichen besser lesen zu können.

„Leuchte noch mal genauer“, flüsterte sie.

„Okay.“ Mason ging näher heran.

Es war nichts zu hören, abgesehen von Dorianas schweren Atemzügen. Sie wischte mit der Hand über die Platte und zog sie dann blitzschnell wieder zurück.

„Was hast du?“

„Magie“, flüsterte sie. „Ich spüre die pure Magie.“

„Toll. Ich merke nichts.“

„Das ist klar, du bist nicht so wie ich. Aber ich habe durch Mother Shipton eine vorzügliche Lehre erhalten. Unter anderem hat sie mit mir auch über diese Zahlen gesprochen.“

„Wieso Zahlen? Das sind Symbole. Ich sehe keine Zahlen.“

„Auf den ersten Blick sind sie auch nicht zu erkennen, weil sie so verschnörkelt geschrieben worden sind. Aber wenn du sie aussprichst, dann werden wir sicher verstehen, was sie bedeuten.“

„Dann lies sie doch vor. Oder musst du sie addieren?“

„Nein, ich brauche nur den Spruch, der nie vergessen worden ist und sich über Jahrhunderte hinweg gehalten hat. Es gibt für diese Zahlen bestimmte

Entfaltungsmöglichkeiten. Wer immer sie hier auch aufgeschrieben hat, der hat uns etwas Kostbares hinterlassen, wahrscheinlich auch, um sich selbst zu retten."

„Bitte, Dorry, das ist mir alles zu vage. Damit kann ich nichts anfangen."

Sie schaute nicht mehr auf den flachen Stein. Jetzt drehte sie ihren Kopf nach rechts, wo Mason stand.

„Was hier auf dem Stein steht, das sind Zahlen, wie ich dir bereits sagte. Du könntest sie der Reihe nach aufzählen, und es würde nichts geschehen. Ich aber kenne sie, denn diese Zahlen sind das sogenannte Hexen-Einmaleins."

„Ach?", flüsterte Mason nur und fuhr durch seine Haare. Er wollte nicht länger so ahnungslos dastehen und meinte: „Gehört habe ich davon schon mal."

„Ja. In Goethes Faust kommt es vor. Man hat versucht, es zu analysieren, doch bisher ist es niemandem gelungen, ihre Geheimnisse zu lüften. Selbst ich weiß nichts Genaues. Doch von Mother Shipton habe ich erfahren, dass sie für uns Hexen ungeheuer wichtig sind. Sie sind so etwas wie ein Notanker, den wir auch jetzt brauchen könnten."

„Okay, das hört sich gut an. Ich habe die Zeichen in der Hütte ja auch gesehen, weiß aber nicht, ob sie denen hier gleichen. Wenn sie wichtig sind, dann ..."

„Sie sind wichtig, Mason. Überlebenswichtig. Und ich glaube, dass sie schon mancher Hexe, die verfolgt wurde, den Fluchtweg geöffnet haben."

Mason fasste gegen den Stein. Er strich mit seiner rechten Handfläche sanft darüber hinweg.

„Tut mir leid", flüsterte er, „ich spüre gar nichts, ehrlich."

„Das kannst du auch nicht. Die Zahlen werden uns nur helfen, wenn wir sie aufsagen."

„Und das kannst du?" Er hatte sich wieder aufgerichtet.

In den Augen der Hexerin las er einen Ausdruck, der schon an Beleidigung grenzte.

„Entschuldige, aber das ist alles neu für mich. Und was ich hier erlebt habe, meine Güte ..."

„Alles klar."

Doriana drehte sich um. Sie sprach flüsternd mit dem Schmied, der sich ihre Worte anhörte und dann nickte. Er zog sich etwas zurück, und Mason ließ es bleiben, Dorry zu fragen, was sie ihm gesagt hatte.

„Mach dich bereit, Mason!"

„Ja", krächzte er.

Doriana blieb vor dem schräg im Boden steckenden Stein stehen. Sie konzentrierte sich auf ihn und sprach dann die Worte, die so wichtig waren.

„Du musst verstehn!
Aus Eins mach Zehn
Und Zwei lass gehen
Und Drei mach gleich,

So bist du reich.
Verlier die Vier!
Aus Fünf und Sechs,
So sagt die Hex,
Mach Sieben und Acht.
So ist's vollbracht
Und Neun ist Eins
Und Zehn ist keins.
Das ist das Hexen-Einmaleins."

Es war alles gesagt worden. Doriana ergriff Masons linke Hand. Beide standen vor dem flachen Stein, der plötzlich seine Farbe verlor und durchsichtig wurde.

Zugleich wurden sie von einer ungeheuren Kraft erfasst, gegen die sie sich nicht wehren konnten. Die Kraft zog sie auf den Stein zu, und es gab nichts, woran sie sich hätten festhalten können.

Sie fielen nach vorn, genau in den Stein hinein.

Es gab keinen Aufprall, es gab keinen Widerstand.

Der Zeitstrahl machte mit ihnen, was er wollte, und beförderte sie zurück in ihre Zeit ...

16

Kincaid, der Vampir, war von bestimmten Überlegungen ausgegangen. Er konnte sich vorstellen, dass sich seine beiden Blutspender nicht unbedingt länger in dieser Zeit aufhalten wollten als nötig.

Er hatte es nicht geschafft, die Blutgräfin zu besiegen, aber das kümmerte Kincaid wenig. Er hatte sich eine gute Deckung gesucht und war dort zum heimlichen Beobachter geworden. Er hatte auch den Schmied gesehen, der der Hexe und diesem Mason Flint geholfen hatte.

Aber im Dorf hatten sie sich nicht lange aufgehalten. Sie waren dorthin gefahren, wo das Ziel liegen musste, das auch dem Blutsauger ein Begriff war, denn dort wollte auch er hin.

Er hatte hier keine Aufgabe mehr zu erledigen, und das Blut der Hexerin würde er auch in einer anderen Zeit trinken können.

Er blieb ihnen auf den Fersen. Allerdings so, dass er nicht gesehen werden konnte. Zudem hatten sie anderes im Sinn, als sich nach Verfolgern umzuschauen.

Es war eigentlich alles ganz einfach, was den Vampir freute.

Hinter ihnen schlich er durch die Dunkelheit den Hügel hoch und blieb ungesehen. Aber er selbst sah alles. Er erkannte auch das Ziel. Sie waren an dem Ort in diese Zeit eingetreten, und jetzt würden sie sich auf den Rückweg machen können. Der Vampir hatte keine Ahnung, wie das geschehen sollte, aber er vertraute voll und ganz auf die Hexerin. Sie würde einen Weg finden, den er dann auch gehen konnte.

Flach über den Boden hinweg kroch er näher an sein Ziel heran. Doriana und ihr Partner standen dicht beisammen. Sie sprachen auch miteinander. Was sie sagten, verstand der Blutsauger allerdings nicht.

Der Mann aus dem Ort hatte ihn ebenfalls nicht bemerkt. Er war voll auf die Fremden konzentriert, bei denen jetzt Doriana die Initiative übernahm.

Sie sprach so etwas, was sich wie ein Gedicht anhörte. Es war ein Text, über den sich Kincaid nur wundern konnte. Er hatte ihn zuvor noch nie gehört, aber er wusste, dass er sehr wichtig war, und das wurde ihm in den nächsten Augenblicken bestätigt.

Der Stein veränderte sich. Er wurde durchsichtig. Die beiden davor gingen nicht weg, und das hätten sie auch nicht geschafft, denn die Kraft des Steins war stärker. Sie fielen nach vorn, als wollten sie sich auf den Stein fallen lassen, aber da gab es kein festes Gefüge mehr, und so wurden sie vom Stein förmlich aufgesogen.

Für Kincaid wurde es Zeit.

Er stand schon längst auf den Füßen, rannte auf den Stein zu, schleuderte den im Weg stehenden Schmied zur Seite und sah, dass der Weg noch offen war.

Mit einem Sprung tauchte er hinein und war im nächsten Moment ebenso verschwunden wie Doriana Gray und Mason Flint …

Es war nichts mehr da. Es gab keinen eigenen Willen mehr, auch die Gefühle waren ausgeschaltet worden, und beiden blieb nichts anderes übrig, als sich treiben zu lassen.

Eine Reise durch Zeit und Raum. Ein Zeitstrahl, der sie zurück in ihre Zeit beförderte.

Mason wusste auch nicht, ob Dorry noch seine Hand festhielt. Es war alles anders geworden, und die Umgebung hatte sich aufgelöst.

Bis zu dem Moment, an dem die Reise ihr Ende fand. Wieder ohne großen Übergang, und beide waren überrascht, als sie die Augen öffneten und leicht voneinander weg schwankten.

Es gab keinen Staub mehr, keinen Stein, gegen den sie gefallen waren, es war überhaupt keine freie Natur um sie herum. Ihre Blicke fielen auf das breite Bett und die Regalwand im einzigen Raum des einsam stehenden Hauses, von dem aus sie ihre Reise in die Vergangenheit angetreten hatten.

Mason Flint schaute Doriana an.

„Und jetzt?", fragte er. Er war noch immer durcheinander.

„Wir haben leider immer noch nichts Konkretes erreicht. Wir wissen nur, dass es die Blutgräfin gab, und wir müssen annehmen, dass sie eine Ahnherrin des Sandor Barthory gewesen ist. Das ist leider alles, näher kommen wir nicht an ihn heran. Zumindest nicht jetzt. Ich weiß nicht sicher, ob er selbst diesen Weg in die Vergangenheit benutzt hat, um seiner Ahnherrin nahe zu sein. Das ist alles möglich."

Mason atmete auf. Er konnte auch wieder lachen, und das hörte sich glücklich an wie das Lachen eines Menschen, der froh war, noch am Leben zu sein.

Er schaute an sich hinab.

„Staub", kommentierte er. „Staub aus der Vergangenheit. Das ist das einzige Andenken aus dieser Zeit."

„Für dich."

Er lachte. „Du bist doch auch nicht eben sauber."

„Da hast du recht." Sie ließ sich auf einem Stuhl nieder. „Trotzdem habe ich noch etwas bei mir." Nach diesen Worten zog sie das Messer hervor, dessen Klinge noch beschmiert war vom Blut der grausamen Gräfin.

„Ja, tatsächlich. Das ist ein echtes Andenken. Willst du es behalten?"

„Ja."

„Okay, dann sollten wir mal zusehen, dass wir von hier verschwinden. Der Tag ist auch hier vorbei, und ich habe einen ziemlichen Durst, das kannst du mir glauben. Außerdem will ich einen auf mein zweites Leben trinken. Ich hätte nicht gedacht, dass wir es schaffen würden. Ohne dich wäre ich für immer in der Vergangenheit abgetaucht."

Doriana nickte ihm zu und sagte: „Ich verstehe dich ja, mein Lieber. Aber wir sollten etwas nicht vergessen."

„Was?"

„Frag lieber wen. Kincaid, Vampir und Maler. Einer, der vor allen Dingen mich vernichten will. Das muss ich dir nicht extra noch sagen."

„Nein, jetzt nicht mehr." Mason nagte für einen Moment auf der Unterlippe. „Aber er kann kein Problem mehr für uns sein, Dorry. Kincaid ist in der anderen Zeit geblieben. Oder hast du in den letzten Stunden noch etwas von ihm gesehen?"

„Das nicht."

„Dann würde ich ihn von der Liste streichen."

Das wollte Doriana nicht. Sie sagte es zwar nicht laut, aber Mason sah ihr an, dass sie über etwas nachdachte, und er wollte auch eine Antwort haben.

„Was ist denn, Dorry? Kommst du nicht von ihm los?"

„Du hast es erfasst."

„Aber er ist nicht mehr da."

„Wir sehen ihn nicht", korrigierte sie ihn. „Ich spüre schon ein sehr beunruhigendes Gefühl in mir. Der ist wie eine Klette. Erst wenn er vernichtet ist, haben wir Ruhe."

„Soll ich draußen mal nachschauen?"

„Das können wir gemeinsam machen, wenn wir zu deinem Wagen gehen.“

Der Inspektor lachte. Auf seinem Gesicht erschien ein zufriedener Ausdruck.

Mason wollte zur Tür gehen. Dazu kam er nicht mehr. Er hörte hinter sich ein fauchendes Geräusch, dann Dorianas Warnschrei.

Kincaid!, dachte er noch. Er ist uns durch den Zeittunnel gefolgt!

Er wollte sich zur Seite werfen und herumwirbeln, doch da traf es ihn wie ein Hammer am Hinterkopf.

Mason sah Sterne und sackte zu Boden.

17

Er, der sonst Angst und Schrecken verbreitete, löste bei der Hexerin nur eine gewisse Gelassenheit aus.

Es kam daher, dass sie mit seinem Erscheinen gerechnet und ihn auch richtig eingeschätzt hatte. So leicht ließ sich ein Blutsauger von der Klasse eines Kincaid nicht abschütteln.

Er kam als Sieger. Jedenfalls fühlte er sich so, das war seiner Haltung anzusehen.

„Ich wusste, dass du uns aus der Vergangenheit hierher folgen würdest, Kincaid. Du bist keiner, der so schnell aufgibt."

„Stimmt, Doriana, das weißt du von früher. Was waren das noch für Zeiten, als wir zusammengehörten. Hat richtig Spaß gemacht. Aber jeder Spaß hat mal ein Ende, und dein Ende ist jetzt gekommen. Ich werde meinen Auftrag erfüllen und dein Blut nicht trinken. Ich werde dich nicht abermals zu einer von uns machen. Du hast dich gegen mich gestellt, und das kann ich nicht vergessen. Ich bringe dich auf eine andere Weise um, denn ich werde dir das Genick brechen. So tot wie du kann danach keiner mehr sein."

„Und warum willst du das tun? Nur weil deine Eitelkeit gekränkt ist? Oder …"

„Auch das, Hexerin. Aber da ist jemand, der mir als Vampir ein Zuhause gibt, obwohl es noch nicht lange her ist, dass er dich als Vampir hat jagen lassen."

„Sandor Barthory?"

„Wer sonst? Er stammt von der Blutgräfin ab, von ihren Kindern, denn die Sippe ist nicht ausgestorben, und sie wird weiterleben. Aber kein Barthory mag eine Störung. Egal, von welcher Seite. Du aber hast ihn gestört, Doriana, und deshalb hat er die Vampirjäger auf deine Spur gesetzt. Sie waren Idioten, das hat er einsehen müssen. Aber ich bin es nicht. Ich bin besser, und deshalb hat er mich beauftragt, dich ein für alle Mal zu vernichten. Besser hätte es nicht laufen können."

Sie nickte und blieb gelassen.

„Versuche es, Kincaid. Ich bin nicht mehr die, die du gemalt hast und die gegen einen wie dich nicht ankam. Heute werde ich kämpfen."

„Darauf freue ich mich."

Mit einem schnellen Tritt schleuderte er einen Stuhl zur Seite, der ihm im Weg gestanden hatte. Jetzt hatte er freie Bahn.

Die Hexerin stellte sich auf einen harten Kampf ein.

Ein Vampir ist kein Mensch, so würde es ihr auch nicht gelingen, ihn durch ihre Hexenkräfte zu hypnotisieren, um ihn dann dazu zu bringen, sich selbst zu töten. Bei ihm musste sie ganz andere Mittel einsetzen.

„He, du Arschloch!"

Die Stimme hatte nicht eben stählern geklungen. Das war bei einem angeschlagenen Mann wie Mason Flint auch nicht möglich. Aber er hatte sich wieder gefangen und sich hingesetzt. So hatte er einen besseren Halt. Die Glock hielt er mit beiden Händen fest.

Kincaid drehte sich um.

„Ach, du bist ja auch noch da. Dich nehme ich mir später vor. Auf dein Blut freue ich mich bereits jetzt schon."

„Das wird nicht leicht für dich sein, mir das Blut auszusaugen."

Kincaid lachte.

Und in sein Lachen hinein fielen die Schüsse.

Mason wollte es nicht bei einer Kugel belassen und feuerte zweimal hintereinander, und er sah, dass beide Kugeln trafen. Die schweren Kaliber hieben in die Brust des Vampirs.

Leider waren sie nicht aus geweihtem Silber, trotzdem richteten sie Schaden an, und sie brachten Kincaid von seinem Vorhaben ab.

Er ging zur Seite.

Er fluchte dabei, und aus seinem Mund drang ein ärgerlicher Knurrlaut.

Die Hexerin war froh, dass Mason ihr eine Frist verschafft hatte. So konnte sie endlich ihren Plan in die Tat umsetzen.

Da Kincaid noch sehr mit sich selbst beschäftigt

war, blieben ihr einige Sekunden, die sie ausnutzen musste.

Sie huschte auf ihn zu.

Der Vampir hatte sich wieder gefangen, schüttelte ärgerlich oder wütend den Kopf und stemmte sich von der Wand ab, die er als Stütze benutzt hatte. Dabei drehte er sich so, dass er Doriana anschauen musste.

Sie rannte auf ihn zu. Sie wollte ihn vernichten. Sie hielt den Mund weit offen und ein wilder Schrei löste sich aus ihrer Kehle.

Kincaid sah das Messer, an dem noch das Blut der Gräfin klebte, und konnte nicht mehr schnell genug ausweichen.

Doriana erwischte ihn dort, wo sie es haben wollte. Genau an der linken Brustseite. Bei einem Menschen schlägt dort das Herz. Bei einem Vampir ist es zwar auch vorhanden, und auch wenn es nicht schlug, war es dennoch für seine Existenz wichtig.

Schlage einem Vampir einen Eichenpflock ins Herz, und du hast ihn für alle Zeiten vernichtet.

Doriana hätte ihm gern einen zugespitzten Eichenpflock ins Herz gerammt. Aber hier musste es auch das Messer tun, und das hatte sie bis zum Heft in Kincaids Körper hineingetrieben.

Dann rammte sie ihr Knie vor, traf Kincaid hart im Unterleib und hämmerte ihm zugleich ihren Ellbogen gegen den Hals. Sie wollte ihn am Boden haben.

Er knickte auch ein. Sie schlug noch mal zu, und der Vampir reagierte so, wie sie es haben wollte. Mit dem Rücken zuerst schlug er schwer auf, wobei der Messergriff aus seiner Brust hervorschaute.

Die Hexerin ließ sich fallen.

Sie packte den Griff, als sie auf dem Blutsauger hockte. Dann drehte sie das Messer in der Wunde, und sie brüllte ihn dabei an.

„Ich werde dir das Herz aus dem Leib schneiden, Kincaid, das verspreche ich dir!"

Sie machte es wahr. Sie schnitt die Brust auf und blickte dabei in die Augen des Malers.

Staunte er?

Zeichnete sich dort in den Pupillen vielleicht das Wissen ab, dass er für immer verloren war?

Es war ihr letztendlich egal.

Sie schnitt tiefer und fetzte noch Stoff zur Seite, der ihr hinderlich war.

Ja, sie hatte schon eine tiefe Wunde hinterlassen. Normales Blut sickerte nicht hervor, es war eine andere Flüssigkeit, die sich um die Wunde verteilte und auch in ihr schimmerte.

Doriana starrte auf den dunklen Klumpen, der das Herz des Vampirs sein musste.

Es zuckte nicht. Es war feucht, es sah auch aus wie ein menschliches Herz, das stellte sie trotz der Dunkelheit fest.

Und dann setzte sie die Klinge an der rechten

Herzseite an. Sie stach noch tiefer in den Körper hinein, drehte das Messer nach links, um unter das Herz zu gelangen, damit sie es herausschneiden konnte.

Und es klappte.

Kincaid war nicht in der Lage, sich zu wehren. Er warf nur den Kopf hin und her, bis er einen irren Schrei ausstieß.

Es war der Moment, als Doriana die Klinge unter das Herz geschoben und alle Sehnen durchgeschnitten hatte. Sie drückte das Messer hoch und holte das Herz hervor. Sie fasste es mit der linken Hand, ließ es über Kincaids Gesicht schweben, drehte das Messer und hackte das Vampirherz in Stücke.

Mason Flint hatte nicht eingegriffen. Aber er war Zuschauer dieses Schauspiels gewesen und konnte an nichts mehr denken.

Er hatte seine Partnerin in einer Aktion erlebt, die einen Schauer auf seinem Rücken hinterließ, der nicht mehr von ihm weichen wollte.

Den letzten Rest des Vampirherzens schleuderte Doriana gegen die Wand und senkte wieder ihren Blick.

Was war mit Kincaid?

Sie konnte es nicht genau erkennen.

„Leuchte mal, Mason“, stieß sie mit zitternder Stimme hervor.

Der Strahl holte Kincaids Gesicht aus der Dunkelheit hervor. Doriana krallte ihre Finger in die Plastikmaske und riss sie ihm vom Gesicht.

Es war noch sein Gesicht, aber es war bereits dabei, sich zu verändern.

Kincaid gehörte zu den uralten Vampiren, und wenn ihm die Energie genommen war, dann konnte er nur so reagieren, wie er es jetzt tat.

Er verfaulte. Seine Gesichtshaut bekam Risse.

Für Kincaid gab es keine Rettung mehr und keine Wiederauferstehung.

Vor den Augen der beiden Menschen verfaulte er, was in seinem Gesicht besonders deutlich zu sehen war, da es nicht mehr von der künstlichen Haut bedeckt wurde.

Doriana und Mason lauschten dem leisen Knirschen und auch dem Rieseln, als die Asche des sterbenden Vampirs über einen skelettierten Kopf glitt und in zwei leere Augenhöhlen rieselte.

Doriana Gray stand auf. Sie warf Mason einen Blick zu und nickte. Dann sagte sie: „Er wird uns nie mehr jagen. Er nicht …“

Mit leicht schwankenden Bewegungen hatte Mason Flint das Haus verlassen und war ins Freie getreten. Er musste einfach eine andere Luft einatmen und dabei die Kühle der Nacht genießen.

Er spürte noch die weichen Knie und war froh, dass er einen kleinen Holzstapel fand, auf dem er sich niederlassen konnte.

Es war schon verrückt und mehr, als ein normaler Mensch verkraften konnte, was er in der letzten Zeit durchgemacht hatte.

Er war mit Vorgängen konfrontiert worden, die er vor zwei Wochen noch ins Reich der Fantasie verbannt hätte. Aber das Fantastische, das Grausame und auch Unwahrscheinliche war zur Wahrheit geworden. Er hatte einen Blick hinter die Kulissen geworfen und Dinge erlebt, die ihm als Polizist völlig fremd gewesen waren.

Vampire, Hexen, eine Zeitreise – Himmel, das konnte er keinem normalen Menschen erzählen. Er wäre nur belächelt worden, und Mason hoffte, dass er mit solchen Vorgängen nie wieder zu tun haben würde. Er wollte in seinen normalen Job zurück und nichts anderes.

Und Dorry?

Er dachte erst wieder an sie, als er in seinem Rücken ihre Stimme hörte.

„Ich kann mir vorstellen, dass du nachdenkst, Mason."

„Ja, so ist es."

„Und? Bist du denn schon zu einem Ergebnis gelangt?"

„Nein und ja."

Auf dem Holzstapel war noch genügend Platz, und sie setzte sich neben ihn.

„Ich höre."

Es fiel Mason nicht leicht, ihr die Wahrheit zu sagen, aber es musste raus. „Ich möchte das alles nicht mehr erleben. Dazu bin ich nicht geschaffen. Bei dir ist das etwas anderes, aber ich will wieder zurück in mein früheres Leben. Verstehst du?“

„Sicher.“ Sie strich ihm über das Haar. „Ich werde dich nicht davon abhalten. Du bist erwachsen und musst wissen, was du tust.“

„Danke.“ Mason dachte nach. Er seufzte dabei. „Und welche Pläne hast du, Dorry?“

„Hm, das weiß ich nicht genau. Ich bin von meinem Fluch erlöst worden. Alles andere interessiert mich im Moment nicht. Auch Sandor Barthory nicht. Soll er weiterhin seinen undurchsichtigen Geschäften nachgehen. Irgendwann wird er darüber stolpern. Ich für meinen Teil weiß aber, dass ich mich in diesem neuen Leben zurechtfinden werde. Es ist durchaus möglich, dass wir uns wieder mal begegnen.“

Mason musste schlucken.

„Das klingt nach Abschied“, sagte er mir rauer Stimme.

„Das ist es auch.“

Sie umarmte ihn plötzlich, und er hörte ihre Stimme dicht an seinem linken Ohr. „Es war schön mit dir, Mason. Aber wir haben beide unser Schicksal. Und jeder von uns muss seinen eigenen Weg gehen. Leb wohl.“

Das waren ihre letzten Worte. Danach ließ sie Mason los und verschwand in der Dunkelheit. Zurück ließ sie einen Mann, der ihr noch lange nachschaute und der hoffte, die richtige Entscheidung für sich getroffen zu haben …

– ENDE –